Collection **L'Imaginaire**

Valentine Penrose

ERZSÉBET BÁTHORY

LA COMTESSE SANGLANTE

Mercure de France

Valentine Boué est née en 1898 dans une famille de militaires de Mont-de-Marsan, dans les Landes.

En 1925, elle se marie avec l'artiste, historien et poète anglais Roland Penrose et se lie au mouvement surréaliste, auquel elle contribue par une œuvre poétique imprégnée d'automatisme, d'images insolites, d'érotisme, d'exotisme, de mythes et de magie.

En 1927, les Penrose font leur premier voyage en Égypte, où Valentine Penrose rencontre le comte Galarza de Santa Clara, un gourou espagnol qui aura une forte influence sur elle.

Les Penrose déménagent en Espagne en 1936, pendant la guerre civile, à laquelle l'auteure participe dans le camp des révolutionnaires.

Passionnée de philosophie indienne, elle s'éloigne intellectuellement de son mari, duquel elle se sépare pour partir vivre dans un ashram. Ils divorcent en 1937.

Pendant la guerre, Valentine Penrose s'engage auprès des Forces françaises libres.

Elle partage ensuite sa vie entre l'Angleterre, souvent chez Roland Penrose, et la France. Elle meurt le 7 août 1978 dans le Sussex.

PRÉFACE DE 1962

De la comtesse *qui se baignait dans le sang des jeunes filles, voici l'histoire. Une histoire authentique, et inédite en France. Les documents en ont été difficiles à atteindre, car elle s'est déroulée il y a plus de trois siècles et demi, dans cette Hongrie sauvage à présent au secret derrière le rideau de fer. Les pièces du procès ont passé d'archives en archives. Et qu'est-il advenu, en 1956, des archives de Hongrie au château de Budapest? On ne saurait à présent où aller regarder le sombre portrait aux yeux hagards de la très belle Erzsébet Báthory. Le château de Csejthe est depuis deux cents ans en ruines sur son éperon des petites Karpathes, aux limites de la Slovaquie. Les vampires et les fantômes, eux, sont toujours là et, dans un coin des caves, le pot de terre qui contenait le sang prêt à être versé sur les épaules de la Comtesse.*

La Bête de Csejthe, la Comtesse sanglante, hurle encore la nuit dans les chambres dont les fenêtres et la porte furent, et restèrent, murées.

Qu'elle ait été un Gilles de Rais féminin, tout le prouve; même le hâtif procès où, par respect pour son nom illustre depuis les commencements de la Hongrie, et en raison des services rendus par sa famille aux Habsbourg

7

bien des choses ont été supprimées. On n'avait même pas osé l'interroger elle-même.

La minute du procès fut retrouvée en 1729 par un Père Jésuite, Laszló Turóczi, qui écrivit une monographie d'Erzsébet Báthory. Il devait la faire réimprimer en 1744. Il recueillit l'histoire que nul, dans la région de Csejthe, n'avait encore oubliée.

Turóczi put aussi consulter les documents d'abord conservés aux Archives de la Cour de Vienne, puis renvoyés à Budapest, de l'interrogatoire fait à Bicse (alors Bittsere) par le palatin Thurzó tout au début de janvier 1611, et prendre connaissance des attendus, ainsi que de l'ordre d'exécution des complices de la Comtesse le 7 janvier.

Jusqu'au début du XXᵉ siècle, nous ne possédions que cet ouvrage écrit en latin. En 1908, un écrivain né lui-même à Csejthe (à présent Csachtitz, bourg à six kilomètres au sud-ouest de Vag-Ujhely) (Neustadt), Dezsó Rexa, qui avait été élevé à l'école du village et avait joué, enfant, autour des ruines hantées, reprit l'histoire d'Erzsébet Báthory et la publia en hongrois à Budapest sous le titre de Báthory Erzsébet Nádasdy Ferencné (« Élisabeth Báthory, épouse de François Nádasdy »). Il se référait aux travaux du Père Jésuite.

A la fin de son livre, Dezsó Rexa a réuni diverses lettres : d'Erzsébet à son mari ; du palatin Thurzó à sa femme au sujet de l'arrestation de la Comtesse ; du pasteur de Csejthe, Ponikenus János, à un de ses confrères ; du gendre d'Erzsébet, Miklós Zrinyi, à Thurzó pour demander la grâce de sa belle-mère ; du fils d'Erzsébet, Pál Nádasdy, demandant merci pour elle. On trouve aussi la lettre de Thurzó au roi Mathias II, la réponse du roi, l'adresse de la Chambre royale magyar au roi Mathias.

Suivent les testaments : celui du 3 septembre 1610 que la Comtesse écrivit avant d'être condamnée, et ses dernières volontés d'emmurée, lettre datée du 31 juillet 1614, moins d'un mois avant sa mort. Et enfin, l'invocation magique en langage tót qui lui était si chère.

Les manuscrits relatifs à Ferencz Nádasdy, son époux, avaient été rassemblés par le pasteur de Csejthe. Ceux se rapportant à Erszébet, collectionnés par Bertalan von Revieczky.

La comtesse sanglante

La minute du procès, d'abord conservée aux Archives du Chapître de la ville de Grán, avait été transférée aux Archives nationales de Budapest. Avant Dezsó Rexa, un Allemand, R. A. von Elsberg, avait publié en 1894 à Breslau une biographie assez courte, mais davantage élaborée : Die Blutgräfin Elisabeth Báthory. *(« La Comtesse sanglante Élisabeth Báthory ») et qui, au point de vue psychiatrique, insistait sur l'hérédité spéciale de la vieille lignée des Báthory. A la fin de son livre se trouvent aussi l'interrogatoire complet et les attendus du procès.*

Un auteur dramatique, Garay, a écrit une pièce moderne sur Erzsébet Báthory. Un roman historique a été publié en allemand : Tigerin von Csejthe *(« La Tigresse de Csejthe ») par Karl P. Szátmary. Et aussi un roman en slovaque :* Cachticka Pani *par J. Niznánszy.*

William Seabrook, dans son livre Witchcraft, *a consacré tout un chapitre à la Comtesse sanglante. Lui aussi a pris ses documents dans Deszó Rexa et R. A. von Elsberg.*

En Angleterre, au milieu du XIXe siècle, Sabine Baring-Gould dans un curieux livre The Book of the Werewolves *(« Le Livre des loups-garous »), raconte brièvement l'histoire de la Comtesse criminelle, et comment l'idée de prendre des bains de sang lui était venue. Elle avait trouvé sa documentation dans un livre allemand d'anthropologie philosophique du XVIIIe siècle, par Michael Wagener :* Beitrage zur philosophischen Anthropologie *(Vienne 1796). Et, sans doute, en Hongrie même; car à cette époque, vers 1843, rien n'avait été publié au sujet d'Erzsébet Báthory, à l'exception de quelques articles assez fantaisistes de dictionnaires, comme ceux de la* Biographie universelle *(Michaud, Paris, 1848) et du* Dictionnaire des Femmes illustres.

Les livres de Dezsó Rexa et de von Elsberg sont introuvables dans les bibliothèques de France, y compris les bibliothèques hongroises, et il est impossible de se les procurer en Hongrie. Seabrook dit, dans son article sur Erzsébet Báthory, qu'il les a découverts dans la bibliothèque d'une grande ville des États-Unis. Il existe aussi une histoire très romancée de la famille Báthory par Makkai Sandor, Le Chariot du diable *(« Ördög Zeker »).*

Une partie de la documentation et l'illustration de ce livre ont été aimablement communiquées par les bibliothèques suivantes, à qui l'auteur tient à exprimer ses remerciements : Bibliothèque de l'Institut hongrois à Paris, British Museum Library, Œsterreichische Nationalbibliothek (Karten, Handschriften, Porträt und Bildarchiv Slg.), Œsterreichische Hof und Staatsarchiv, Universitätsbibliothek à Vienne.

Pour rendre plus intelligibles ici les noms de personnes et certains noms de lieux, on a cru devoir s'écarter de l'usage hongrois pour adopter l'usage français : les lecteurs hongrois, s'il s'en trouve, voudront bien excuser cette liberté.

LE SCEAU DES BÁTHORY.

Chapitre premier

Cᴇʟᴀ ꜱᴇ ᴘᴀꜱꜱᴀɪᴛ en un temps où la quintefeuille avait encore tout son pouvoir; où dans les boutiques des villes on vendait des mandragores arrachées, la nuit, au pied des gibets. En un temps où enfants et vierges disparaissaient sans qu'on les recherchât trop : mieux valait ne pas se mêler de leur mauvais sort. Mais de leur cœur, de leur sang, qu'avait-on fait? Des philtres, ou peut-être de l'or. Et en un pays le plus sauvage de l'Europe féodale, où les seigneurs noirs et rouges devaient sans cesse faire la guerre aux Turcs étincelants.

Un artiste errant avait fait le portrait d'Erzsébet Báthory, comtesse Nádasdy, au moment de sa plus grande beauté. Elle devait avoir à peu près vingt-cinq ans. Venait-il d'Italie ou venait-il des Flandres, ce peintre sans nom? Par quel atelier était-il passé avant de s'en aller de château en château peindre ses roides portraits? Nous connaissons seulement la toile brune avec le grand E d'Erzsébet, en haut à droite. Et l'initiale du nom même de vie de celle-ci est dessinée, échafaudée en trois dents cruelles de loup insérées dans l'os vertical de la mâchoire. Au-dessus, pesant plus que volant, des ailes d'aigle. Plus haut, on ne peut voir. Et autour de cet ovale blason féminin s'enroule l'antique dragon des Báthory daces.

Surveillée de griffes, d'ailes et de dents, telle elle se dresse, horriblement sombre.

Cette femme était blonde, mais seulement grâce à l'artifice de la mode italienne, aux lavages dix fois répétés à l'eau de cendres, à l'eau de camomille sauvage, à l'ocre puissant du safran hongrois. Erzsébet, ses longs cheveux châtain noir soulevés par ses suivantes devant les grandes bûches flambantes de l'hiver ou près de la fenêtre ensoleillée de l'été, et la figure très protégée par les pâtes et les onguents, devenait blonde.

Sur son portrait, on voit à peine ses cheveux frisottés, assez haut dressés au-dessus du front, selon une mode déjà périmée en France. Des losanges de perles les cachent. Ces perles venaient de Venise et des cargaisons de ses bateaux, des Turcs, surtout, qui occupaient tout l'est et le centre de la Hongrie.

La cour des Valois à Paris et, dans ses châteaux, celle d'Angleterre où Élisabeth rigide et rousse en cuirassait son gorgerin, l'entournure de ses manches et les longues phalanges de ses doigts, toutes les cours jusqu'à celle, à l'extrême est, d'Ivan le Terrible, vivaient sous le signe de la perle fine.

En vérité Erzsébet Báthory, à sa venue sur terre, n'était pas un être humain achevé. Elle s'apparentait encore au tronc d'arbre, à la pierre ou au loup. Était-ce destin de sa race, au moment où l'éclosion de cette fleur-là avait été décidée? Était-ce l'effet d'un temps où les nerfs se lovaient encore dans la brume de la sauvagerie primitive? Le certain, c'est qu'il y avait entre Erzsébet et les choses comme un espace vide, comme le capitonnage d'une cellule de folie. Ses yeux le proclament, sur son portrait : elle essayait de saisir et ne pouvait toucher. Or, vouloir se réveiller de ne pas vivre, c'est ce qui donne le goût du sang, du sang des autres où peut-être se cachait le secret qui, dès sa naissance, lui avait été voilé.

Elle n'était cependant pas une rêveuse. C'est toujours sous une carapace de soucis pratiques qu'un tel moi se dérobe; c'est derrière le fourré des futilités, des vanités et des querelles domestiques, des complications familiales que s'étale, au plus profond, le grand lac cruel. Erzsébet pensait certainement avec sérieux à l'établissement de ses trois filles, à ses innombrables cousinages et à mille autres détails. Elle n'écouta, sans doute, que d'une oreille fort distraite la nouvelle musique de Valentin Balassa et les poésies sur les roses, les pivoines et l'alouette de la plaine. Mais si les musiciens de son château, qui étaient des tziganes, jouaient quelque air sauvage; si, à cheval par la forêt, elle rencontrait l'écharpe du fumet laissé par l'ours ou le renard, alors le cercle qui l'isolait se brisait pour un instant. Après elle revenait, pâle et noire, à ces danses de cour qu'elle dansait bien, quoique un peu trop vite, à la hongroise, avec un air absent et aussi froide qu'un bosquet de lierre.

Son physique n'appelait pas l'amour, quoiqu'elle fût très belle, bien faite et sans défaut, parce qu'on la sentait arrachée hors du temps comme une mandragore est tirée hors du sol; et les semences qui l'avaient élaborée étaient aussi maléfiques que celles d'un pendu.

Les Báthory, dès leur plus lointaine origine, s'étaient toujours distingués dans le bien comme dans le mal. Les deux premiers connus, alors que la famille n'avait pas encore gagné son surnom, celui de bájor (ou báthor, le courageux), étaient deux frères sauvages, Guth et Keled, venus de Souabe où le château de Staufen, ou Stof, qui devait être aussi la première demeure des Hohenstaufen, était leur berceau; ceci avant le XIᵉ siècle, au temps des Daces aux cheveux relevés qui se ruaient à la bataille sous des forêts de lances surmontées de têtes de dragons entourées de lambeaux d'étoffes flottant au vent, au son aigre et claquetant des chalumeaux doubles faits des deux grands os de la patte des grues et parfois de celle des aigles, soudés ensemble avec de la poix. En l'an 1036, selon la Chronique enluminée de Vienne, l'empereur Henri III les envoya à la tête de guerriers en Hongrie pour porter secours au roi Pierre qui y régnait alors.

L'élévation de la famille, dont le premier bien se situait au village de Gut, se fit au temps du roi Salomos (1063) et du duc Geza (1074). Des actes de donation royale, dont l'un de 1326, font foi de la constante faveur des souverains, par la suite.

Plus tard la famille devait se diviser en deux branches : l'une s'étendant vers l'est de la Hongrie et la Transylvanie, l'autre vers l'ouest.

Pierre Báthory, qui fut chanoine mais ne reçut pas les ordres et quitta l'Église, fut l'ancêtre de la branche Báthory-Ecsed, dans le comitat de Száthmar, au nord-est. On peut y voir encore les ruines de l'ancien château des Báthory à l'ombre des grandes Karpathes. Longtemps y fut conservée l'authentique couronne de Hongrie, celle de Saint-Étienne à la croix inclinée. Jean Báthory fut le fondateur de la branche Báthory-Somlyó dans l'ouest, dans la région du lac Balaton. Les deux branches continuèrent à s'illustrer : Étienne III, palatin de Hongrie sous le règne de Ferdinand Iᵉʳ, Étienne IV, « aux grands pieds ».

Erzsébet Báthory, fille de Georges et d'Anne, appartenait à la branche Ecsed; ses cousins Somlyó étaient rois, roi de Pologne et roi de Transylvanie. Tous étaient tarés, cruels et luxurieux, fantasques, et courageux.

L'ancienne terre des Daces était païenne encore, et sa civilisation avait deux siècles de retard sur celle de l'Europe occidentale. Là régnaient, gouvernées par une mystérieuse déesse Mielliki, les innombrables forces des grands bois, tandis qu'à l'ouest le vent habitait seul la montagne de Nadas. Il y avait un Dieu unique, Isten, et l'arbre d'Isten, l'herbe d'Isten, l'oiseau d'Isten. C'est lui qu'invoque d'abord Erzsébet dans son incantation au nuage. Dans les Karpathes supertitieuses, il y avait surtout le diable, Ördög, servi par des sorcières elles-mêmes assistées de chiens et de chats noirs. Et tout venait encore des esprits de la nature et des fées des éléments; de Delibab, la fée de midi aimée du vent et mère des mirages, des Tünders, sœurs de toutes merveilles, et de la Vierge de la cascade peignant ses cheveux d'eau. Dans les cercles d'arbres sacrés, de chênes et de noyers féconds, se célébraient encore secrètement les anciens cultes du soleil et de la lune, de l'aurore, et du cheval noir de la nuit.

Animaux fabuleux ou réels, ils habitaient la forêt où la sorcière les appelait parfois, le loup, le dragon, le vampire qui avaient résisté aux exorcismes des évêques. La divination était toujours pratiquée. Quant à l'âme, c'est sans remords ni peur qu'elle passait à cheval sous la voûte de la mort.

Erzsébet était née là, à l'est, dans cet humus de sorcellerie et à l'ombre de la couronne sacrée de Hongrie. Elle n'avait rien de la femme ordinaire que l'instinct et la vitalité chassent, peureuse, devant les démons. Les démons étaient déjà en elle: ses yeux larges et noirs les cachaient en leur morne profondeur, son visage était pâle de leur antique poison. Sa bouche était sinueuse comme un petit serpent qui passe, son front haut, obstiné, sans défaillance. Et le menton, appuyé sur la grande fraise plate, avait cette courbe molle de l'insanité ou du vice particulier. Elle ressemblait à quelque Valois dessiné par Clouet, Henri III peut-être, en féminin. Nul don d'elle-même. Dans un portrait normal, la femme vient à la rencontre de qui la regarde, et se raconte. Celle-ci, à des centaines de lieues derrière sa fausse présence, close en elle-même, est une plante encore enracinée au mystérieux pays d'où elle vient. Ses mains à la peau très fine sont excessivement blanches; on les voit peu, assez cependant pour juger qu'elles étaient longues; les poignets en sont serrés par des sortes de manchettes dorées au-dessus desquelles s'évasent les manches à la hongroise de sa chemise de lin blanc. Elle est vêtue d'un corselet long et pointu, très ajusté et brodé de fils de perles en croisillons, et de jupes de velours grenat sur lesquelles s'étale la blancheur du tablier de lin, un peu relevé d'un côté, qui était l'insigne des dames de qualité de son pays.

GYÖNGY, PERLE, et Bibor, pourpre; deux vieux noms païens de femme, au XIIIᵉ siècle.

Les émaux du blason primitif des Guth-Keled étaient d'argent sur champ de gueules, trois coins d'argent en dextre. Le blason des Báthory resta identique au blason rapporté de Souabe; autour s'enroulait alors le dragon des Daces venus des confins de l'Asie, crachant du feu et secouant les membranes de ses ouïes, et que Trajan emprunta pour l'adjoindre aux aigles de ses cohortes. Sur le plus ancien, celui de 1236, deux coins d'argent sont en senestre et deux en dextre, encastrés les uns dans les autres. Ensuite les armes se modifièrent encore et, en 1272, de nouveau le blason porta trois coins latéraux. A la Renaissance italienne, les coins s'incurvèrent et finirent par représenter trois dents de loup. Par quelque obscure loi de la « signature des choses » les dents du loup sauvage et brave devinrent l'emblême des Báthory. Comme la forme du cerveau se voit dans la noix qui réconforte la tête, comme les nœuds se voient dans la renouée dont on se servait pour remettre les membres disjoints, et la pierre dans le grémil, trois dents de loup séparées, posées en champ, ornaient le blason de Nicolas Báthory évêque de Vág. Mais en son temps obscur, Erzsébet avait encore le puissant blason médiéval. C'étaient, en 1596, des armes particulièrement remarquables. Elles portaient, sur une ligne verticale représentant la mâchoire d'un loup, trois dents tournées vers la gauche de l'écu, et figurant ainsi la lettre E. A droite en haut, le croissant de la lune; à gauche le soleil en forme d'étoile à six pointes; le tout entouré du dragon qui se mord la queue : un orgueilleux et inquiétant blason. « Si vous voulez devenir loup-garou, disent les sorcières, allez de bon matin recueillir l'eau de pluie dans l'empreinte de la patte d'un loup, et buvez-là. » Celle qu'on nomma la Bête, la Louve et la Comtesse sanglante était sous la signature du loup, la bête née sous Mars et sous la Lune.

Son horoscope ne nous est pas parvenu, alors que nous est connu celui, plutôt simple, de son époux François Nádasdy; mais on peut à peu près le deviner. Nul astrologue n'avait dû passer par-là au moment de sa naissance pour, entre les allées et venues des nourrices, des linges et des baquets, établir le thème de son destin. C'est la Lune, mal affectée par Mars et en néfaste aspect avec Mercure, qui est à l'origine de son sanglant sadisme; et cela en quelque signe cruel comme le Scorpion, sans doute. Avec Mercure, la Lune a produit la folie maniaque, l'embrumement de la conscience, les crises où le désir s'emparait d'elle avec le plus de force. Vénus, à qui elle devait sa sombre beauté, était soit avec Saturne, soit dans un signe de celui-ci, tant étaient grandes son inaptitude à la joie, sa taciturnité et son endurance à souffrir et à faire souffrir. Et cette Lune dont les secrets planaient sur elle, elle la chercha toujours dans ses chevauchées nocturnes et solitaires, lorsqu'elle se rendait chez la sorcière de la forêt. Elle la voyait sur la neige, elle la voyait en elle-même dans le halo intérieur de sa mélancolie et de son impuissance à rien saisir.

Il avait paru en ce temps *L'Opuscule des secrets de la Lune*. Ce n'était ni un poème ni un grimoire non plus; il était dédié à la Lune, qui habite les greniers de la nuit, et il traitait des apports favorables et défavorables de l'astre. On y pouvait lire : « C'est de ce haut mariage (du Soleil et de la Lune) et société admirable du grand coq au plumage d'or avec l'argentine poule que toutes choses sont nées. Les femmes reconnaîtront pour leur guidon et astre la Lune, aussi coiffée de taffetas changeant et pleine de l'humidité qui redonde en elles; le tout par une sympathie et harmonie cachées dans le cabinet de dame Nature. » Cela est tendre. Ce n'était pas sous cette lune qu'Erzsébet était née; mais bien sous celle « qui rend triste le cynocéphale, qui fait tour à tour grandir et décroître sur le pelage du chat-pard les taches en forme de son propre croissant, et qui rend lorsqu'elle est pleine les rapaces plus légers, plus âpres et plus ravissants ». Son astre était celui de toutes plaies faites sous les rayons lunaires et difficiles à guérir; la vermine s'y met, et aussi la folie, « entrant par quelque fente comme pour les pauvres soldats blessés à la tête, et contraints de veiller et faire sentinelle dessous la belle tente et couverture de Madame Diane la Lune».

Son astre pâle, destructeur, qui fane les rideaux et pourrit ce qui est exposé à sa lumière, qui gâte la moisson et le bois coupé, l'escortait dans les nuits peuplées de bruits de sauts, de grognements, de rongements et de mastication des bêtes nées sous son influence et qui couraient les bois, mangeaient ou dormaient dans les champs et les eaux : brebis, lièvres, ânes, loups et chèvres, pourceaux, taupes, écrevisses, tortues, grenouilles, limaces et crapauds, souris, loirs et rats, hérissons, chats, et hiboux aux fenêtres des granges. Et vivant le clair de lune venu d'elle-même, grenat et blanche et scellée de blasons à dents de loups, elle errait dans la clairière inondée de la lumière noire de la mélancolie; cette mélancolie qui, selon Avicenne, était « cause de tristesse, solitude, soupçons et crainte, donnant aux êtres longs, pénibles et corrompus phantasmes ». Quant à Burton, en Angleterre au xvie siècle, il voit la mélancolie « s'élargir en un grand fleuve issant du cœur de la vie même et s'étendant à toutes rives ».

La mélancolie fut le mal, l'air même du xvie siècle; Erzsébet la respirait mélangée au reste de barbarie carolingienne de la Hongrie d'alors, à la cruauté des Turcs, à la brutalité féodale.

Ailleurs folie, luxure, mort et sang abondaient. Les reines et les favoris étaient partout décapités, assassinés. Le théâtre était rempli de meurtres, et les livres, de luxure; on goûtait violemment la vie, l'acceptant dans sa totalité, dans sa contradiction; de là tant de magie tout orientée vers l'amour qui savoure et perpétue, et vers le meurtre qui transfère au vivant, invisiblement, les forces du mort; à moins que l'épouvante n'en suscite que le fantôme. Ce ne fut pas le cas pour Erzsébet. Cette longue brume, qu'une suite d'ancêtres germaniques avait laissé traîner en elle, l'empêcha de répondre autrement qu'en une sorte de transe à l'appel de la vie et de la mort, de la douleur et du sang qu'elle entendait en elle. Sa cruauté était l'aboutissement d'une race fondée par des guerriers, constamment reprise par des épouses d'autres lignées guerrières : les générations de ces temps de Mars.

Jamais elle ne pensa à son salut. Malgré son lunatisme, elle était prédestinée à ce monde d'abord avant de l'être à un ciel ou à un enfer lointains. Ce qu'elle cherchait à saisir, à s'approprier, à étreindre, c'étaient les joies d'ici, les rudes joies de son temps et de son pays, — et à les garder : la beauté et l'amour. Et c'est dans cette possession que tout se brisait; le fer acéré ne rencontrait que l'eau; ce qui chantait, tourbillonnait, bougeait, n'était plus soudain qu'eau morte et reflets morts.

Son narcissisme souverain, jouant dans tous les domaines, s'opposait au contact avec la terre. Peut-être la sauvage musique, les incantations dans la cabane de la sorcière remplie de l'âcre fumée des feuilles de la belladone et du datura qui y brûlaient, et les chasses dangereuses allumaient-elles un vrai regard de vivante dans ces yeux que hantait un autre monde. Ou plutôt, comme le loup va à ses courses faméliques, Erzsébet allait à ce qu'il lui fallait. Le remords lui était inconnu. Jamais, comme Gilles de Rais après ses crimes, elle ne se roula sur son lit en priant et pleurant. Sa folie était son droit. Si elle tombait, elle n'en était pas pour autant indigne d'elle-même. Elle ne comprit jamais pourquoi, à elle de si haut lignage, fut infligée l'humiliation de ses dernières années.

« Toi, non restreint par des liens serrés, d'accord avec ta propre volonté (dans le pouvoir de laquelle je t'ai placé), tu dois définir ta nature pour toi-même. Je ne t'ai fait ni céleste ni terrestre, ni mortel ni immortel, afin que toi, étant pour ainsi dire ton propre faiseur et mouleur, tu te façonnes de la façon que tu préfères. » (Pic de La Mirandole : *Oration de la dignité de l'homme.*)

Le Moyen Age avait été rempli de beaux repentirs publics que l'on se plaisait à prolonger. Ce n'est pas pour se conformer à ces usages qu'Erzsébet Báthory déploya ses pompes.

Protestante sans religion, et sorcière passionnément, elle ne fut jamais une mystique.

La sorcière de la forêt vit parmi ses propres magnificences, qui lui viennent de plus loin que celles de l'Église. Elle a saisi les choses dans leur devenir, avant qu'elles ne soient; et c'est ce devenir, fluide et souple encore, qu'elle capte et dirige, avant qu'obéissant à sa loi propre il ne parvienne aux humains. Erzsébet tenait la vie pour le suprême bien, et cependant ne pouvait y adhérer. Sa cruauté fut à la fois sa revanche et son adaptation.

Pour avoir confiance en elle-même, il lui fallait l'éloge perpétuel de sa beauté; cinq ou six fois le jour elle changeait de robe, de parure, de coiffure; elle vivait devant son grand miroir sombre, le fameux miroir dont elle avait elle-même dessiné le modèle, et qui était en forme de bretzel pour lui permettre d'y passer les bras et de rester appuyée sans fatigue pendant les longues heures qu'elle employait, diurnes ou nocturnes, à contempler son image. C'était là l'unique porte qu'elle ouvrait, la porte, encore, sur elle-même. Et sa taciturnité était telle que, dans un miroir où toute femme se sourit, elle se frappait et se refrappait, martelant sa propre effigie à sa muette forge. Sans feu, sans air. Elle-même en velours rouge, elle-même en blanc, en noir et perles, elle fardée au-dessous de son grand front pâle comme un côté de fruit blanc et méchant. Au cœur de sa chambre, au centre des candélabres, rien qu'elle-même; elle-même à jamais insaisissable, et dont elle ne pouvait rassembler en un seul regard toutes les faces.

Chez Erzsébet Báthory, tous ces cousinages, ces mariages entre proches parents que depuis des siècles exigeait la loi de la race, gardienne du sang des braves, avaient préparé la venue de cette part noire, à ce moment précis. Qu'il existe assez peu de ces êtres, la preuve en est qu'on les nomme avec horreur. Parfois il arrive qu'un pays, une idée collective passent à leur tour sous le signe du crime; cela, l'histoire, même si les détails en sont horribles, l'absorbe de façon plus confuse. Mais qui ne se souviendra de Gilles de Rais et d'Erzsébet Báthory?

Et, dévoilant sa nature profonde, ce qu'elle devait à son hérédité et à ses astres, la Comtesse maléfique avait un autre secret, secret toujours chuchoté et que le temps n'a pu éclaircir; chose qu'elle s'avouait ou chose ignorée d'elle; tendance équivoque dont elle ne se souciait pas, ou encore, droit qu'elle s'accordait avec tous les autres. Elle passait pour avoir été, aussi, lesbienne.

Ce soupçon a pour origine le fait qu'elle fréquentait assidûment certaine de ses tantes, elle aussi Báthory, et dont les aventures remplissent trois volumes, à la Bibliothèque de Vienne. Tout lui était bon, depuis la sentinelle du donjon jusqu'à ses demoiselles d'honneur ou les filles qu'on lui amenait spécialement, et en compagnie desquelles elle faisait s'effondrer les chaises des chambres d'auberge. Car, s'ils étaient courageux, les Báthory avaient tous un penchant marqué pour des luxures monstrueuses ou spéciales. Tout comme l'épilepsie et le satyrisme, elles étaient, depuis le temps des frères saxons Guth et Keled, l'apanage de la famille. Interminablement, de génération en génération, des châteaux de l'est et des châteaux de l'ouest, sortaient des litières emmenant vers le cousin plus ou moins éloigné qu'on leur avait choisi pour époux les mêmes fillettes de neuf ans. Le sang n'était pas renouvelé.

Quand son guerrier de mari revenait au château entre deux batailles, cela signifiait pour Erzsébet grand honneur, et aussi distractions. Il amenait une suite nombreuse; les domestiques engourdis se réveillaient, les chevaux étaient pansés, les chiens favoris faisaient fête. A cette époque où elle était encore sans enfants, la Comtesse solitaire faisait son apparition, jeune, très pâle et très parée. Elle avait macéré, pour être plus blanche, dans une suave eau de veau et s'était frottée d'onguent de pied de mouton. Un peu des essences turques de jasmin et de rose, envoyées de Transylvanie par son cousin Sigismond, effaçait cette odeur de boucherie. La longue table du repas craquait sous les services d'oiseaux et de lourdes bêtes entières; les sauces étaient plus épicées que jamais; et certainement quelque nourrice, tenant d'une sorcière un aphrodisiaque puissant et poisseux mélangé à d'intimes ingrédients de la chambre à coucher, l'avait confié à l'échanson pour qu'il le glissât au bon moment dans la coupe du maître, afin d'avoir raison de cette équivoque stérilité. C'était son histoire depuis dix ans de mariage, et celle des Hongroises de ce temps-là. Les femmes étant aussi guerrières de mœurs et de tempérament que leurs conjoints, il ne s'agissait guère entre les époux de finesses. Il était de bon ton de manger vite et à grosses bouchées, de danser avec une précipitation excessive les danses du pays aussi bien que celles venues de France et d'Italie, de crier très fort, de faire beaucoup de tapage et de ne pas se laver « à moins d'avoir la figure éclaboussée de boue par le pataugement du cheval ».

Lui avait plutôt peur d'elle. Il aimait sa beauté, mais avait toujours craint sa pâleur de jeune vampire. Le vin d'Eger et le philtre magique lui faisaient tout oublier. Elle se réveillait le lendemain, très honorée et imprégnée d'une odeur de cuir et de trois mois de camp, qui se superposait à ses parfums de fleurs. Ses filles d'honneur et ses servantes remettaient sur sa tête sa coiffe de châtelaine et de femme mariée, nouaient son tablier de Hongroise noble. Elle avait mal à la tête, ou se mettait dans une de ces colères noires dont les Báthory détenaient le secret; ou bien, portant au côté gauche de sa toque l'aigrette argentée d'une grue des marais, elle partait en compagnie de son mari incapable de rester en place, pour une chasse folle, saccageant tout sur son passage.

Ceci pour ses devoirs. Mais elle avait aussi une autre vie rôdeuse, bien à elle. Ni les occasions ni le temps ne lui manquaient pour la satisfaire entre les séjours de son mari. Comme elle s'ennuyait toujours terriblement, elle avait formé une cour de dégénérés et d'oisifs avec lesquels elle allait de château en château. Elle s'était ainsi acquis mauvaise réputation, car la famille de son mari était plutôt vertueuse et même religieuse. Elle était peu surveillée depuis la mort de sa belle-mère Ursula Kaniskay, femme de Georges Nádasdy. Cette dernière avait élevé l'enfant bizarre, hardie et morose destinée à son fils, sans doute enthousiasmé par la beauté grandissante de sa fiancée, mais beaucoup moins par le feu froid et diabolique couvant dans ses larges yeux noirs taillés en amande de pêche.

Belle et imposante, très fière, n'aimant qu'elle-même et toujours en quête, non du plaisir mondain, mais du plaisir amoureux, Erzsébet entourée de flatteurs et de dépravés cherchait elle ne savait trop quoi. Son activité se diluait toujours en brume dans son esprit et son corps occupés d'amour. Comme les grands lévriers de race, elle était perverse. Et tatillonne. L'esprit occupé de détails ménagers, d'ordres impossibles à exécuter en temps donné, de nappes à plier, elle s'appliquait non à tout embrouiller, mais à tout dégrader. Sans sa sauvagerie, son élan authentiques, elle aurait été un piètre esprit assez banal et, comme beaucoup d'autres alors, s'amusant de peu, de petits actes mauvais, de surprises cruelles et de ricanements. Vraiment elle ressemblait assez, en plus ombrageux, à quelque Henri III de France jouant à ses favoris quelque mauvais tour d'un goût douteux.

Car son esprit était tortueux; et superstitieux. Indomptable par les procédés ordinaires, il se pétrissait constamment sous l'influence de la lune. Frappée par le subtil rayon au plus profond d'elle-même, Erzsébet Báthory subissait de véritables crises de possession. On ne pouvait prévoir quand cela allait arriver. Et, soudain, c'étaient de lancinants maux de tête et d'yeux. Les servantes apportaient des gerbes de plantes fraîches et endormantes tandis que, sur un réchaud, réduisaient les drogues soporifiques dont on allait tout à l'heure imbiber des éponges ou le coton tiré d'un jonc des marécages, pour les passer sous les narines de la patiente qui, remise, se plaindra, dans une lettre à son mari, de ses maux de tête. Mais cela allait-il jusqu'à la crise d'épilepsie? C'était une maladie héréditaire chez les Báthory. Même Étienne, roi de Pologne, dont la sagesse est restée célèbre, n'y avait pas échappé.

En matière d'horoscope féminin, tout mauvais aspect que Mercure reçoit de la Lune, elle-même en relation avec Mars, cause la tendance à l'homosexualité. Voilà pourquoi la lesbienne, souvent, est aussi sadique; l'influx de Mars masculin et guerrier la mène, et son esprit influencé par les lances cruelles ne redoute pas de blesser, en amour surtout, ce qui est beau, jeune, amoureux et féminin. Quant à la Lune, elle dilue et insensibilise, elle jette un voile sur l'horreur de l'événement. Alors, selon les grimoires, le fer s'éteint au jour de Mars et de la Lune dans le sang de la taupe et le jus assoupissant de la ciguë.

La science de l'amour était grande au temps d'Erzsébet Báthory, bien que les vaillantes châtelaines dussent se contenter de frustes embrassements. La littérature italienne et française pénétrait en Hongrie où Boccace, l'Arétin et Brantôme. qui aimait tant la Hongrie qu'il avait projeté d'y faire un voyage vers 1536, étaient appréciés. De Venise, avec les perles et les brocarts, venaient ces « instruments de consolation » que l'on faisait de verre ou de velours rose. Plus au nord, les Polonais se souvenaient encore de la conduite d'Henri de Valois qu'ils aimaient beaucoup en tant que roi mais à qui ils reprochaient ses favoris, pour la plupart choisis en Italie, eux aussi. Il avait sûrement fait parler de lui en Hongrie au long des nuits sauvages de juin 1574, alors qu'il traversait, aussi vite que le permettaient chevaux et coches, le nord, le centre et le sud-ouest de ce pays, franchissant les petites Karpathes au-dessus du château des Báthory pour rentrer à Paris par l'Italie, retrouver ses jeux moroses et trépignants.

Au xive siècle, une secte de tribades hongroises flagellantes parcourait l'Allemagne, se mettant nues en public et hurlant des chansons sauvages. De quel antique matriarcat et pour quel hommage à la Mère de l'Univers venait, se frappant le cœur, cette homosexuelle tribu? Dernières prophétesses de l'arbre et de l'eau, ultimes prêtresses du culte éphésien d'Artémis, passé à travers l'Asie Mineure, la Turquie, et venu trouver là ses fortes adeptes? Ou plus simplement culte né de lui-même, sous le signe nordique des deux belettes femelles bizarrement enchevêtrées, blason que fera sien par la suite une princesse allemande? En Hongrie, la belette, l'animal glissant illuminé de lune, était le symbole de la vierge : Saroldu, la belette blanche.

Pourquoi Erzsébet Báthory ne sacrifia-t-elle pas une seule fois un mâle à cette Kâli dont, en son temps, elle n'avait certes pas entendu parler, mais dont elle célébrait inconsciemment le culte? On peut penser qu'à travers sa sauvagerie hongroise quelque veine fanatique venue de loin, de l'Orient lointain, de ce Bengale où règne et domine le grand inconscient féminin, s'était insinuée en elle; Erzsébet elle-même, de cette Mère des mémoires, n'avait pris que la sensualité et le goût du sang. Les mauvaises odeurs ne lui répugnaient pas; les caves de son château sentaient le cadavre; sa chambre, éclairée par une lampe à l'huile de jasmin, sentait le sang répandu sur le plancher au pied même du lit. Comme les ascètes sectateurs de la Mère universelle, qui gardent leurs mains imprégnées de l'odeur des crânes décomposés que le Gange laisse parfois sur ses rives, elle ne redoutait pas l'odeur de la mort et la recouvrait de forts parfums.

Elle ne fit offrande que de filles à cette déesse, si intimement mêlée à elle-même qu'elle crut jusqu'à la fin que tout crime commis pour son propre plaisir était permis. Et ces jeunes filles, elle les voulait belles, et grandes. Dans son carnet, elle indique en face d'un prénom : « Elle était toute petite. » C'était une note péjorative concernant une servante disparue dans le gouffre d'horreur où de nombreuses compagnes l'avaient précédée.

Cet univers exclusivement féminin où évoluait Erzsébet est surprenant. Les valets faisaient partie du château, mais ils n'assistaient pas aux exécutions. Ils traversaient les chambres pour vaquer à leurs besognes, y trouvant debout dans les coins de jeunes couturières nues, et d'autres, dans la cour, également nues, en train de faire ainsi les fagots. L'eau et le bois étaient apportés dans les salles de torture par des femmes. Seules des femmes restaient enfermées avec la Comtesse et les victimes.

Dès qu'Erzsébet arrivait quelque part, son premier soin était de chercher la place où établir une salle de torture : qu'elle soit secrète, que les cris y soient étouffés. Comme un oiseau trouve exactement le site de son nid, parcourant les salles et les caves elle savait découvrir ici ou là, dans chacun de ses châteaux, les endroits apparemment les plus disparates mais toujours les plus propices à ses desseins.

Erzsébet connaissait les vices de sa tante Klara Báthory,

car elle la voyait et la recevait assez fréquemment. Rien dans son caractère ne permet d'assurer qu'elle se défendit de les goûter, bien au contraire. Elle essaya même d'un de ses valets nommé Jezorlavy Istok, dit « Tête de fer »; c'était un homme fort et de grande taille, audacieux au point que, même en public dans la salle du château, il se livrait avec elle à des « plaisanteries et jeux voluptueux ». Mais lui aussi eut peur, et disparut en Hongrie.

Quant à la fille qu'elle aurait eue d'un jeune paysan, les dates sont tellement contradictoires qu'on ne sait où situer l'événement dans l'histoire d'Erzsébet Báthory. On prétend que cela se passa peu de temps avant son mariage. Elle avait alors quatorze ans. Elle demanda à Ursula Nádasdy la permission d'aller dire adieu à sa mère et partit accompagnée d'une seule femme. Anna Báthory déplora cet incident, mais y para sagement. Elle craignait le scandale et la rupture de ce mariage honorable. Secrètement, elle aurait amené sa fille dans un de ses châteaux les plus éloignés, vers la Transylvanie, et laissé courir le bruit qu'Erzsébet était atteinte d'une maladie contagieuse. Elle la soigna aidée de cette femme venue de Csejthe et d'une sage-femme qui avait fait le serment de ne rien dire. Une petite fille naquit, que l'on baptisa Erzsébet. Et Anna Báthory donna la garde de l'enfant, moyennant une forte pension, à la femme qui avait accompagné sa fille. Elle fit venir son mari et tous deux restèrent en Transylvanie avec l'enfant. La sage-femme fut envoyée en Roumanie avec de quoi vivre largement, mais n'eut jamais le droit de rentrer en Hongrie. Anna et Erzsébet seraient allées ensuite directement à Varannó, où l'on avait décidé de célébrer le mariage.

Selon d'autres sources, cette fille serait née alors qu'Erzsébet avait quarante-neuf ans, ce qui est assez peu probable. Il est cependant possible qu'elle ait eu une fille naturelle pendant une des longues absences de son mari. N'avait-elle pas été accusée, un beau jour, à une noce de village, d'avoir séduit le jeune marié simplement dans le but d'essayer le pouvoir de ses charmes. La fiancée s'était plainte de perdre « un si bel homme »; mais pas trop fort, car sa plainte aurait pu mener à des personnes trop haut placées.

Il y eut une femme mystérieuse, à laquelle personne ne put donner un nom, et qui venait voir Erzsébet, déguisée en garçon. Une servante avait dit à deux hommes, — ils en témoignèrent au procès — que, sans le vouloir, elle avait surpris la Comtesse seule avec cette inconnue, torturant une jeune fille dont les bras étaient attachés très serré et si couverts de sang « qu'on ne les voyait plus ». Ce n'était pas Ilona Kochiská, car elle était bien connue des servantes de Csejthe. D'ailleurs, cette femme travestie, mais non masquée, semblait appartenir à la haute société.

On la vit plusieurs fois et toujours par surprise. Erzsébet avait alors environ quarante-cinq ans. Elle avait eu auparavant pour amant, dit-on, un paysan qu'elle avait fait anoblir par François Nádasdy lui-même; puis Ladislas Bende, noble, mais peu viril, et qui disparut mystérieusement. Il y eut encore Thurzó; ce fut une très brève liaison entre les deux mariages du palatin. Cependant Erzsébet était entourée, à Pistyán surtout, d'une société qu'elle aimait choisir corrompue et où tous les vices se trouvaient mêlés. Elle-même avait un vocabulaire que les femmes de bonne compagnie employaient rarement, et dont elle usait surtout pendant ses crises d'érotisme sadique, à l'égard des jeunes filles affolées de douleur par les épingles qu'on leur avait plantées sous les ongles, ou lorsque dans sa passion forcenée elle brûlait elle-même leur sexe avec un cierge. Elle parlait et criait durant les tortures, arpentait la chambre, puis comme un animal de proie revenait à sa victime, que complaisamment Dorkó et Jó Ilona maintenaient aussi longtemps qu'il le fallait. Elle riait d'un rire effrayant, et ses dernières paroles avant de sombrer dans la concluante pâmoison étaient toujours : « Encore, encore plus, encore plus fort! »

Elle avait donc découvert qu'il était plus excitant de se joindre à une autre femme pour torturer une belle jeune fille nue, sans témoins malgré tout gênants. Sa compagne inconnue devait avoir le même sentiment, et appliquées toutes deux, pour satisfaire leur passion cruelle, à déchiqueter avec des pinces le buste d'une jeune fille dans une chambre reculée du château, elles ne savaient pas qu'elles avaient été, par deux fois au moins, surprises. La servante et le valet s'étaient enfuis sans demander leur reste, et attendirent le procès pour parler.

Cette visiteuse, pour laquelle on emploie le mot « dame », était-elle une amie descendue de quelque château des environs pour ces fêtes à deux? Amie ignorée et intermittente, en tout cas, puisque à Csejthe on connaissait à peu près tout le monde appartenant à la contrée. Une étrangère? Alors, quelles étaient exactement les relations entre elle et Erzsébet? Leurs sadiques plaisirs étaient-ils les seuls?

Adieu donc à ces seuils interdits de miroirs où sont assises deux ombres semblables. Mais aller plus loin encore, jusqu'à ne plus avoir que le crime pour comparse, tel était le sort d'Erzsébet Báthory.

Chapitre II

Le Turkestan, le vieil Oural, les larges fleuves avaient été traversés. Sous la conduite d'Arpád les hordes au destin sauvage poursuivaient leur route aux incertains lendemains, traînant parmi leurs guerriers galopant leurs chars remplis de femmes habillées des vraies couleurs des fées : de la turquoise de l'espace et du corail des brasiers du soir. Couleurs de la nuit dure et bleue des plateaux et des plaines, du ciel perpétuellement déployé au-dessus de leur tête, du feu allumant leurs fortes passions; blanc de la neige impassible, tandis qu'autour d'elle dans les arbres noirs cheminaient les sèves.

Cela semblait venu d'un pays d'anges mêlés, bons et mauvais, d'un antique Éden où des gâteaux étoilés étaient offerts aux divinités de la glace. Les princesses pythonisses prophétisaient, et les vieilles racines du monde n'avaient pas fini de vibrer.

Du TEMPS d'Erzsébet régnait encore au bois sacré de Zuti-
bure l'ombre froide de Dziéwanna, l'Artémis des hordes bar-
bares, restée là pour veiller sur le noisetier luisant, ami de
l'eau, sur le noyer propitiatoire et sur l'iris saxon, la plante
magique. En ce temps-là encore l'âme moribonde, ignorante
du repentir, s'enfuyait sur un cheval noir indompté, remontant vers le commencement des races, là où les paradis ter-
restres furent disjoints.

La sorcière qu'Erzsébet employa constamment, la sorcière
de Miawa qui succéda à Darvulia, s'en allait vers l'amas
confus des temples primitifs tombés en poussière dans la chaîne
de montagnes qui dominait Csejthe. Là elle cueillait les
simples les plus puissants nés de la graine des plantes culti-
vées dans l'enclos du Vieillard de la Montagne cinq siècles
auparavant, plantes qui provoquent les transes et herbes de
magie, belladones sûres de leur solitude et auréolées d'un halo
bleu-violet de rayons réfractés.

Le géographe arabe Masoudi [1], qui vivait au Xe siècle, décrit
un temple se trouvant soit en Bohême, soit dans la branche
des Karpathes occidentales où se passe l'histoire d'Erzsébet
Báthory. Le temple de cette noire montagne s'élevait au cœur
d'un cercle sacré de chênes antiques. Il était bâti en bois et
soutenu par des chapiteaux faits de grandes cornes des bêtes
sauvages de la forêt. Des sources aux propriétés bienfaisantes
l'entouraient. Au cœur du temple se dressait la divinité qu'on
y adorait : une statue colossale, également en bois et coloriée
d'ocres et de terres, la statue d'un vieillard appuyé sur un
bâton qui lui servait aussi à faire sortir des squelettes hors des
tombeaux. Sous son pied droit étaient sculptées des sortes de

1. *Les Prairies d'or.*

fourmis ; de dessous son pied gauche s'envolaient des corbeaux. En haut du temple un mécanisme était disposé de façon à être mis en mouvement par le soleil levant. Dans ce lieu dédié à quelque Saturne, on annonçait l'avenir et on conjurait le mauvais sort.

Ce vieux dieu du Temps, l'enclos de toutes choses, en connaissait certainement les secrets, et l'heure des naissances et des morts. De son pied droit sourdaient inépuisablement les fourmis — les œuvres et les actes — tandis qu'ayant terminé leur course les oiseaux noirs revenaient, souvenirs des actes accomplis.

Près de Harsburg, en Saxe orientale, existait également une idole primitive. C'était le dieu Krodo : une sorte de Saturne debout sur une colonne aux sculptures en forme d'écailles, les pieds posés sur un gros poisson. De la main droite il tenait un récipient plein d'eau, des roses et des fruits ; de la gauche, une roue à huit rayons.

Il se dressait encore au xviie siècle sur une haute montagne, le Broksberg, près de la ville de Gotzlar, à l'entrée du vieux château de Hartesburg.

Puis vinrent les évêques qui exorcisèrent les idoles de bois, les chassèrent et les démolirent ; les apôtres Cyrille et Méthode entre autres.

Les temples désertés s'écroulèrent en grands tas d'amadou et de mousses. Les hameaux des montagnes protestèrent contre l'abattage des enclos sacrés de vieux chênes. Au xiie siècle, les prédicateurs fulminaient encore contre le culte des arbres et des sources ; et l'évêque Gérold devait exorciser les bois, et même les chansons que les paysannes, par les nuits de lune, chantaient aux fées en moulant le grain sur le pas de leur porte.

Aux libations de sang de cheval faites à Hadur, le seigneur de la guerre, et aux divinités des Karpathes, au sacrifice du cheval blanc qui assurait l'issue propice d'une bataille s'ajouta un jour le grand sacrifice originaire de l'Inde et dont il est fait mention dans les *Védas :* le sacrifice du cheval aux forces psychiques féminines, dont les guerriers se partageaient, dans des coupes, le sang chargé de fluides.

Le hibou était oiseau sacré. Pour conjurer les dangers de toutes sortes, aussi bien que pour racheter les fautes commises, chaque château avait sa sorcière attitrée. Telles petites divinités du feu ou de l'eau se montraient tour à tour favorables ou hostiles. Cependant le Hongrois d'autrefois avait les nerfs solides, et il lui fallait les forts excitants de la bataille ou de la boisson. Son âme sauvage était en contact avec les forces de la nature. Le mélange des races et des croyances avait fait de lui un grand seigneur, rude et brave. Il le savait et y tenait; ignorant le froid calcul et la mesquinerie, la générosité et l'hospitalité étaient pour lui des lois absolues.

C'est au temps de Philippe-Auguste que la France découvrit les seigneurs hongrois, leur faste mêlé à leurs façons frustes. Sa sœur, la reine Marguerite, avait épousé Béla III roi de Hongrie, et avait employé ses loisirs, là-bas, à broder une tente « faite de quatre pièces de drap écarlate dont les draperies représentaient des chiens de chasse courant », pour l'offrir à l'empereur Frédéric Barberousse. Ce don fut fait en 1189.

Sous le règne de Charles VII, avant que la dynastie d'Anjou ne régnât à Bude, la princesse Madeleine, fille du roi, fut promise en mariage à Ladislas, roi de Bohême. Elle avait quinze ans. Les seigneurs magyars couverts de pierreries des mines de Bohême, apportant avec eux une atmosphère d'Orient, arrivèrent à Tours pour Noël 1457. Les nobles dames étaient habillées selon leur mode hongroise; leurs robes étaient taillées dans de somptueux tissus d'or et d'argent déjà connus à la cour, brocarts, samis et toiles, velours coupés. Mais les dessins asiatiques différaient de ceux qui ornaient les robes des dames de la cour de France, lesquelles ignoraient aussi les doublures et dépassants de lynx et d'once blanche inséparables des jupes aux larges plis, le tablier de lin et les manches bouffantes. Les dames de Charles VII, dans leurs gaines étroites s'évasant vers le bas, avaient l'air de tiges fragiles, surmontées de hennins. Les Hongroises, elles, portaient les coiffes du pays, de lin brodé de soies multicolores retenant à chaque point une pierre précieuse.

Ce magnifique déploiement ne devait d'ailleurs servir à rien, puisque le roi Ladislas mourait à Prague avant même que la princesse royale ne fut partie de Tours. Ainsi finissait, avant que d'avoir commencé, cette alliance désirée par Charles VII afin de consolider l'expédition qu'il projetait contre les Turcs. Sans doute Ladislas avait-il été empoisonné; mais on prétendit que la peste, éteinte depuis quelques années, avait resurgi en Bohême.

Et tandis que là-bas on voyait dans le ciel « deux néfastes comètes, que les lions, dans le jardin attenant au château de Prague, se plaignaient en leurs rugissements pendant des jours entiers », l'ambassade de Bohême quittait Tours et allait visiter Paris avant de plier définitivement bagage. Mais l'ambassade remportait, selon la coutume, les cadeaux destinés à la fiancée. On vit alors, parqués aux abords de l'hôtel Saint-Pol, les chariots des Hongrois « pleins de leurs biens, avec dessus les gardiens enchaînés malgré le froid de décembre; et un des gouverneurs emportait les clefs quand il allait se coucher ».

Jean Le Laboureur, dans son *Histoire et relation du voyage de la reine de Pologne et du retour de la maréchale de Guébriant par la Hongrie, Carinthie, Styrie, etc.*, *en 1645*, fait la description de la partie de la Hongrie que ces personnes traversèrent, et dont les coutumes étaient restées les mêmes qu'un demi-siècle auparavant, au temps de la puissance des Báthory.

En 1645, Marie de Gonzague duchesse de Nevers, devenue reine de Pologne, se rend dans son royaume :

« Elle quitta son hôtel de Nevers le 27 novembre à deux heures de l'après-midi par la porte Saint-Denis. Mme de Guébriant l'accompagnait, et ne revint que le 10 avril de l'année suivante, après le mariage avec le roi de Pologne. »

« Les lieues hongroises, dit Jean Le Laboureur dans son récit, y sont plus longues qu'ailleurs. On passe dans des sapins et des vignobles, et les fleuves coulent dans un grand silence. Un berger souffle dans un cornet d'écorce d'arbre long de quinze pieds, rauque et rude voix. Les habitants du côté d'Arva sont ivrognes et voleurs et ont toujours le couteau à la main. Les voyageurs ont des démêlés dans les auberges à cause des routes impossibles, pour décider leurs guides à aller par coche d'eau. Les arbres sont tordus en grotesques figures, et les chemins, tournants, mélancoliques et sauvages. »

Ils passent par le vieux château de Puchorw qui, avant de devenir la propriété des Rágozci, avait appartenu aux Báthory. La Vág descend au Danube de grandes colonnes de sel gemme extraites du sol et taillées aux environs de Cracovie, alignées sur des bateaux plats, comme les fûts d'arbres d'un train de bois sur la rivière. Les bois et les rochers sont remplis d'animaux à fourrures, celles-ci étant le luxe d'habillement du pays. Des zibelines, des panthères ou plutôt des onces, des castors, des martres, des lynx et des ours. Encore quelques aurochs, qui étaient la bête de chasse la plus dangereuse et la plus rare. On la chassait comme le cerf, avec des chiens. « Parmi ces animaux il en est un fort ancien, une sorte de cerf (cerf Alces), dont le pied guérit du mal caduc et de la migraine. Quand il sent sa tête incommodée, il met son pied de derrière dans son oreille pour la gratter. C'est alors qu'il faut trancher la patte. Beaucoup de dames ont fait tailler le sabot pour l'engraver d'or et de diamants, en bracelets contre leurs migraines; il en est aussi faits en nerfs du même pied tressés ensemble et entrelacés d'or. L'ambre de la Baltique et de Prusse, surtout celui avec des insectes pris au-dedans, est un des grands trafics des Hongrois, qui en fournissent les peuples de l'Adriatique. Et aussi les grenats, et le jais dont les copeaux bus dans de l'eau confèrent le don d'échapper aux sorciers et guérissent les morsures de serpents. Les pierreries sont les diamants, rubis, hyacinthes, et de larges turquoises dont usent aussi bien les hommes que les dames, en boucles d'aigrette ou de manteaux et en boutons travaillés. Les chevaux hongrois sont magnifiques; lorsque Mme de Guébriant quitta la Pologne, le roi lui donna en présent un attelage de chevaux tigrés (ce sont les plus rares), et en plus des tapis de Perse et de soie. Les gens de qualité ont des bottes à la Polonaise, en cuir fin jaune ou rouge sans talon. »

Le « vin de débauche » des Hongrois était le sang de cheval, même encore au temps où écrit Jean Le Laboureur. Puis il parle des châteaux sur le roc, des bains chauds un peu partout en redescendant vers les plaines de Hongrie. Il passe dans un cimetière où l'on montre, constamment ressortant du sol, les mains d'une jeune fille qui battit sa mère; sans compter les légendes de vampires, une au moins par village ou château. Il est effrayé de la cruauté des Hongrois qui, « lorsqu'un paysan avait vendu aux Turcs des enfants chrétiens, le cousaient tout nu dans un cheval mort dont on avait sorti les entrailles, avec seulement la tête dépassant sous la queue du cheval; et la bête et le vivant pourrissaient de concert ».

Après cela, tous rentrèrent dans leur contrée aux routes

un peu meilleures et aux mœurs un peu plus douces, avec les beaux chevaux tigrés trottant derrière le carrosse de la maréchale de Guébriant, ambassadrice extraordinaire.

L'AN 107 DE NOTRE ÈRE, Décebal, roi de ces Daces si sauvagement fiers que les guerriers se mariaient avec leurs compagnons de combat, s'était suicidé plutôt que de se rendre aux cohortes de Trajan. Depuis ce temps tous les peuples du monde s'étaient rués à travers la Hongrie. Il y avait eu les Scythes, les Avars, les Huns. Puis étaient venus Arpád et sa dynastie, suivis des Anjou de Naples apportant les influences italiennes. Alors, au commencement du xvɪe siècle, au temps de Mathias Corvin, après des années de réelle autonomie pendant lesquelles le pays s'était formé et avait fleuri, les Turcs avaient envahi la Hongrie : le désastre de Mohàcs, en 1526, avait inauguré leur longue occupation. Les trois quarts du pays, le centre et l'est surtout, tombèrent sous le joug ottoman. Bientôt, à l'ouest, apparurent de nouveaux venus : les Habsbourg. Ils recueillirent ce lourd héritage, après la mort du roi Louis II de Hongrie à Mohàcs.

Dans les Marches créées par Charlemagne, cependant, demeuraient les Hongrois authentiques. Ils étaient les descendants des Magyars auxquels Annulf, souverain de Germanie, avait fait appel en 894, déclenchant ainsi de nombreuses invasions. Dans les pourtours montagneux s'étaient incrustés les représentants de la vieille race : les nobles Hongrois. Ce furent eux qui constituèrent la véritable force de la Hongrie au xvɪe siècle.

Les Turcs avaient établi leur capitale à Bude, qui avait été la ville de Mathias Corvin. Presque tout y avait été brûlé, y compris la grande bibliothèque remplie des trésors de la science du temps amassés par le roi. A présent ce n'était guère plus qu'un gros bourg où les envahisseurs avaient implanté les coutumes orientales. Il régnait chez eux un luxe et une douceur de vivre qui restaient ignorés et méprisés des véritables Hongrois. La Transylvanie, cependant, étant davantage sous l'influence ottomane, avait des mœurs moins rudes que les provinces de l'ouest et du nord.

Les Habsbourg résidaient à Vienne, à Presbourg ou à Prague. Presbourg demeura longtemps la capitale. Mais les seigneurs hongrois restaient sur leurs terres, dans leurs fiefs où ils avaient des droits absolus. On n'allait ni à Bude, à cause des Turcs, ni à Vienne, à cause des Habsbourg.

COMME SI la Hongrie n'était pas encore assez divisée éclatait, de 1556 à 1572, la réforme de Luther. La maison d'Autriche restant forcément catholique, la plupart de ses adversaires hongrois embrassèrent la nouvelle doctrine et se mirent du côté de l'Islam, par protestation contre une autorité qu'ils sentaient beaucoup plus durable que le régime de l'occupation turque; et les pachas, en retour, soutinrent invariablement les protestants.

La Compagnie de Jésus était venue en Autriche en 1551, et Ferdinand l'appuya activement après son couronnement, quelques années plus tard. Comme toujours les Jésuites partirent, puis revinrent en 1580. Maximilien II fut plutôt tolérant envers les protestants; mais Rodolphe II, son successeur, élevé en Espagne, fut de nouveau un catholique intransigeant.

Certaines grandes familles, comme celle des Nádasdy à laquelle appartenait l'époux d'Erzsébet Báthory, bénéficièrent, quoique protestantes, de l'indulgence et de l'appui de l'empereur; car de leurs forces et de leurs troupes elles soutenaient l'Empire contre l'Islam. Ferencz Nádasdy, de son adolescence à sa mort, ne cessa de guerroyer contre les Turcs.

La religion d'ailleurs n'avait pas grande importance, encore que chaque château eût son aumônier, abbé ou pasteur. Les femmes en général prenaient en se mariant la religion de leur époux.

L'ÉPANOUISSEMENT des arts avait été tardif en Hongrie. Comment une terre balayée d'invasions aurait-elle pu donner naissance à autre chose qu'à un artisanat confiné dans la fabrication des objets les plus nécessaires à la vie? Il n'y avait eu d'abord que des cuirs plus ou moins chargés d'ornements pour les tentes et les harnais; des peaux de bête tannées que l'on jetait sur le sol froid; enfin, tout ce que les peuples ont toujours emporté avec eux lorsqu'ils étaient des peuples nomades suivis de leurs fourgons de femmes, de nouveau-nés et de biens. Derrière ces chars marchaient des esclaves aux noms pleins de tristesse : Senki, personne; Bus, mélancolie; Kedvelton, chagrin; Cadeau; Sans nom etc. Les épouses des premiers chefs hongrois portaient de riches vêtements de soie à la mode sassanide, puis byzantine.

Comme partout, au XIIᵉ siècle, ce sont les monastères qui ont le monopole des arts et des lettres. Saint Étienne avait introduit des Cisterciens; ensuite ce furent les Clarisses qui comptèrent le plus de couvents. Elles avaient de beaux jardins sur le Danube, remplis de fleurs venues d'Orient par le chemin des croisades. Elles écrivaient : telle, par exemple, cette religieuse à qui l'on doit la vie de sainte Marguerite, mère de sainte Élisabeth.

Les Hongrois étaient sauvages et enclins à la tristesse, comme leur musique. Le plus ancien texte hongrois, *L'Orai-*

son funèbre, est un texte tragique. La mort est toujours présente dans les poèmes hongrois, où le printemps et la pivoine ne durent que juste assez pour voir la fin de la jeune fille et de son amant. Les hegedüs et les kobzós, descendants d'Attila, chantaient ces chansons soit sur des airs du temps, chers aux joueurs de luth, soit le plus souvent en mineur, sur des tons anciens venus des steppes lointaines et sauvages.

LE CHARME de la Renaissance atteignit la Hongrie par l'Italie. Il ne toucha pas la nation elle-même, qui continua à vivre comme au Moyen Age. Les femmes se conduisaient aussi sauvagement que dans les siècles noirs. Une certaine dame Benigna, fort dévote d'ailleurs, assassina ses trois maris l'un après l'autre; puis, pour effacer ses trois mauvais coups, elle laissa au clergé de fort beaux cadeaux, et par-dessus le marché un livre de prières enluminé. On trouvait alors, chez le moine comme chez la sorcière, des formules magiques de pardon toutes prêtes, voisinant avec des recettes pour tuer encore d'autres maris. Pour les funérailles, au lieu de verser des larmes, on se faisait des entailles avec tout le temps nécessaire pour se balafrer, les lamentations durant au moins un mois autour du mort, jusqu'à ce que les parents éloignés aient pu arriver par les chemins de Hongrie.

A la cour du roi Mathias s'était aussi conservée la coutume de la légende orale : le drame réel de l'infortunée Klára Zach, longue et tragique ballade, la légende de Toldi et d'autres « chansons de fleurs », comme on appelait la poésie, étaient chantés devant le roi, accompagnés de la guitare à long manche des hegedüs, les troubadours hongrois. Ce fut pendant très longtemps la seule littérature du peuple et des paysans. Cette poésie vivante prolongeait celle du paganisme, à côté des légendes nationales qui évoquaient les conquêtes d'autrefois et pleuraient les défaites. On déclamait ces légendes de façon monotone, en s'accompagnant sur des instruments aux sons plaintifs : le violon primitif, le cornet d'écorce mugissant à intervalles, la flûte d'os d'aigle ou de grue, le pot de fer recouvert de cuir dans lequel était planté un bâton mouillé qu'on faisait résonner.

A partir du xvie siècle, musique mondaine et chants populaires furent interprétés par les tziganes, dont chaque château possédait un orchestre, pour célébrer les noces, les fêtes, les funérailles et accueillir les visiteurs de marque.

Les Cisterciens vinrent en Hongrie au début du xiiie siècle, y apportant le style gothique. Le maître-d'œuvre français Villard de Honnecourt fût appelé pour bâtir la cathédrale de Kaschau. Bientôt, les châteaux furent construits dans le style féodal du xive siècle, ceux de Bude et de Visigrad entre autres, ainsi que les forteresses seigneuriales qui gardaient les défilés.

A la Renaissance, Mathias Corvin fit venir d'Italie des architectes, Benedetto de Majane et d'autres, qui transformèrent le château de Bude et le palais Báthory à Kolozsvar. Ils ornaient les façades de graffiti à la mode italienne; mais les motifs en étaient copiés sur ceux qu'on trouve dans l'orfèvrerie et les broderies hongroises.

Malheureusement tout fut dévasté par les Turcs peu après; et ces œuvres de la Renaissance avaient à peine eu le temps de pénétrer dans ces provinces éloignées, défendues par les Karpathes, au nord-ouest de la Hongrie. Parfois certains seigneurs faisaient arranger leur château, comme celui de Bittsere appartenant à Thurzó, qu'Erzsébet Báthory, lorsqu'elle y fut invitée, trouva des plus magnifiques. Mais en général les châteaux étaient dans le style hongrois avec des réminiscences polonaises ou orientales; et dans les provinces, le style féodal dominait. La ville la plus fréquentée était Presbourg (Pózsóny), qui était le siège de la justice et des assemblées palatines, et de l'Université; c'était aussi le centre des échanges : les marchés de tous les corps de métiers, de celui des orfèvres en particulier, s'y tenaient.

Il n'était pas un seigneur qui ne possédât une épée à la poignée d'émail de Hongrie; pas une dame qui ne brillât de tout l'éclat de ses colliers et de ses bracelets faits de ces mêmes émaux. Serties dans de l'or luisaient sur leur gorge ou descendaient en chaînes sur le velours de leurs corsages les couleurs profondes des émaux de leur pays. Mystérieux comme les teintes de forêts et ciselés plus finement que les fougères, ils servaient à fixer sur les épaules les fourrures hérissées des bêtes de ces mêmes forêts, et sur les toques les aigrettes de héron.

Malgré l'introduction, par les Bénédictins venus de l'abbaye de Saint-Gilles, des émaux champlevé de Limoges, les Hongrois gardaient leurs vieux motifs sassanides de sarments portant fruits et feuilles, et de pistils recourbés. Les ateliers d'orfèvrerie de Transylvanie étaient fort renommés en Europe au XIVᵉ siècle. Quant aux céramiques, elles conservaient aussi leurs motifs persans, et les assiettes étaient ornées de dessins fleuris venus sans altération d'Asie. Les bergers solitaires faisaient chauffer la corne pour la rendre malléable et en fabriquaient des cors de chasse, des peignes, des boutons et des porte-miroirs décorés, avec un creux pour mettre la pommade à lisser la moustache.

Les « marchands de simples », nombreux en Hongrie, partaient vers de lointains pays avec leur cargaison de camomille, de safran, de paprika, de nigelle des quatre-épices ainsi que des plantes médicinales de leurs forêts et de leurs plaines. Ils emportaient également de la graine de pavot et, pour en faire des aigrettes, cette « chevelure d'orpheline » qui couvre d'un duvet blanc certaine espèce de jonc penché des marécages.

LA HONGRIE, au XVIe siècle, était donc encore en pleine féodalité.

En Europe occidentale où l'on pratiquait davantage l'échange des idées, l'atmosphère semblait plus claire et printanière qu'en Hongrie, et surtout que dans cette région des Karpathes où la vie féodale était solidement implantée. Là il y avait peu d'argent; les denrées seules comptaient. Elles étaient abondantes, car la terre était généreuse sous ce climat sans surprise, torride en été, glacial en hiver. Les Turcs ne poussaient guère leurs incursions vers le nord-ouest du pays qui ne fut que rarement dévasté, et plus souvent par les bandits que par les Ottomans. Les récoltes y étaient donc à peu près sûres.

L'ennui y était sûr aussi malgré les événements familiaux, les allées et venues de château à château, ou les cures dans les stations de boues chaudes que l'on trouvait un peu partout dans le pays. La puissance y signifiait la toute-puissance : il ne dépendait que du caractère du seigneur — et de son épouse — qu'elle fût bonne ou mauvaise. Les paysans étaient difficiles à manier, peureux, querelleurs, superstitieux; et, à Csejthe où résidait Erzsébet Báthory, encore plus arriérés et stupides qu'ailleurs. C'est du moins ce qu'elle disait. Conformément aux lois et coutumes féodales, leurs seigneurs les protégeaient, allaient en guerre pour défendre un patrimoine dont les serfs faisaient partie au même titre que les arbres et les ruisseaux. Ils allaient en guerre contre tout : Turcs, Rebelles ou Habsbourg. Les palatines et les comtesses restaient dans les châteaux à l'abri des douves et des herses, avec une garnison et des domestiques dévoués. Quand leurs époux avaient à s'y rendre pour des diètes, des conciliabules ou des réceptions, elles allaient à Vienne ou à Presbourg. Elles avaient la joie de s'y faire admirer dans leurs plus beaux atours et d'y procéder à leurs achats. On trouvait à Vienne tout ce que la mode italienne ou française pouvait envoyer jusque-là, les objets de parure hongrois, et les bijoux. Les pierreries, les bracelets d'émaux se trouvaient aussi bien à Presbourg, où l'on importait même les essences d'Orient et de curieux voiles pailletés, authentiquement turcs. Dans les sombres salles des châteaux forts étincelaient souvent des soies et des ors venus des bazars de Constantinople, où en revanche se morfondaient, attendant d'être adjugés, des jeunes garçons et des jeunes filles choisis pour leur beauté et qui, en secret, avaient été achetés à des prix très élevés en Hongrie pour aller embellir les harems musulmans.

Chapitre III

Les chateaux de Hongrie se dressaient aussi bien sur les
rocs des Karpathes que dans la plaine, solides, et pour la
plupart, frustes. Leurs plans les faisaient ressembler à des
fleurs ou à des étoiles tombées à terre, comme on peut le
constater en feuilletant le livre publié en 1731 à Augsbourg
par von Puerckenstein. Celui-ci, tout en s'intéressant certainement au seul art militaire de défense, a composé comme un
herbier, comme une cosmographie de châteaux. Ceux des
plaines étaient parfois de grands quadrilatères, tel celui d'Illava, entourés de douves pour en interdire l'approche. Pour
les plus récents, l'influence byzantine se faisait sentir dans
les toits en forme de bulbe qui couronnaient les tourelles.
Mais les antiques châteaux féodaux, ceux des Marches créés
par Charlemagne, bâtis en pierres grises, sans fossés remplis
d'eau, étaient perchés sur les éperons des montagnes : peu

de fenêtres, des tours carrées, guère de place pour l'habitation, et d'immenses caves avec des souterrains qui conduisaient aux différents versants de la colline. Tel était le château où la comtesse Báthory passa le plus clair de son temps : Csejthe. Elle l'aimait pour sa sauvagerie, ses murs qui étouffaient tous les bruits, ses salles basses et, sur la colline dénudée, son aspect lugubre. Elle en avait d'autres, plus de seize au total, lui appartenant en propre ou qui étaient à son mari ; et c'est toujours dans les plus reculés et ceux aux abords les moins souriants qu'elle préféra vivre. Il y avait pour Csejthe et Bezcó une autre raison : ils étaient en territoire neutre sur la frontière austro-hongroise. A Csejthe, elle était attirée et retenue par quelque appel sinistre ; peut-être y trouvait-elle la sécurité que la sorcellerie et le crime exigent toujours, au commencement. Proche des bois chers aux sorcières et aux loups-garous, sous le cri tournant des rapaces et, la nuit, enveloppé par les cris des bêtes de la forêt et de l'engoulevent, Csejthe lui était une demeure d'élection. Ce n'est que lorsque son désir la prenait au dépourvu qu'elle s'arrêtait à Illava ou ailleurs. Bezcó et Csejthe furent les vrais repaires de son sadisme et de sa volupté.

Parfois, sous les caves d'un château, à l'endroit où avait été posée la première pierre, creusé le premier trou, on aurait pu découvrir un squelette de femme. Pour porter bonheur, donner l'abondance et assurer la descendance à ses maîtres, les maçons avaient muré vivante la première jeune femme qui passait par là. Et pour des siècles, le château reposait ainsi sur un frêle squelette. On allait et venait de l'une à l'autre de ces demeures. Ayant parfois à faire défendre celles de la plaine, on se retirait dans celles qui s'élevaient sur des pitons rocheux aux abords des petites ou des grandes Karpathes. La chaleur déterminait également les déplacements. La plaine était si torride, en été, que les seigneurs qui n'étaient pas à la guerre reprenaient avec leur suite, en coche et à cheval, les mêmes routes qui chaque année les menaient dans leurs demeures d'en haut, à proximité des forêts fraîches et des ruisseaux. Là restaient longuement la rosée et l'ombre. A la jaune lune des moissons, ils couraient les renards, les biches; les chasseurs pouvaient remonter les pentes de vignobles qui les conduisaient à la grande forêt sombre commençant par des chênes et des pins, puis se continuant par des bouleaux et des sapins entre lesquels fuyaient les daims, les cerfs, et fonçaient les derniers aurochs ou les ours sortant de leurs tanières.

Les caves et les souterrains des châteaux étaient toujours immenses, même pour une habitation de modestes dimensions, dans les pays de vignobles qui forment un chapelet ininterrompu au bas des pentes des Karpathes tout autour de la Hongrie septentrionale. Les caves servaient de celliers; les paysans y transportaient les récoltes, car ces caves étaient fraîches et en cas d'attaque bien défendues, alors que le village, au bas de la colline, avait à subir les assauts des Turcs et des Hongrois eux-mêmes, suivant qu'ils acceptaient ou non la domination des Habsbourg.

Les véritables Hongrois et surtout les vieilles familles se faisaient un point d'honneur de mener une vie simple dans un décor, rude lui aussi, mais qui n'en était pas moins leur luxe particulier. Le mobilier se composait de massives armoires en chêne sombre sculptées par les menuisiers du pays, de lourds coffres à linge alignés contre les murs. Le milieu de la chambre à coucher, qui était la pièce la mieux chauffée avec ses deux cheminées, était occupé par un lit à colonnes, dur et sans ressorts, entouré comme une calèche de rideaux flottant au vent des portes. Faits pour vraiment préserver du froid, ces épais rideaux étaient en velours venu de Gênes, en brocart, le plus souvent en coton tissé sur place entremêlé de fils de soie de couleur et d'or. Il y avait aussi des miroirs aux reflets lointains, encadrés de chêne tourné ou de plaques de métal damasquiné, selon la mode espagnole que les Habsbourg avaient introduite et à laquelle l'époque devait une grande partie de son luxe.

Sur les murs du château de Sárvár, près de la frontière autrichienne, on pouvait voir encore au siècle dernier une grande fresque naïve peinte en 1593. Ferencz Nádasdy l'avait fait exécuter pour commémorer la bataille de Sissek, où il commandait contre les Turcs l'armée hongroise. Rien ne reste plus de cette vieille fresque. Sur le fond noirci par le temps, on pouvait alors le distinguer lui-même, vêtu d'un de ces longs caftans verts qui depuis la venue des Turcs avaient remplacé la courte tunique hongroise. D'allure encore jeune, on le voyait sur le point de transpercer de sa lance un Turc étendu à terre. La guerre était en effet sa vocation, sa raison d'être. Il luttait aux côtés des Habsbourg, comme son père l'avait fait. Son courage et son ardeur belliqueuse lui avaient valu le surnom de « Beg (le Seigneur) Noir ». Noir de barbe, d'yeux et de peau, il avait une belle prestance. Son âme semblait assez simple et claire, malgré ses rugissements de colère lorsque, revenant au château, il arpentait escaliers et corridors. Il rapportait l'odeur et les habitudes des camps où l'on ne se lavait pas, bien qu'il existât à l'armée des baignoires de cuir, où l'on mangeait vite et goulûment, et où l'on était dur et brutal envers ses subordonnés.

C'est lui qui enseigna à sa femme l'infaillible moyen de faire revenir les servantes de leurs crises d'épilepsie ou d'hystérie, en leur mettant du papier huilé entre les orteils et en l'allumant. Il employait ce procédé avec ses soldats, sans penser à mal. Erzsébet s'en souvint, plus tard. Il vit, un jour, en entrant dans un petit jardin privé du château, une de ses jeunes parentes pleurante et nue attachée à un arbre, toute enduite de miel et couverte de fourmis et de mouches. Il se promenait par là avec sa jeune femme qui lui expliqua, en fronçant ses beaux sourcils, que cette fille avait volé un fruit. Il trouva la plaisanterie très amusante. Quant à ce qui est des fourmis, les soldats étaient couverts à longueur d'année d'une vermine autrement tenace qui ne cédait ni à l'herbe-aux-puces, ni à l'herbe-aux-poux, ni à celle aux teigneux. Il ne se souciait pas outre mesure de ce qu'Erzsébet faisait de ses servantes, pourvu qu'elle ne l'en ennuyât pas lors de ses rares séjours auprès d'elle. En bonne maîtresse de maison, elle ne manquait jamais de le tenir au courant des détails, jusqu'à ce qu'il lui dît qu'il en avait vraiment assez de ces histoires domestiques, qu'elle fît ce qui lui semblerait bon et qu'elle lui parlât d'autre chose, d'elle-même par exemple, car il l'aimait et l'admirait. Il en avait un peu peur aussi. Ce guerrier, dès le premier jour, avait senti en cette très belle jeune femme de quinze ans une sombre force, d'une toute autre nature que celle, brutale et simple, qu'il déployait dans la bataille. Et puis, elle s'entêtait à ne pas avoir d'enfants; elle s'entourait de sorcières, passait des heures, l'esprit ailleurs, à élaborer des talismans pour toutes choses. Il traînait toujours chez elle quelque parchemin écrit avec du sang de poule noire; des plumes de huppe restaient sur la table autour de son écritoire de corne ciselée, et de précieux petits ossements ronds reposaient sur des herbes sèches au fond des boîtes. Il se dégageait de tout cela une assez mauvaise odeur.

Ferencz Nádasdy était né le 6 octobre 1555. Il appartenait à une famille vieille de plus de neuf cents ans; on pouvait en tracer la généalogie depuis le règne d'Édouard Ier, roi d'Angleterre (c'était son pays d'origine). Des ancêtres avaient été appelés, ou invités en Hongrie pour venir lutter contre quelque ennemi, et ils étaient restés là dans les pays d'ouest, près de la frontière autrichienne, du côté de Sárvár et d'Eger.

Le plus fameux de tous les Nádasdy avait été Tomás, le Grand Palatin (1498-1562), qui avait défendu Bude contre les Turcs et avait contribué à l'élection de l'empereur Ferdinand. De cela, les Habsbourg furent toujours reconnaissants aux Nádasdy. Tomás était pauvre, et c'est en les servant qu'il fit sa fortune, en un temps où la majorité des Hongrois préférait la domination ottomane à celle du Saint-Empire Romain.

Tomás Nádasdy naquit à une époque, celle de la Renaissance, où l'on commençait à donner aux jeunes nobles une culture assez avancée. Il alla, selon la nouvelle coutume, étudier aux Universités de Graz et de Bologne. En 1536, il épousa une très jeune fille, Orsolya Kanizsay, dont l'antique famille possédait de grands biens. Par ce mariage il devint un des seigneurs les plus riches de Hongrie. Cependant Orsolya, à quatorze ans, ne savait ni lire ni écrire. Tomás, qui l'aimait tendrement, entreprit de faire son éducation et fit venir des lettrés pour l'instruire. Tous deux secouraient les pauvres, ce qui était assez rare à cette époque et, ce qui était plus courant, s'écrivaient chaque jour lorsqu'ils étaient séparés. On possède une des lettres de Tomás à sa femme. Daté de 1554, ce message ayant trait à sa nomination de palatin est plein d'affection. Tomás Nádasdy protégea toujours les savants. Il fit, en 1537, à Sárvár même, imprimer le premier livre en hongrois qui se trouvait jusqu'à présent au Musée national de Budapest.

Orsolya Nádasdy prépara longtemps à l'avance le mariage de son fils. Ayant été très heureuse en l'état de mariage, elle pensa qu'il serait bon pour Ferencz de suivre le même chemin. Ce fils, elle ne le voyait guère, occupé qu'il était déjà à ses exercices guerriers à Güns, près de la frontière autrichienne. Les Turcs n'avaient jamais pu s'emparer de cette petite ville défendue par saint Martin lui-même, qu'on avait vu descendre du ciel pour combattre les musulmans.

Quant à György et Anna Báthory d'Ecsed, ils avaient voulu allier leur famille, alors qu'ils étaient dans leur pleine magnificence, à la glorieuse famille des Nádasdy. Ainsi fut décidée la vie d'une fille de onze ans, qui déjà portait en elle le sentiment de sa beauté et le désir de briller à la cour de Vienne, parmi les chevaliers et devant l'empereur. Au lieu de cela, ce fut la vie auprès d'Orsolya Kanizsay, bonne, mais puritaine et austère. Erzsébet arriva dans la calèche à quatre chevaux de son père, et son avenir fut scellé. Dans le château de ses parents elle vivait librement; les jours passaient gaiement dans les grands banquets et les fêtes, chacun agissant à sa guise. A présent elle était limitée à chaque pas par la rigueur et la routine de cette vie austère de prières, où les amusements étaient rares. Erzsébet, dès le premier jour, détesta Orsolya qui la faisait travailler, ne la quittait pas un instant, la conseillait, décidait de ses costumes, veillait sur tous ses actes et jusque sur ses plus secrètes pensées. Aucun écart d'imagination n'était permis; elle s'ennuya. Il y avait des moments un peu plus clairs, quand Tomás Nádasdy revenait à la maison entre deux batailles. A son arrivée le château revivait et Orsolya n'avait plus le temps de s'occuper de sa future bru. Avec le palatin survenaient de jeunes nobles qui aimaient s'amuser; alors Erzsébet imaginait quelque chose des plaisirs de la cour de Vienne. Mais cela ne durait pas. Elle essaya de se libérer; elle écrivit en secret à ses parents. Anna lui répondit, la suppliant de supporter son ennui jusqu'au mariage, l'assurant qu'ensuite tout changerait. Mais à user ainsi sa beauté et sa jeunesse aux travaux du ménage, des idées de revanche naissaient dans ce cœur méchant déjà et indompté. Aussi lorsqu'elle resta maîtresse de Csejthe, tandis que son mari s'en allait chasser les Turcs ou s'occupait des affaires publiques à Vienne ou à Presbourg, ce qu'il y avait d'autoritaire et de cruel dans son caractère ne fit que s'accentuer.

C'est dans son château de Léká, au milieu des Tatras sauvages, qu'Orsolya emmena Erzsébet après avoir longuement cherché pour son fils la perle rare qui pourrait lui convenir. Erzsébet Báthory y continua d'abord une enfance plutôt sombre, galopant sur les sentiers des forêts, et s'imprégnant des forces obscures de la nature. Orsolya Nádasdy possédait bien entendu un grand nombre d'autres demeures, dont la plus belle était Sávrár; mais ce château était comme aplati dans la plaine brûlante. Orsolya était assez fragile, souffrant de quelque maladie dont on ne se souciait guère à l'époque et supportait difficilement ce climat. L'air était meilleur à Léká, sur une hauteur, exposé au vent et si difficile à atteindre que lorsqu'on s'y fixait c'était toute une expédition pour en repartir. Aussi y restait-on. Les Nádasdy y sont même enterrés : on peut y voir aujourd'hui leur double statue de marbre rouge foncé qui les représente agenouillés. C'était la coutume alors que la belle-mère fît l'éducation de celle qui deviendrait la femme de son fils. A peine une fille de palatin faisait-elle ses premiers pas qu'on envoyait des émissaires qui regardaient l'enfant comme ils l'auraient fait d'un jeune cheval; et les transactions commençaient. On communiquait de château à château à l'aide de miroirs juchés sur les donjons; les conversations ne pouvaient être longues, mais les réponses étaient données de façon précise.

Ferencz Nádasdy voulait vivre seul. Il avait bien autre chose à faire que de se marier, mais il était l'unique enfant mâle de la lignée. Orsolya, elle, ne voyait nulle félicité possible hors du mariage; avec obstination, elle garda et éleva

chez elle Erzsébet, lui inculquant les mille subtilités des ordres
à donner pour que les placards soient bien nettoyés, le linge
bien safrané ou blanchi et plié sous la presse, en carrés aussi
petits que possible. Elle apprenait aussi à sa future belle-fille
à lire et à écrire, comme son mari le lui avait à elle-même
enseigné. Enfin, elle se donnait beaucoup de mal pour faire
de cette enfant taciturne une bru selon son cœur.

Quand son cher Ferkó revenait à Léká ou, en hiver, à
Sárvár, il regardait cette petite fille pâle, aux inquiétants
yeux noirs qui le fixaient; il ne se sentait pas très rassuré;
mais il s'entendait répéter que sa mère avait besoin de quelqu'un qui lui tînt compagnie, qu'elle ne vivrait pas longtemps,
ce qui était vrai car sa santé était mauvaise (elle mourut peu
après le mariage) et surtout qu'on ne pouvait être heureux
qu'en ménage. Et Ferencz repartait. Et Erzsébet, insolente
et coléreuse, continuait à apprendre fort mal ses devoirs de
maîtresse de maison et fort bien les vertus d'une amazone,
jouant avec les garçons et galopant à travers les champs
ensemencés sans se soucier de rien, en vraie fille de magnat.

Il en fut ainsi jusqu'au jour de 1571 où Ilosvai Benedictus,
de Krakko, lut aux jeunes gens certain épithalame : « *Epitha-
lamion conjunguit Dominum Franciscum Nádasdy et Dominam Heli-
sabeth de Báthor* » qui les fiançait officiellement. Elle avait
onze ans et lui dix-sept. Puis il repartit une fois de plus.

Erzsébet n'eut pas à changer de religion, d'abord parce
que cela n'avait pas beaucoup d'importance, et aussi parce
qu'elle appartenait à une branche des Báthory récemment
devenue protestante. Les Nádasdy l'étaient aussi, quoique
Ferencz soutînt les Habsbourg catholiques, et qu'il fondât
même par la suite un monastère.

Un poète, l'éminentissime docteur Paulius Fabricius, avait
à la naissance de Ferencz écrit un dithyrambe et prédit qu'il
serait un grand pourchasseur des Turcs; qu'il protégerait la

poésie et les arts, ce qui se révéla exact; qu'il aurait douleurs de tête, rhumes et maux de gorge, ce qui se trouva être également vrai. La Lune et Mercure dans le signe de la Balance le prédisposaient à l'amour des lettres et annonçaient qu'il aurait une femme belle, ce qui ne manqua pas d'arriver. Il paraît que le poète dit tout cela pour plaire au père de Ferencz; s'il sut voir aussi ce qu'il adviendrait par la suite de celle qu'il épouserait, cela il ne le dit que de façon ambiguë.

La coutume, chez les protestants, voulait qu'on envoyât les jeunes gens à Wittenberg où Luther avait vécu et où il y avait une Université réformée. Six cents jeunes Hongrois y faisaient leurs études et il était de bon ton de faire venir de là des précepteurs. Ferencz Nádasdy fut élevé par l'un deux, György Mürakoczy, qui vint enseigner à Sárvár et fit la réputation de l'École de cette ville. La Bible y était l'étude essentielle. Hors de cela, on ne connaissait guère que l'exercice des armes, l'équitation et la vénerie.

On trouve trace de la bravoure de Ferencz Nádasdy tout au long de la période de lutte contre les Turcs ou contre les seigneurs hongrois qui les protégeaient, ceux qu'on appelait les « Rebelles ». Au tome VII de l'aride *Histoire de Hongrie* écrite en allemand par J. A. Fessler, on trouve mentionné le nom de Ferencz Nádasdy à l'occasion de chaque bataille contre le sultan Amurat III, petit-fils de Soliman II, qui était si cruel qu'il fit étrangler ses dix-neuf frères, précipiter dans le Bosphore dix femmes enceintes de son père, empaler des garnisons entières et brûler leurs chefs à petit feu. D'ailleurs, les Hongrois le cédaient peu aux Turcs en férocité, et à juste titre, car tout le monde les volait et enlevait leurs fils et leurs filles. Parfois c'étaient d'autres Hongrois qui les vendaient aux Turcs, telle la fille vendue par sa belle-mère dont il est question dans la vieille ballade de Boriska :

Sortit dans son jardin se jeta sur l'herbe,
Mes fleurs, mes fleurs
Fanez-vous, desséchez-vous dans la terre
Afin que tous voient que vous me pleurez.

A la maison se jeta sur son lit,
Mes robes, mes robes
Tombez de vos clous, moisissez à terre
Afin que tous voient que vous me pleurez.

Les paysans ne pouvaient aller travailler dans les champs qu'avec l'épée au côté et leur cheval tout sellé pour s'enfuir en cas de nécessité. Dès qu'ils voyaient, à l'horizon, surgir des cavaliers, ils les comptaient : à nombre égal ils se battaient et ne leur faisaient jamais merci; s'ils étaient plus nombreux, ils se sauvaient, car les Turcs les prenaient et les emmenaient comme esclaves pour obtenir une rançon. Si le paysan était pauvre, les Turcs le torturaient jusqu'à ce qu'il promît de vendre ses biens, sa maison et ses champs et de leur en rapporter la somme. Aussi les protestants étaient-ils fiers de leur « Seigneur Noir », qui exterminait la maudite engeance des Ottomans partout où il la rencontrait. Ferencz, en cela peu semblable aux guerriers de son temps, était relativement chaste et sobre. Il ne buvait ni ne mangeait trop, même aux banquets lorsqu'on célébrait les victoires. Le samedi il jeûnait jusqu'au soir, et les veilles de fête entièrement. Il devint de plus en plus porté vers la religion en avançant en âge et en prenant du pouvoir.

En 1601, étant à Pózsóny, il dut garder la chambre, ayant mal à la jambe et ne pouvant marcher. En été il fut mieux. Les conjurations d'Erzsébet, qui lui avaient évité toute blessure sur le champ de bataille, ne purent combattre la maladie dont il devait mourir à Csejthe en janvier 1604, âgé seulement de quarante-neuf ans.

Si la famille du futur mari d'Erzsébet était irréprochable, on ne pouvait en dire autant de l'illustre lignée des Báthory.

Erzsébet était née en 1560, dans l'un des châteaux appartenant à la branche Ecsed. Son grand-père s'était battu à Mohács en 1526. Son père était György Báthory, un soldat lui aussi, tantôt l'allié de Ferdinand Ier de Habsbourg, tantôt celui de Zapoly, l'adversaire de Ferdinand. Sa mère, Anna, avait été déjà mariée deux fois et avait eu d'autres enfants.

Anna Báthory, fille d'István Báthory et de Katalin Telegdy, était la sœur du roi de Pologne Étienne Báthory. Elle appartenait à la branche Somlyó. Pour son temps, elle avait reçu une instruction considérable : elle lisait la Bible et l'histoire de Hongrie en latin. Ses parents en firent une jeune fille accomplie, car alors peu de femmes savaient lire et écrire. A vrai dire, l'histoire de Hongrie était succincte; quelques passages fabuleux sur les antiques Onogours, les vrais fils de Japhet; et de glorieuses légendes. On y racontait par exemple comment, en rêve, un épervier avait connu la princesse Emesu et comment elle avait vu alors, prophétiquement, jaillir d'elle un torrent de rois fameux. La patrie primitive de cette maison, où naquit Almos (l'épervier), était la sauvage Scythie, aux confins de la Perse Méotide. Sept ducs, dont descendaient les fiers Báthory, étaient partis de ce pays à la tête de sept tribus et avaient fait l'acquisition de la Hongrie pour un cheval blanc.

La lune à gauche, et le soleil à droite, figuraient dans le blason de ces rois des sept tribus, les Siebenburgen, dont venait Anna Báthory. On les trouvait encore dans le blason de sa fille Erzsébet, où ils devinrent comme les deux sceaux, de chaque côté des cieux, des puissances magiques qui dominèrent sa vie.

Mais la mère d'Erzsébet, elle, ne semble pas s'être beaucoup intéressée aux puissances occultes; elle eut de saines préoccupations matrimoniales et sociales. Naturellement les prétendants affluèrent et ce fut Gáspár Dragfy qu'elle choisit, « heureuse de devenir sa femme, car il était grand et beau ».

Ils vécurent comblés à Erdöd, dans la province de Szathmár au nord-est de la Hongrie, toute proche de la Transylvanie. Ils étaient farouchement protestants et un pasteur, du nom d'András Batizi, vivait au château. Une partie du temps se passait de façon fort édifiante à convertir le voisinage : les paysans, bien sûr, mais aussi la famille, à commencer par le beau-frère et la belle-sœur d'Anna. Ils fondèrent une école en Transylvanie et firent venir, pour y enseigner, un jeune homme de l'Université de Wittenberg comme il était de bon ton de le faire alors.

Anna Báthory eut deux fils, János et György; puis son mari mourut en 1545.

Elle lui succéda, non seulement dans l'administration de ses biens, mais encore dans celle des affaires publiques, ce qui était un grand honneur pour une femme et prouve ses capacités. C'est de ce premier mari qu'elle hérita du beau château d'Erdöd, qui resta dans sa dot lorsque par la suite elle se maria avec György Báthory.

Cette jeune veuve n'avait pas le goût de la solitude : avec le même enthousiasme, elle épousa en secondes noces Antal Drugeth de Homonna, qui se dépêcha de mourir à son tour. Mais, parce qu'elle était heureuse en ménage malgré ces successives disparitions, elle se maria derechef en 1553 avec son cousin de la branche Ecsed, György Báthory, dont elle eut quatre enfants : en 1555 István, à demi-fou et très cruel, qui devint *judex curiae* et épousa Frusina Drugeth; puis Erzsébet; ensuite Zsofiá, femme d'András Figedyi, et Klára qui épousa Michælis de Kisvarda.

A Erzsébet ne s'appliqua pas le proverbe hongrois qui veut que « la pomme ne tombe jamais loin du pommier ». Ses deux sœurs Zsofiá et Klára ne laissèrent pas dans l'histoire des traces de cruauté extraordinaire, compte tenu des coutumes du temps.

Le père d'Erzsébet mourut alors que celle-ci avait dix ans. C'est pour cela, sans doute, que dès 1571 elle fut officiellement fiancée à Ferencz Nádasdy; car il restait à sa mère deux autres filles à marier.

En son grand âge, Anna Báthory mourut pieusement, regrettée et laissant à ses enfants avec de multiples demeures et des biens sagement gérés un exemple édifiant. A cause de l'union consanguine dont ils étaient issus ou, bien plutôt, sous l'influence de leurs astres particuliers, ce bon exemple ne laissa aucune empreinte, au moins chez deux de ses descendants.

LA GOUTTE était la maladie de famille, ce qui n'avait rien de rare à une époque où l'on se nourrissait exclusivement de viande et de gibier très épicés, et dans un pays où le meilleur des vins est la boisson courante. Mais l'autre maladie héréditaire était l'épilepsie, qu'on appelait alors « crises du cerveau ». Étienne Báthory, roi de Pologne et oncle d'Erzsébet en était mort, après avoir recouru pour la combattre à toute la sorcellerie et à tous les remèdes alchimiques du temps, et aussi à la musique, celle de Palestrina. Un autre oncle, István, qui aida les Habsbourg à empêcher que le fils de Mathias Corvin ne devînt roi, était illettré, cruel et menteur; palatin de Transylvanie, il dut quitter cette province et emporta avec lui tout l'argent du pays : n'en ayant pas assez, il fit faire de la fausse monnaie. Au demeurant, il se faisait également payer par les Turcs. Sa folie était telle qu'il prenait l'été pour l'hiver et se faisait alors voiturer en traîneau, comme par temps de neige, sur des allées couvertes de sable blanc.

Un cousin de la branche Somlyó, Gábor, roi de Transylvanie, était lui aussi cruel et avare; il finit par être assassiné dans les montagnes. Son vice, à lui, était sa passion incestueuse pour sa sœur Anna, qui lui rendait son amour. Il ne laissa que deux filles qui, comme beaucoup d'enfants de cette famille, moururent à neuf et douze ans.

Un autre oncle encore, nommé aussi Gábor et qui vivait à Ecsed, se plaignait d'être habité par le diable : il avait de véritables crises de possession pendant lesquelles il se roulait par terre et mordait. Le propre frère d'Erzsébet, István, était un satyre qui, même en ces temps rudes, choquait tout le monde. Il fut le dernier de la branche Báthory-Ecsed et mourut sans enfants. Tous ces personnages étaient d'une incroyable cruauté et ne reculaient devant rien pour satisfaire leurs fantaisies.

L'une des plus célèbres de la famille fut la tante paternelle d'Erzsébet, Klára Báthory, fille d'András IV, qui eut quatre maris et « se rendit indigne du nom des Báthory ». Elle fit mourir ses deux premiers époux, dit-on. Il est certain qu'elle fit étouffer le second dans son lit. Elle s'acoquina ensuite dans les pires conditions avec Johán Betko, puis avec Valentin Benkó de Paly. Elle prit enfin un amant très jeune, et lui donna un château. Cela se termina fort mal d'ailleurs : ils furent tous deux capturés par un pacha; l'amant fut mis en broche et rôti; quant à elle, toute la garnison lui passa sur le corps. Elle n'en serait pas morte, mais on la poignarda pour finir. Naturellement, c'est la compagnie de cette tante qu'Erzsébet recherchait le plus.

Quant à Sigismond Báthory, roi de Transylvanie en 1595 au temps du sultan Mahomet III et de l'empereur Rodolphe II, qui était cousin d'Erzsébet, il se signala lui aussi par ses inconséquences et sa versatilité voisine de la folie. Sans entrer dans le détail de ses changements de politique, de la vente de la Transylvanie à Rodolphe II, puis aux Turcs, du don subit de son royaume à son cousin András Báthory — don aussitôt repris —, il suffira de parler de ses relations avec sa femme Marie-Christine, princesse d'Autriche. Il l'avait épousée le 6 août 1595 à Wissembourg, pour consolider l'alliance avec la Maison d'Autriche. Sous prétexte que sa femme lui répugnait au point qu'il ne pouvait s'empêcher de hurler, la nuit, quand il se trouvait à ses côtés, il annonça à grand bruit qu'il voulait renoncer au monde. Élevé par les Jésuites, il était d'un catholicisme intransigeant. Pour arriver à ses fins, il alla jusqu'à se déclarer, peut-être non sans raison d'ailleurs, impuissant. Chaque nuit, il voyait autour de lui des fantômes que sa femme n'apercevait point. Il la relégua à Kovár, deux ans après son mariage, et se rendit à Prague auprès de Rodolphe II pour discuter du lieu de sa propre retraite. Après diverses péripéties, il reprit sa femme puis, ayant reçu la Toison d'or de la main même de Philippe II d'Espagne, il s'enfuit en Pologne pour rester seul avec ses fantômes, et loin de son épouse.

Son cousin András Báthory qui, pour quelque temps, avait accepté la royauté en Transylvanie, eut une mort tragique : il fut tué à coups de hache sur un glacier. On retrouva sa tête, qui avait été tranchée, on la recousit, et on exposa le corps le cou entouré d'un linge, en grande pompe dans l'église de Gyulalehervár. Une gravure du temps montre, reposant sur le linge blanc, cette tête aux traits réguliers, très pâle, ornée d'une barbe noire et portant une blessure faite par la hache au-dessus de l'œil gauche.

ERZSÉBET fascinait. Et on ne se lasse jamais d'être fasciné par une beauté si jeune et si troublante. Une façon de baisser les paupières aux cils bruns, une façon de pencher sur la grande fraise roide l'ovale de la joue; et le dessin de cette bouche, ce dessin que le temps a presque effacé sur son portrait... Quand elle paraissait, elle séduisait et faisait peur. Les autres femmes n'étaient rien à côté d'elle, qui était sorcière et noble louve. Si elle avait été gaie, les choses eussent été différentes; mais ses rares paroles n'exprimaient que le défi, le commandement, le sarcasme. De telles femmes que peut-on faire, sinon les parer, les cuirasser de satins guindés et de perles? Nul amour ne venait jamais à la rencontre d'Erzsébet. Seules ses nourrices et sorcières, fidèles à leurs instincts primitifs, lui avaient voué un culte et n'avaient que mépris pour le reste des humains.

Pourtant Erzsébet était sûre de son droit : un droit fondé sur la dangereuse et fatale magie des sèves végétales et du sang humain, un droit né de la rose des vents et contre lequel on ne peut rien. Les sorcières de la forêt la faisaient vivre au cœur d'un monde sans rapport avec le monde réel. Plus tard, sentant monter en elle le désir de les immoler, elle pensait des jeunes filles : « Leur sang ne va pas les porter plus loin; c'est moi maintenant qui vais en vivre, une autre moi; je suivrai leur route, leur route de jeunesse qui les conduisait à la merveilleuse liberté de plaire. Par leur chemin que je triche, je parviendrai à l'amour. Gardez-moi belle, huiles de la souplesse des fleurs. Puisque vous existez réellement comme j'existe, gouttes secrètes gardées au creux des mains des fées, dans la coque des glands, à la jonction de deux feuilles là où l'insecte se baigne, puisque vous existez, ô secrets, brassez-vous, venez m'aider! Je ne sais pas d'où je viens, je ne sais vraiment pas d'où je viens, je suis incapable d'imaginer d'où je viens. Vous qui ne connaissez pas votre étrange puissance, vous qui êtes nés tels que vous êtes, gardez-moi telle que je suis. Car je ne sais pas d'où je viens, je ne sais pas où je vais : je suis là. »

Tous CRUELS, tous fous, et cependant, tous braves. Le palatin István tomba à la bataille de Varnó; György, le grand-père d'Erzsébet se battit à Mohács. András fut cardinal à Varád. László, plus sage, traduisit la Bible. C'est de cette extraordinaire filiation dont une chaîne de malignité reliait les membres les uns aux autres qu'Erzsébet fut l'aboutissement.

Ils se voyaient, se fréquentaient, se rendaient visite; et si Erzsébet, lorsque les choses tournèrent à son désavantage ne reçut aucune aide de leur part, elle n'en reçut aucun blâme non plus : ils la reconnurent pour une des leurs.

Leurs demeures couvraient la contrée, soit à l'est vers Ecsed, soit près de la frontière autrichienne, à Somlyó. On était forcé de s'arrêter longtemps chez l'un ou chez l'autre. Erzsébet se rendit parfois chez la sœur de son mari, Kata Nádasdy, mais là elle était reçue avec suspicion. Les Báthory ne se sentaient à l'aise que lorsqu'ils étaient tous assemblés. Alors seulement, réunis en d'immenses banquets aux raffinements puérils et aux viandes dures, ces gens dont les antiques blasons portaient des dents de loup se savaient en famille. Ils n'en continuaient pas moins à se méfier les uns des autres.

Erzsébet se tenait rigide et scintillante au milieu de ses pairs, cachant encore, cependant, ses vices comme endormis sous une eau stagnante. Elle était, à l'une ou l'autre de ces réunions de famille, vêtue de blanc immaculé, sa robe ruisselante de perles et la tête coiffée de la fameuse résille, de perles également. Dans tout ce blanc, il ne paraissait que ses immenses yeux noirs et cernés. Blanche et muette, pareille au cygne flottant entre deux roseaux qu'on voyait sur le blason de son seigneur Nádasdy. Mais au plus profond d'elle-même, aux racines mêmes de son être, elle était entièrement Báthory, entièrement louve.

Seules ses belles-sœurs la gênaient. Elle s'en vengea un jour, en chargeant sa vieille nourrice Jó Ilona d'enlever à l'une d'elles, épouse vertueuse, ses servantes pour les destiner à ses propres usages. Mais que pouvait y redire la femme de Ist128, le frère aîné d'Erzsébet, alors que celui-ci, un véritable satyre, chuchotait à l'oreille de sa sœur les histoires très scandaleuses que lui avait apprises sa maîtresse française. Cette dernière était la femme d'un officier envoyé à Vienne. Elle avait circonvenu István Báthory par des œillades et des gestes gracieux qui n'étaient guère dans les rudes mœurs du pays. Elle lui avait aussi enseigné des façons venues de la cour, licencieuse s'il en fût, des Valois, et qui n'étaient pas admises dans la simplicité du lit conjugal hongrois.

Erzsébet écoutait sans surprise, et quelques semaines plus tard remontait dans son carrosse pour rejoindre à Csejthe son seigneur Ferencz qui, après s'être de nouveau couvert de gloire, s'octroyait une permission.

Chapitre IV

LES NÁDASDY avaient échangé et vendu quelques-uns de leurs châteaux pour acquérir celui de Csejthe. Il avait appartenu à Mathias Corvin et à Maximilien II d'Autriche, qui le vendit à Orsolya Kanizsay et Ferencz Nádasdy pour la somme de 86.000 florins autrichiens. Ils achetèrent en même temps 17 autres châteaux et villages.

Csejthe [1], fondé au XIIIe siècle, avait toujours appartenu à la Couronne de Hongrie et Bohême. Avant les Nádasdy, le propriétaire en était le comte Christofer Országh de Giath, conseiller de l'Empereur. A la mort d'Erzsébet Báthory, Csejthe passa à ses enfants et, plus tard, la Couronne royale le vendit, ainsi que Beckó, au comte Erdödi pour 210.000 florins. A partir de 1707, l'armée impériale occupa le château,

1. Csejthe : à présent Chactice, en Slovaquie.

et en 1708 il était dans les mains de Ferencz Rakozci [1].

Pour un mariage, la coutume voulait que l'on choisît l'endroit le plus beau et le plus confortable. Beaux et confortables, Léká et Csejthe ne l'étaient guère, dans leurs inaccessibles montagnes; et l'on descendit à Varannó, non loin de là mais situé en bordure de la plaine, pour célébrer le mariage de Ferencz Nádasdy et d'Erzsébet Báthory. Le 8 mai 1575 eut lieu l'événement auquel tout, presque dès sa naissance, avait destiné Erzsébet. Elle avait près de quinze ans.

En cette journée de printemps, dans le village se mariaient également des paysannes portant d'immenses couronnes de fleurs et de jeunes feuilles, faites en forme de soleil. On leur avait chanté, en louange à leur beauté : « Non, tu n'es pas née d'une mère, tu es née de la rosée sur la rose de pentecôte (la pivoine.) »

Celle qui attendait, debout, au château de Varannó, n'avait certes rien d'une rose de pentecôte ni d'aucune fleur couleur de vie. Il n'était pas d'usage de se farder, parmi les nobles dames de Hongrie. Erzsébet se dressait toute en blanc et en perles, très pâle sous ses cheveux sombres, et son immense regard lointain semblait venir du fond de l'orgueil. Sans doute le matin même avait-elle eu cent fois prétexte à se mettre dans ses habituelles colères, tandis que ses demoiselles d'honneur s'affairaient à ajuster la grande robe de noces, ni tout à fait hongroise ni tout à fait orientale, pompeusement étalée et dont le satin bouffait entre les losanges de fils de perles. D'autres perles très grosses et très longues, boucles d'oreilles et sautoirs, ainsi que la fraise roide d'argent autour du cou de cette jeune idole, faisaient ressortir la matité du teint et la grande ombre des yeux.

Dépassant hors des poignets serrés qui terminaient les

1. En 1708 un officier français, nommé de La Motte, s'empara du château qui finalement fut brûlé au XIXe siècle.

larges manches, ses mains étaient enduites de pommades parfumées. Sous ses vêtements, dans les endroits les plus divers, on avait cousu les talismans : pour être aimée, pour être féconde, et pour plaire, pour plaire toujours, pour que sa beauté restât ce que en ce jour magnifique elle fut.

Certes, lorsque dans la nuit de printemps qui entrait par toutes les fenêtres illuminées de Varannó, tandis qu'en bas les danses continuaient, elle se trouva immobile, les yeux grand ouverts dans le lit aux tentures tirées entre les quatre colonnes, ce fut bien un démon que Ferencz Nádasdy prit dans ses bras de guerrier; mais ce fut un démon blanc. Il avait toujours eu un peu peur de la jeune fille, qu'à chacun de ses retours auprès de sa mère il retrouvait grandie, embellie. Et en effet, bien qu'elle ne fût après tout qu'une enfant de quinze ans, il ne put la dompter.

Peu de détails ont été gardés sur cette union, malgré qu'elle fût celle de deux des plus grandes familles de Hongrie.

L'empereur Maximilien II avait envoyé de Prague son assentiment. La lettre, signée de sa main, a été conservée. Mais, en dehors de cela, il n'existe comme document que la description des cadeaux envoyés : de la part de Maximilien de Habsbourg, qui ne put se rendre au mariage et s'y fit représenter, une grande jarre en or pleine d'un vin extrêmement rare et un don de deux cents thalers d'or. L'impératrice envoya un très beau hanap d'or ciselé pour que les époux boivent à la même coupe ce vin précieux, ainsi que des tapis d'Orient de soie et d'or. Rodolphe, roi des Magyars, fit d'autres beaux présents.

Ce fut le mariage traditionnel des familles de la noblesse hongroise. Il y eut beaucoup à manger et à boire; il y eut des lumières joyeuses, des danses, des orchestres tziganes dans les salles comme dans les cours. Cela dura longtemps, plus d'un mois.

Parfois Erzsébet paraissait, plus hautaine et silencieuse qu'autrefois, magnifique entre ses femmes, mais l'esprit éternellement inquiet. Ils repartirent, Ferencz et elle, pour se fixer à Csejthe. C'est elle qui avait choisi cet endroit, poussée par quelque secret désir de solitude, attirée par quelque mystérieux appel.

Une vallée, celle d'un affluent secondaire de la Vág, au bas des petites Karpathes. Sur les pentes, des vignobles qui donnent un vin rouge comme du bordeaux; à mi-coteau, le village avec ses maisons blanches, aux balustrades de bois, et aux toits recouverts de lamelles de bois. L'aire à battre le blé, et une très vieille église à la simple tour carrée. D'une des extrémités du village partait le chemin montant vers le château, en haut de la colline. Il n'y eut jamais d'arbres sur cette colline; mais seulement des blocs de rochers et des pierres, une herbe rase desséchée par l'hiver, ressemblant à des cheveux morts.

Plus haut c'était la forêt pleine de lynx, de loups, de renards et de martres, de bêtes brunes en été et blanches en hiver. Là vivaient les Vilas, les fées. Et les vampires y dormaient à l'abri.

Dressé en plein vent, Csejthe était un château plutôt petit, fortement construit pour résister aux guerres, mais parfaitement inconfortable. Les soubassements dataient d'avant le XIVᵉ siècle et les souterrains formaient un terrifiant labyrinthe. Sur les murs de ses caves noircis par la fumée, on voit encore des graffiti : des dates et des croix. On prétend que ce sont là les signatures de celles qui y furent enfermées, et les paysans se signent devant ces murailles écroulées d'où semblent encore s'élever des cris d'agonie.

C'est là que, venant de Varannó déserté par les invités, Erzsébet s'installa avec deux demoiselles d'honneur choisies par sa belle-mère, ses servantes, et Orsolya Nádasdy elle-même. Elle ne faisait pas grand-chose : Ferencz était reparti pour la guerre, et elle savait qu'à présent son devoir consistait à lui donner des enfants. Or, malgré les fougueuses nuits de Varannó, elle ne pouvait que secouer négativement la tête lorsque sa belle-mère la questionnait à ce sujet. Il ne lui plaisait guère d'être ainsi considérée comme un gros insecte femelle. Elle tournait dans son château, ne s'intéressait à rien, ne pouvait pas se farder parce que Orsolya aurait vu cela d'un fort mauvais œil, et s'ennuyait à mourir.

« Elle s'ennuyait toujours », écrit Turóczi. Elle savait lire et écrire en hongrois, en allemand et en latin, sa belle-mère lui ayant fait don de la science qu'elle devait elle-même à Tomás Nádasdy. Mais peu de livres arrivaient jusque-là, et ceux qui étaient admis ne contenaient que des psaumes, des sermons et ne traitaient que du châtiment des péchés; ou ils étaient remplis de récits de batailles contre les Turcs et de lamentations sur les horreurs de la guerre.

Alors elle sortait ses bijoux et s'habillait cinq ou six fois par jour, revêtant l'une après l'autre toutes les robes qu'elle possédait.

Ferencz revenait de temps à autre. Elle l'accueillait comme il se doit et, ensuite, le suppliait de la distraire un peu. Mais Orsolya, qui était malade, réclamait sa belle-fille auprès d'elle. Pourquoi donc, au reste, vouloir aller à Vienne? Pourquoi chercher à se divertir si loin? Ne fallait-il pas entretenir la demeure, surveiller la dépense, prévoir la venue des invités aux fêtes de famille et à celles de Noël et de Pâques? Mais les invités, en cette période de la vie d'Erzsébet, n'étaient pas très amusants. Les fantasques et dangereux Báthory étaient tenus à distance autant que faire se pouvait, car ils auraient compromis l'équilibre domestique; en particulier cette tante Klára, cette folle qui prenait ses amants sur tous les chemins de Hongrie et jetait sur son lit les femmes de chambre; ou ce Gábor qui, lui aussi, y jetait n'importe qui. Les Nádasdy étaient beaucoup plus recommandables : ainsi, par exemple, Kata, la belle-sœur d'Erzsébet, qui habitait un château assez lointain; elle était toute sagesse et avait des enfants. Erzsébet s'ennuyait de plus en plus, beaucoup plus même pendant les séjours de son mari que lorsqu'elle était seule; car, dans le fond de ses appartements privés, là où cessait le morne empire de sa belle-mère, elle commençait à mener une vie bien à elle.

Chaque matin on la peignait soigneusement. Sa chevelure brune était, comme chez toutes les femmes, son luxe et son plus cher souci. Elle aimait y poser ses deux mains longues et très blanches, comme deux ailes fraîches; car elle avait toujours très mal à la tête. Elle ne rêvait aussi que de cosmétiques pour parfaire la blancheur de sa peau. Les Hongrois étaient célèbres pour leur connaissance des plantes et la fabrication des baumes. Dans les réduits attenant à la chambre à coucher, là où il y avait une chaudière pour chauffer l'eau, des femmes s'occupaient constamment à tourner au-dessus de réchauds des onguents épais et verts. Ces onguents de beauté étaient en usage depuis des siècles, et on n'entendait, à travers la chambre, que propos sur leur efficacité, que recettes pour les perfectionner. En attendant que les crèmes soient prêtes, Erzsébet contemplait dans son miroir son grand front obstiné, ses lèvres sinueuses, son nez aquilin et ses immenses yeux noirs. Elle aimait l'amour, elle aimait s'entendre dire qu'elle était belle, la plus belle. Elle l'était en effet, d'une beauté puisée aux sources intarissables de l'ombre.

Souvent malade, elle s'entourait d'un bataillon de servantes qui lui apportaient des drogues et des potions, des philtres pour guérir sa tête, ou lui faisaient respirer des pommes de mandragore pour endormir la douleur. On pensait que cela passerait avec la venue d'un enfant; et, pour provoquer cet heureux événement, on lui faisait encore absorber d'autres drogues et d'autres philtres, on remplissait son lit de racines aux vagues formes humaines et de talismans de toutes sortes. Mais toujours Orsolya, sa belle-mère, la regardait avec tristesse, car aucune bonne nouvelle ne passait les lèvres d'Erzsébet. Celle-ci revenait dans sa chambre. Pour se venger elle piquait ses femmes avec des épingles, se jetait sur son lit et, se roulant en proie à l'une de ces crises dont les Báthory étaient coutumiers, faisait amener auprès d'elle deux ou trois solides et très jeunes paysannes, les mordait à l'épaule puis mâchait la chair qu'elle avait pu arracher. Magiquement, au milieu des hurlements de douleur des autres, ses propres souffrances disparaissaient.

Orsolya Nádasdy Kanizsáy mourut, consciente d'avoir fait le bonheur de son fils en lui ayant façonné à grand labeur une si belle et si bonne épouse, mais très désappointée de n'avoir tenu dans ses bras aucun petit-enfant.

FERENCZ NÁDASDY n'était pas souvent au château. Erzsébet le regrettait, car depuis la mort d'Orsolya il l'emmenait à Vienne où l'empereur Maximilien II résidait, après avoir abdiqué en faveur de son fils Rodolphe. L'empereur l'aimait assez et la comprenait. Était-ce seulement parce que sa pâleur, son regard, ses belles mains lui rappelaient la beauté espagnole, que l'empereur avait quelque affection pour Erzsébet Báthory? N'était-ce pas aussi parce qu'il retrouvait en elle son goût pour la magie, dont avait d'ailleurs hérité Rodolphe?

Cependant, entre deux prédictions de Rizzacasa concernant les « effets des influx célestes sur les paillardises, adultères et incestes qui se commettront cette année et l'autre plus encore que de coutume », ou les « sacrilèges et méchancetés des grands dont on aura à parler un long temps », Eszsébet qui avait alors dix-neuf ou vingt ans allait danser à la cour. C'est à peu près de ce temps que date son portrait, où déjà les yeux révèlent la hantise des nuits passées dans la buanderie de Blutgasse. Malgré sa beauté, les gens reculaient à son approche et se taisaient en la regardant venir, lointaine, le regard absent, dans le cliquetis de ses chaînes d'émaux.

Son mari, une fois pour toutes, l'avait priée de ne pas le persécuter avec ses histoires de servantes. Il avait admis la fille badigeonnée de miel et exposée en plein soleil aux abeilles et aux fourmis; il haussait les épaules lorsqu'on lui racontait des histoires de morsures, de longues épingles enfoncées dans la chair et autres manifestations habituelles d'impatience. En revanche, il désirait, à ses retours des camps, avoir à lui cette femme très belle, avec qui il échangeait, selon la coutume hongroise, des lettres très tendres et respectueuses. Ferencz Nádasdy semble ne s'être jamais rendu compte de la cruauté d'Erzsébet; il la savait fière, autoritaire et coléreuse vis-à-vis de sa maisonnée; mais n'était-ce pas indispensable pour se faire obéir? Avec lui elle savait être insinuante et douce. Lorsqu'ils allaient ensemble à la Cour, n'était-elle pas sa royale parure? C'était assez, ou presque. Il était heureux. Seuls manquaient des enfants; mais comme chaque fois qu'elle lui écrivait elle l'entretenait longuement des philtres qui les font venir, il se rassurait et gardait bon espoir. Par ailleurs elle lui avait enseigné d'autres philtres, ceux qui l'empêche-raient, lui, d'être blessé à la bataille. Alors, en attendant le départ de Ferencz pour de nouveaux combats, ils dansaient ensemble aux réceptions impériales de Vienne les mêmes pavanes que dansaient là-bas Elizabeth d'Angleterre, et à Paris, les beaux gentilshommes de la Cour de France.

COMME ON S'INQUIÈTE soudain, comme le feu prend, comme on arrache ses habits, subitement la soif de sang s'emparait d'Erzsébet. Où qu'elle fût, elle se levait, devenait encore plus pâle que d'habitude et rassemblait ses servantes pour prendre le chemin de ses buanderies favorites, ses sourdes retraites.

Personne ne sut dire, plus tard, quand cela avait commencé. Du vivant de son mari, certainement. Jamais aucune fille n'avait été en sécurité auprès d'elle. Servantes et demoiselles de compagnie redoutaient également d'avoir à la peigner.

Les filles de la province de Nyitra, blondes aux yeux bleus fendus en amande, étaient des paysannes solides mais élancées. En jupes de couleur et chemisettes blanches, elles formaient dans le château un essaim occupé sans relâche à satisfaire les mille volontés de leur maîtresse. Mais celles qui devaient aller à l'heure propice cueillir dans la forêt le doronic pour guérir les blessures, la pulsatille couleur de fiel, les colchiques amers et les belladones groupées en un chœur vert dans un cercle de rochers, c'étaient les vieilles, les édentées aux figures de sorcières, celles-là même qu'Erzsébet postait dans les corridors, en sentinelles de courtines, pour tout voir, tout écouter, et tout répéter.

Si elle l'avait préféré, elle aurait pu tout ravager en pleine lumière; et peut-être s'en serait-on moins soucié. Mais les ténèbres, la solitude sans appel des souterrains de Csejthe correspondaient mieux aux noires cavernes de son esprit et répondaient davantage aux exigences de son terrible érotisme de pierre, de neige et de murailles. Louve de fer et de lune, Erzsébet, traquée au plus profond d'elle-même par l'antique démon, ne se sentait en sûreté que bardée de talismans, que murmurant incantations, que résonnant aux heures de Mars et de Saturne.

La vie, la nuit de la sorcière ne sont pas filles du temps des humains : la Lune laisse flotter loin ses charmes légers; son temps est vaste. Mais les œuvres de destruction, de désolation ou de haine, le temps les contient de force entre des heures inégales, Mars et la Lune se trouvant dans le Capricorne. C'est en cette heure douloureuse qu'il faut, pour tuer son ennemi, éteindre le fer rougi dans le sang de la taupe aveugle et dans le suc de la pimprenelle, et plier la corne dans la soie cramoisie.

A ceux qui l'invitaient à leurs fêtes, Erzsébet, de son écriture sans envolée, répondait souvent : « Si je ne suis pas malade... Si je puis venir... » Et elle restait à Csjethe ou à Bezcó, prisonnière d'un cercle enchanté, rêvant de vivre et ne vivant pas, protégeant de ses folles incantations cette existence qui n'avait jamais pu être une véritable existence. Elle était autre; autre à un point tel que nul, même en ces temps, ne put l'admettre parmi les humains.

> TOMBEZ, *feuilles,*
> *Et couvrez mon chemin,*
> *Afin que ma rosée ne sache pas*
> *Où est allée sa colombe.*

En dépit du mauvais renom d'Erzsébet Báthory, les paysannes affluaient et montaient en chantant le chemin du château. C'étaient des filles très jeunes et pour la plupart belles, blondes, au teint hâlé, ne sachant même pas signer leur nom, superstitieuses et maladroites. Leur vie à la maison, surtout autour de Csejthe « où les gens étaient encore plus stupides qu'ailleurs », était moins enviable que celle des bœufs de leur père. Ujváry János, le valet d'Erzsébet, n'avait nulle peine à les ramener des hameaux avoisinants pour les faire entrer au service de la châtelaine du Nyitra. Il suffisait de promettre à leur mère une jupe neuve ou une petite jaquette.

Ujváry János était horriblement laid. C'était un garçon

du pays, une sorte de gnome à moitié idiot et bossu, très méchant mais très docile, qui se trouvait depuis toujours au service de la Comtesse. On l'appelait, par abréviation, Ficzkó. Il avait été enlevé par un certain Chetey et abandonné sur la route; quelqu'un l'avait apporté au château, comme il se devait pour tout bien trouvé sur le territoire du seigneur de Csejthe. Le comte Nádasdy l'avait fait élever par un berger qui se nommait Ujvári, d'où son nom. A cinq ans, petit, tout contourné et laid, encombrant tout le monde, il faisait déjà office de bouffon : lorsque la société se réunissait, il marchait sur les mains, exécutait le double saut périlleux et autres tours. Il arrivait à dérider même les dames les plus sérieuses. Mais quand il eut atteint l'âge de dix-huit ans, personne ne riait plus de lui, car il était méchant comme le sont parfois les nains et, comme eux, doué d'une force énorme dans les bras. Il aimait se venger d'une façon terrible de ceux qui se moquaient de sa laideur, et c'est ainsi qu'il devint l'un des principaux exécuteurs des ordres cruels émanant du château. Il ne devait guère avoir, lors de sa condamnation, plus de vingt ans.

Il rentrait de ses courses en boitillant, suivi de deux ou trois jeunes filles en jupes brunes et rouges, avec des colliers de perles de couleur, qui grimpaient le sentier comme si elles allaient sur les premières pentes cueillir les nèfles sauvages. Un oiseau chantait, le dernier pour elles. Elles entraient au château, et plus jamais n'en ressortaient. Bientôt elles iraient, saignées à blanc, mortes, se défaire un peu partout sous la dalle de la gouttière, dans des trous non loin du petit jardin rempli de roses que l'on avait fait venir à grand-peine de Bude.

L'acolyte féminin qui jamais ne quittait Erzsébet, qui satisfaisait tous ses caprices sans exception, qui lui portait jusqu'à son lit drogues contre le mal et filles à mordre, était

Jó Ilona, grande et forte femme originaire de Sárvár, venue comme nourrice au château et qui, ses offices terminés, était restée au service de la Comtesse. Elle était affreuse sous son capuchon de laine toujours tiré sur les yeux; et tout aussi méchante.

Car les philtres avaient fini par se montrer efficaces. On ne sait exactement quand les enfants naquirent. L'aînée, Anna, sans doute vers 1585, et le dernier, Pál, le seul fils, peu après 1596. Aux filles furent donnés le prénom traditionnel dans la famille de la mère d'Erzsébet, Anna; celui de la mère de Ferencz Nádasdy, Orsolya; et enfin celui de la belle-sœur d'Erzsébet qui, probablement, fut sa marraine, Katerine. En revanche on ne trouve pas antérieurement le nom de Pál.

Jó Ilona, l'ancienne nourrice, garda et soigna ces enfants qui eux aussi étaient souvent comme des louveteaux malades. A Jó Ilona avait été adjointe une autre créature de méchanceté et de cruauté, Dorottya Szentes, une femme très grande, osseuse, forte comme une bête de somme, laide, aux dents gâtées, qui venait aussi de Sárvár.

La Comtesse, belle et parfumée, était constamment encadrée de Jó Ilona et de Dorkó, comme elle appelait Dorottya, qui sentaient aussi mauvais l'une que l'autre. Se fiant à leur laideur, se fiant à leur saleté et à leur incroyable cruauté, Erzsébet se complaisait en la société de ces tripoteuses de sang sale, de mousse d'os, de bestioles éventrées. Entre ces deux créatures stupides elle laissait s'épanouir ce qu'avait déposé en elle son sanglant atavisme, fermée à toute pitié, s'acharnant contre tout obstacle intérieur et faisant fausse route sûre. Le diurne, le brillant lui étaient, d'instinct, contraires.

On avait appelé Dorkó pour diriger le service d'Anna Nádasdy au temps de ses fiançailles avec Miklós Zrinyi, fils d'une famille presque aussi ancienne que celle des Báthory et illustre dès 1066. Lorsque Anna partit dans la famille Zrinyi, Dorottya Szentes, contrairement à la coutume, ne la suivit pas. Erzsébet la retint secrètement, pour des raisons qu'une lettre à son époux laisse pourtant deviner :

« ... Dorkó m'a enseigné une *nouveauté* : Battez à mort une petite poule noire avec une canne blanche. Mettez un peu de son sang sur votre ennemi. Si vous ne pouvez l'atteindre, mettez-en sur un des habits qui lui appartiennent. Il ne pourra alors vous faire de mal. »

Dorkó murmurait les incantations, les enseignait en même temps que les charmes qu'elle préparait longuement dans la sombre atmosphère de Csejthe, qu'Erzsébet quittait fort peu. Toujours dans le même endroit, toujours dans la même salle : une magie s'épaississait, dans laquelle chaque jour elle oserait encore plus.

Cependant le mari au caftan vert, à la barbe noire, vieillissait dans la rude vie des camps. Comblé d'honneurs, se tournant de plus en plus vers la religion, il se retirait peu à peu du monde et passait de longues heures en prières. Erzsébet écrivait toujours au comte pour lui donner des nouvelles de la maisonnée, des lettres de cette sorte : « Mon époux très aimé, je vous écris au sujet de mes enfants. Grâce à Dieu ils vont bien. Mais Orsik a mal aux yeux et Kato a mal aux dents. Je vais bien, mais j'ai mal à la tête et aux yeux aussi. Que Dieu vous garde. Je vous écris de Sárvár au mois de saint Jacques (8 juillet) 1596. »

Sur la lettre pliée : « A mon très cher époux, Son Excellence Nádasdy Ferencz. A lui appartient cette lettre. »

Anna devait aller bien ; elle avait alors une dizaine d'années, et Pál n'était pas encore né.

Le château de Sárvár, situé dans la plaine, était brûlant. Bercée par les nourrices, Katerine faisait ses premières dents, et Erzsébet, dans le torride été hongrois, souffrait de ces mêmes maux de tête qu'avait connus son oncle le roi de Pologne, Étienne Báthory.

La santé de Ferencz Nádasdy déclinait. Finies les visites à Vienne; et fini pour Erzsébet de briller aux danses de la Cour. La vie pour elle devenait plus sérieuse; elle était la femme d'un des plus hauts personnages de Hongrie, sur lequel l'Empereur comptait absolument. Elle avait quatre enfants, elle approchait de la quarantaine. Sa beauté cependant restait, non pas éblouissante, car elle ne rayonnait pas, mais surprenante, comme son teint pâle et nacré.

Des amants, elle en avait essayé sans doute, tel ce Ladislas Bende dont le nom est venu jusqu'à nous, et dont il ne fut jamais plus parlé une fois terminée l'aventure. Mais elle n'avait gardé le souvenir d'aucune passion. Elle ne se souvenait que de ce jour où, selon son habitude, galopant à travers les champs cultivés escortée d'un de ses admirateurs, elle avait aperçu, en revenant au château, une vieille très ridée, au bord du chemin. Erzsébet s'était mise à rire et avait demandé à son cavalier : « Que diriez-vous si je vous forçais à embrasser cette vieille ? » Il avait répondu que ce serait horrible. La vieille, furieuse, s'était sauvée en criant : « Comtesse, tu seras comme moi dans peu de temps! » Erzsébet était rentrée frissonnante au château, résolue à éloigner, à n'importe quel prix, laideur et vieillesse.

Les herbes et les charmes y suffiraient-ils ? Elle avait fait, de la forêt, venir d'autres sorcières. Elle n'essaya pas de la toute-puissante et pure mélisse, dont Paracelse avait découvert le secret de rajeunissement : cela était du ressort de la grande alchimie. Or, dans les retraits avoisinant sa chambre, il n'y avait ni cornues ni fioles remplies d'élixirs verts ou couleur de feu vermillon. Ses mégères avaient des secrets moins nobles, tout imprégnés de vieille science noire.

LE 4 JANVIER 1604, Ferencz Nádasdy, âgé de quarante-neuf ans, mourut à Csejthe parmi les heiduks consternés. Des centaines de cierges brûlèrent pendant bien des jours autour de son cercueil, afin de laisser à la parenté le temps d'arriver pour partager le repas funèbre. Par les impossibles routes de janvier, à cheval, en traîneaux, ils se hâtèrent vers le château désolé sur sa colline de neige. Au-dessus du cadavre paré tenant son épée entre ses mains croisées, les assistants hurlaient les chants diaboliques des Karpathes. Les Regös tziganes, lointains adeptes du chamanisme des anciens temps, faisaient hululer leur violon rudimentaire ou d'autres instruments plus primitifs encore, d'où s'élevaient les notes rituelles du lugubre refrain magique qui servait à accompagner les morts : « Ma magie a de vieilles lois; je conjure avec des chansons. » Ils tombaient en transe et, avec eux, les femmes aux jupes tournoyantes qui dansaient autour du comte, loin parti, les danses de la mort avant de s'écrouler à terre comme de grandes fleurs sombres, exhalant l'antique plainte du veuvage, de la forêt peu sûre, de l'arbre écroulé, de la bête saisie. Parfois leur tourbillon les portait jusqu'à la chambre tendue de noir, aux fenêtres fermées sur le ciel de neige. Elles allaient pleurer et se jeter aux pieds de la Comtesse dont n'apparaissaient, blanches, que la figure, les manches et les mains.

Une fois toute la famille noire réunie autour des plats d'herbes amères du sinistre repas funèbre, le pasteur de Csejthe, le viel András Berthoni, enterra le comte qui s'en était allé au séjour du vent, dans la montagne que hantent les loups, les dragons et les vampires.

ERZSÉBET resta seule dans la nuit d'hiver, face au paysage de Csjethe. L'appui robuste avait cédé : son seigneur, dont tous les échos du temps répétaient le nom, celui à qui, malgré son indépendance, son ombre de femme avait été accolée, celui-là fit défaut.

Aux visiteurs qui s'inclinaient devant elle en silence, elle se montra, rigide, les yeux fixes; elle accepta les hommages, prête déjà à défendre son château toute seule, à tout prendre en main. Janvier. Un janvier fort dissemblable de celui qui se préparait dans les puits de l'avenir. Un janvier que le veuvage rendait sinistre, mais vivant, et riche de possibilités : les domaines à rassembler, les châteaux à maintenir, Csejthe, Lékà lui aussi perdu dans la neige au milieu des empreintes des loups; une fille, Anna, en âge d'être mariée, et Orsolyá et Katerine et Pál, l'héritier du nom, petit encore et timide, assis dans quelque lointaine chambre, la main dans celle de son tuteur Megyery le Rouge.

Il y avait eu, au temps des danses de Cour et des grandes robes éclatantes, une certaine douceur de vivre; les retours au château, les visites de son mari, le grand guerrier, tempéraient cette femme fantasque. A présent, la puissance totale, le temps venu de la dureté; à présent, sa quarantaine solitaire qui allait s'affirmer, comme une tige devient ligneuse; l'obscur affluait en elle de toutes parts. Elle ne fut plus que la veuve autoritaire qui descend les marches du souterrain. Dès lors ce fut à elle, uniquement, que tout revint pour être jugé selon son lunatique caprice. La nuit s'installa.

IL SE PRODUISAIT en Hongrie, et un peu partout, des événements étranges et tristes qui auraient fort bien pu nourrir la conversation d'un chapelain venant rendre visite à une veuve. Mais le nouveau pasteur avait assez de sujets de méditation sur ce qui se passait dans sa propre paroisse.

János Ponikenus, qui avait succédé au très vieux pasteur András Berthoni mort à l'âge de quatre-vingt cinq ans, recevait parfois l'ordre de procéder à de bizarres enterrements nocturnes auxquels il fallait donner un caractère assez solennel. D'autres fois, mais toujours de nuit, il était appelé à ne bénir, dans un coin de champ, qu'un petit monticule sous lequel reposait il ne savait qui. La Comtesse n'était jamais présente; deux ou trois valets et la redoutable Dorkó se tenaient dans l'ombre avec une autre femme aux mains et à la jupe tachées de terre. Ponikenus ne croyait pas, au début, à la cruauté d'Erzsébet malgré les rumeurs qui arrivaient de Presbourg et de Vienne. Il pensait bien la connaître, la trouvait sévère, altière et farouche, dure avec ses servantes sans doute; mais qui ne l'était pas? Elle était instruite; et surtout elle ne se mêlait pas des affaires de la paroisse de Csejthe. Ponikenus accueillait donc avec indifférence les racontars sur la vie de la Comtesse à Vienne, où elle allait trois ou quatre fois l'an et où, dans les auberges avoisinant la Cathédrale et celles de Weihburggasse, on ne l'appelait plus que « die Blutgräfin » — la Comtesse sanglante —, en racontant des histoires de sang coulant dans la rue, de cris de filles assassinées et d'imprécations de moines s'élevant d'un proche monastère.

Le chapelain persévéra dans son attitude jusqu'au jour où, après d'assez fréquents enterrements de filles du château mortes de mal inconnu, Erzsébet lui ordonna des obsèques solennelles pour Ilona Harczy, dont la voix merveilleuse modulait si bien les poignantes chansons slovaques. C'est elle qui chantait les psaumes à l'église et, au château, les ballades. La Comtesse avait préféré assassiner la voix qu'on ne pouvait entendre sans que l'âme se fendît, et se servir du sang qui lui donnait son essor et la faisait monter, tel un fil pur, vers les voûtes des salles ou les ogives de la chapelle. Elle était venue de Basse-Hongrie. On assure qu'Erzsébet la tortura à Vienne; mais elle la ramena à Csejthe, mutilée, blessée à mort, ou même cadavre déjà enveloppé dans son suaire. Elle ordonna donc des funérailles très solennelles, et demanda au pasteur de dire dans son sermon que sa mort était la punition de sa désobéissance. Cette fois, sans doute, il avait été impossible de cacher complètement les circonstances réelles de la mort. Mais Ponikenus s'y refusa, et l'enterrement fut très simple.

A partir de ce moment, les relations de Ponikenus et d'Erzsébet devinrent distantes : « Ne vous mêlez pas des affaires du château, et je ne me mêlerai pas de celles de votre église. » Tel fut le compromis de la Comtesse, qui payait à cette église huit florins d'or par an, plus quarante demi-quintaux de blé et dix grandes jarres de vin. Ce n'était d'ailleurs pas un cadeau, car elle avait accaparé les champs de la paroisse et en percevait la dîme.

Le prédécesseur de Ponikenus avait, comme le voulait la coutume, écrit en latin la chronique de Csejthe relatant les événements, les naissances, les morts, les fléaux et les réjouissances de la paroisse. András Berthoni avait eu connaissance, semble-t-il, d'événements incroyables auxquels la Chronique ne faisait que rapidement allusion. Il mentionnait qu'il avait dû enterrer en une seule nuit et en secret, sous l'église, neuf jeunes filles du château mortes dans des conditions mystérieuses.

C'était là tout ce qui avait été consigné dans cette Chronique destinée au public. Mais devant les enterrements répétés auxquels il avait dû, lui aussi, procéder, Ponikenus se promit de chercher davantage. Il connaissait l'existence de la crypte sous l'église et savait qu'elle contenait le tombeau du comte Christofer Országh de Giath, *judex curiae* et conseiller de l'empereur Mathias, chef du comitat de Neustadt, mort en octobre 1567. Le village et le château appartenaient à ce comte d'Országh avant de passer aux Nádasdy. Ponikenus y descendit, sans doute en compagnie de son fidèle valet Jáno, car il redoutait de troubler seul la paix des morts. La crypte était large et le tombeau imposant. Ils y entrèrent et découvrirent, empilés autour du cercueil du comte, plusieurs autres cercueils de simple bois blanc qu'on avait entreposés là, et qui contenaient des cadavres de jeunes filles, comme l'avait indiqué la Chronique. L'air était irrespirable.

Erzsébet, qui punissait toujours sévèrement ses domestiques, veillait avec le plus grand soin à ce que sa famille ne s'aperçût pas de sa cruauté. Un jour, un envoyé était venu annoncer l'arrivée prochaine d'Anna Zrinyi et de son mari au petit château. Elle ne garda auprès d'elle que ses servantes les plus fidèles et les plus âgées. Quant aux plus jeunes, maintes fois torturées déjà, elle les fit conduire au grand château de la colline pour qu'elles ne puissent rencontrer les domestiques de sa fille, se plaindre à eux et leur montrer leurs plaies. Mais, comme elle était de mauvaise humeur à la pensée de ne plus les avoir sous la main, elle ordonna de ne rien leur donner à boire ni à manger. Dorkó selon son habitude exécuta les ordres encore plus durement, à tel point que l'intendant du château qui, par ailleurs, occupait ses loisirs à faire de l'astronomie, en fut outré et fit remarquer que le glorieux château de Csejthe n'était pas une prison pour servantes. Erzsébet se débarrassa de cet importun en l'envoyant en congé à Varannó, chez son frère István.

Anna et son mari n'arrivèrent qu'au bout de trois jours, mais ne restèrent qu'une journée avant de se diriger vers Presbourg, où Erzsébet décida de les accompagner. Elle envoya Kata chercher les servantes, et Kata revint seule, assurant qu'aucune ne pouvait bouger, si grand était leur épuisement.

Ce fut elle qui raconta l'histoire à Berthoni. Une des filles mourut. Les vieilles transportèrent les autres par le souterrain qui menait au village. Elles leur donnèrent à boire et à manger, mais il était trop tard pour ces infortunées qui avaient subi, en outre, les mauvais traitements de Dorkó : trois seulement survécurent.

Quand Erzsébet revint de Presbourg, elle ne fut pas étonnée et fit venir le pasteur Berthoni dans sa chambre : « Ne me demandez ni pourquoi ni comment elles sont mortes. Cette nuit, quand le village dormira, vous les enterrerez en secret. Faites fabriquer en gros les cercueils; vous les déposerez dans le tombeau d'Országh. » Ce qui fut fait.

Mais Berthoni, en dehors de la Chronique, consigna ses certitudes dans une lettre secrète, scellée, destinée à son successeur, et la dissimula parmi les documents concernant la paroisse. On dit même qu'il avait déposé le parchemin dans le tombeau d'Országh.

Ponikenus eut souvent envie d'écrire à Elias Lanyi, superintendant à Bicse, pour attirer son attention sur ces événements; mais il n'osa pas, craignant que sa lettre ne fût interceptée. Harcelé par sa conscience, il décida enfin d'aller se plaindre à Presbourg; mais il fut arrêté près de Trnava, avant la maison de la douane. Erzsébet savait toujours par ses servantes et d'autres femmes à ses gages tout ce qui se passait à Csejthe et ailleurs. Ces femmes étaient nombreuses. Outre Kardoska qui était la plus efficace, car cette ivrognesse avait pour seule occupation de courir les chemins en mendiant, entrant dans les maisons et se renseignant partout, il y avait les femmes Barnó, Horvath, Vás, Zalay, Sidó, Katché, Bársovny (qui était de meilleure famille que les autres), Seleva, Kochinova, Szabó, Oëtvos. La plupart, d'ailleurs, connaissaient le sort qui attendait les filles qu'elles racolaient pour la Comtesse; mais elles ne s'en souciaient guère.

Devant tant d'obstacles, Ponikenus, jusqu'au procès, se tut.

Chapitre V

En Angleterre, sur l'ordre de Jacques Ier, les sorcières commençaient à être persécutées tant elles avaient acquis d'influence au temps de la reine Elizabeth, qui croyait à l'herbe-grâce, aux oreilles de chats noirs, aux pierres de foudre. Mais l'Angleterre n'était-elle pas, depuis toujours, un pays rationaliste? Les fastes de la barbarie, les vices brutaux appartenaient, eux, à ces contrées de là-bas à l'orient de l'Europe, si retardataires. Les Habsbourg d'Allemagne, d'Autriche, de Hongrie trouvaient là ce terrain profond, humide, ondoyant, où éternellement on avait cherché ce qui est censé protéger le pouvoir, la vie et l'amour.

C'est en Italie et en France qu'à la fin du xvie siècle s'agitait, selon mille lois défiant la morale, la décence et la vertu, un monde à la fois trouble et frivole. Cela n'avait plus rien de commun avec ce qu'on avait connu au début du siècle, lorsque la magnifique Renaissance s'affirmait à grands coups de noble paganisme, et où la licence avait la pureté de l'arc-en-ciel. Les Médicis, eux, connaissaient les trémoussements lascifs, s'adonnaient à des pratiques bizarres et efféminées, se plaisaient à d'équivoques objets de peluche. On attendait l'ombre pour faire le mal, pour s'adonner aux pires cruautés, entre le coffre où l'on étouffait sa victime et le lacet de soie à étrangler. Le fond des cœurs n'était plus qu'un grimoire parcheminé, tout recouvert de signes déliés tracés d'une encre faite de sucs et de sang. On ne respirait plus. Le narcissisme de chacun était démesuré. On ne connaissait plus l'élan des grandes confessions publiques ou de la rhétorique païenne : de faux aveux, des intrigues dans les coins. Les bras ne savaient plus s'ouvrir; ils tombaient le long des vertugadins noirs, laissant pendre deux mains parfaitement blanches, molles, effilées, tenant la tache claire d'un mouchoir.

De France et d'Italie venaient précisément mille recettes pour conserver la pâleur du teint; car les femmes, et même beaucoup d'hommes, tenaient avant tout à cette blancheur qui contrastait avec le noir des pourpoints, des manches gonflées et des corselets, et se glorifiait de faire paraître jaunâtre, par comparaison, le soir aux bougies, le lin des fraises. Il fallait conserver à tout prix cette pâleur; et les nourrices, les vieilles servantes pour qui la chair de leurs maîtres n'avait plus de secrets, armées de feuilles mucilagineuses, de linges couverts d'onguents et de pâtes d'orge, faisaient sans répit la guerre aux traces de la petite vérole.

UNE LÉGENDE prétendait qu'à la fin d'un long banquet réunissant plus de soixante filles d'honneur, toutes belles, la diabolique Comtesse avait tout simplement fait fermer les portes et égorger les beautés qui, à genoux, la suppliaient. Puis, arrachant ses fourrures et ses velours, Erzsébet Báthory s'était plongée dans une cuve remplie de leur sang pour y baigner son éblouissante blancheur.

Quel était au vrai le rôle des jeunes filles auprès de la Comtesse aux nerfs détraqués, au narcissisme exaspéré, au corps à la fois glacial et tourmenté, lorsque, pendant les absences de son mari, elle rôdait d'un château à l'autre en compagnie des dégénérés qui lui étaient chers, à la recherche de quelque cruauté à commettre au retour de la chasse, après l'immense souper de gibiers et de vins? Aucune morale n'eut retenu Erzsébet, ni nulle religion, elle que rien n'empêcha de glisser vers des plaisirs autrement nocifs et pervers : elle cherchait toujours, cherchait elle ne savait quoi, ne le trouvant en aucun geste, avec ce regard ennuyé et insatisfait que son portrait révèle.

Au soir d'une fête, elle fut fascinée par la splendeur d'une de ses cousines. La brûlante et brillante atmosphère du banquet et des danses, les miroitements, peut-être aussi d'ironiques suggestions de Gábor Báthory qui était présent, tout les poussa l'une vers l'autre. La nuit s'avançant, elles ne se quittèrent pas. Que révéla à Erzsébet cette ébauche d'amour avec une autre elle-même, réplique parfaite de sa propre beauté?

IL EST FACILE, dans la vie d'un homme, de découvrir ses goûts en amour et ce qu'il fait. De Gilles de Rais, par exemple, toutes les affreuses passions ont laissé une trace précise. Une femme, en revanche, projette continuellement autour d'elle une ombre dont elle s'enveloppe. Ou bien certaines s'arrêtent en route. Catherine de Médicis qui, toute de noir vêtue, faisait mettre nues ses filles d'honneur, n'avait aucune envie d'aller plus loin; et cet essaim féminin n'était destiné qu'à assouvir les désirs assez peu galants, mais normaux, de quelques gentilshommes de sa Cour. Erzsébet Báthory, pour une broderie de fleurs hâtivement bâclée, ordonnait à ses sorcières de déshabiller les jeunes et belles servantes, qui assises en cet état dans un coin de la salle rebrodaient les fleurs mal faites sous son regard. Et pourquoi ce regard?

Gilles de Rais, on le sait, découvrit ses goûts extraordinaires en se faisant lire par son valet Henriet la vie de Tibère et autres césars dans Suétone et Tacite. Fanatisés par leur maître, saturés de la fumée des crémations de cadavres putréfiés dans la grande cheminée de l'hôtel de la Suze à Nantes, et imprégnés pendant sept ans de l'odeur de crânes conservés dans le sel, les valets étaient tout acquis au maréchal. Les vieilles et hideuses servantes d'Erzsébet Báthory, sans en savoir aussi long, reconnaissaient simplement qu'il fallait plaire à leur maîtresse, qu'elle les protégeait et que ses sorcières, venues de la forêt et des anciens temples effondrés dans les bois, étaient puissantes et autrement redoutables que le pasteur de Csejthe. Ouvrir un pigeon vivant pour l'appliquer sur le front de la Comtesse pour apaiser ses maux de tête, fermer les yeux sur ce qui se passait dans les nuits de sa chambre, c'était tout un pour elles. L'idée de chercher une explication ne traversait pas leurs cerveaux épais, plus occupés de féroces jalousies ou de précaires raccommodements au fond des cuisines.

Erzsébet Báthory n'eut que rarement envie de sacrifier quelqu'une des filles de haut rang qui lui tenaient compagnie. Le vampire pâle ne s'attaque pas à ceux de sa race; il sait discerner les fontaines d'un sang plus riche et ne s'y trompe pas. Ces obéissantes demoiselles au sang bleu qui coulait sous le blanc paysage de leurs corps étaient là pour tout : pour s'élancer à la chasse, pour chanter à l'intention des invités les airs terriblement tristes du Nyitra ou de leur propre comitat lointain, pour le jeu d'échecs et, sans doute, contre ou selon leur gré, pour le lit.

Elles durent être confondues par tout ce qu'elles virent au point de n'en souffler mot. Leur cœur hongrois n'était pas particulièrement tendre; et, réfugiées dans un coin de la chambre, elles durent prendre l'habitude de voir et d'entendre souffrir. Leur sang noble était pauvre : il les protégeait du sacrifice. Cependant c'est à cause de l'une d'elles qu'un beau matin, Erzsébet Báthory ouvrit la longue froide liste de ses forfaits.

On achevait de la peigner : déjà, ayant relevé ses cheveux assez haut sur la tête on lui passait sa résille de perles. Il fallait, pour que ce soit beau, tirer à travers les croisillons du filet, une par une, chaque mèche auparavant frisée afin d'imiter la forme « crespelée » des vagues. De ce soin les expertes demoiselles se chargeaient, car Erzsébet n'aurait pas supporté d'être touchée par les servantes aux doigts gourds, à moins que ce ne fussent les abominables sorcières qui, elles, avaient carte blanche pour l'oindre et la malaxer en tout sens. Du bout effilé de son bâtonnet de buis la fille d'honneur fit bouffer inharmonieusement les cheveux d'un côté plus que de l'autre. Dans la glace où elle se contemplait comme à l'ordinaire, l'esprit absent, Erzsébet aperçut l'hérésie. Réveillée brusquement, elle se retourna. Sa main très blanche, assez grande et nerveuse, au poignet délié, frappa au hasard la figure de la maladroite; aussitôt du sang jaillit et retomba un peu partout sur la Comtesse, sur son bras, sur l'autre main qui reposait au creux du peignoir. On se précipita pour faire disparaître le sang, pas assez vite cependant pour qu'il ne soit déjà caillé sur la main et le bras parfaits. Lorsqu'on eut achevé de laver la tache, Erzsébet baissa les yeux, leva sa main, la contempla et se tut : au-dessus des bracelets, à l'endroit où le sang avait stagné quelques minutes, elle trouva que sa chair avait l'éclat translucide d'une cire allumée éclairée par une autre cire.

LE PETIT CHATEAU était un vaste bâtiment proche de l'église, dans la grande rue de Csejthe. Il tenait de la ferme et du palais campagnard : une cour avec un portique; au fond, les écuries et les chambres des domestiques; au-dessous, des caves où, derrière un grand tonneau qu'on ne bougeait jamais, débouchait un des souterrains venant du château d'en haut. Autour de la maison, la vie du village, les récoltes et les vendanges.

Erzsébet avait sa chambre dans le coin le plus tranquille. Deux de ses fenêtres donnaient bien sur la rue, mais leurs lourds volets de bois étaient fermés jour et nuit. Peu de lumière dans la chambre aux pesantes tentures d'aksamiet, un damas épais; aux murs et par terre, des tapis d'Orient; sur la table, une lampe d'argent dont la mèche baignait dans une huile parfumée. Dans le mur était creusée une cachette renfermant des bijoux, ainsi que la précieuse Bible manuscrite de Stéphan Báthory qui datait de 1416. Tout était oppressant dans cette pièce où Erzsébet se tenait en permanence. Sur les conseils de Kata, la moins abominable de ses servantes, elle avait décidé, même devenue veuve, de ne presque jamais s'habiller de noir. Le costume de la province de Miawa faisait mieux ressortir sa taille; elle le gardait lorsqu'elle était à Csejthe, mais elle essayait dans cette chambre saturée d'odeurs plus de quinze robes par jour. Elle passait d'innombrables heures enfermée, ses longs cheveux noirs défaits, accoudée nue devant son miroir au cadre en forme de bretzel pour soutenir ses bras, épiant les premières rides et l'alourdissement de ses seins, se répétant : « Je ne veux pas vieillir ; j'ai usé des conseils des gens, des livres ; j'ai employé les plantes. En mai, à l'aube, je me suis roulée dans la rosée ». Elle pensait à ce qu'elle avait lu et à ce que la sorcière lui conseillait : le sang, le sang des jeunes filles et des vierges, le fluide mystérieux où les alchimistes avaient pensé parfois trouver le secret de l'or.

Pendant ce temps Dorkó, Jó Ilona et Kata se disputaient. Toutes trois venues de Basse-Hongrie, elles ne s'entendaient guère et ne se réconciliaient que pour mieux concourir à satisfaire les caprices de leur maîtresse. Elles suscitaient des intrigues, et toutes les occasions possibles de recevoir une récompense. Déjà la fille de Jó Ilona avait eu en cadeau de mariage quatorze jupes et cent couronnes d'or. Les autres servantes n'avaient pas de filles à marier, mais elles aimaient aussi l'argent. Autour d'Erzsébet, il y avait toute la journée un grand va-et-vient de jeunes couturières, apportant en procession silencieuse, comme s'il y avait un mort dans la maison, des robes de soie cramoisie ornées de perles.

C'était souvent au sujet de ces robes que cela commençait : Dorkó voyant sa maîtresse soucieuse se baissait, trouvait un défaut dans l'ourlet, faisait la moue et demandait qui, dans le groupe inquiet des servantes, avait cousu cela avec de la ficelle à la place de fil. Les yeux mornes de la Comtesse retrouvaient vie. Comme personne ne parlait, Dorkó en choisissait deux ou trois, renvoyait les autres et commençait à fournir à sa maîtresse, somptueusement habillée, quelques distractions. Elle coupait d'abord la peau entre les doigts des filles pour les punir de leur maladresse, puis une fois en train, les déshabillait et plantait des épingles dans le bout de leurs seins. Cela durait parfois des heures et finissait par des mares de sang au pied du lit. Le lendemain, il manquait deux ou trois couturières.

Dorkó était la plus cruelle des servantes; à une brutalité de soudard, elle joignait une imagination diabolique et inventait sans cesse de nouveaux supplices. Après avoir passé quelques heures à contempler les cruautés les plus raffinées, et parfois les plus érotiques, dues à l'esprit fertile de Dorkó, Erzsébet se montrait généreuse.

Lorsqu'elle était à Csejthe, la Comtesse se levait de bonne heure comme c'était l'habitude chez les Nádasdy et les Báthory, et donnait ses instructions aux domestiques. Tout le nettoyage devait être terminé avant dix heures. Ensuite elle partait visiter ses fermes, montée sur son cheval favori, Vihar « celui de bonne race », à la robe noire et soyeuse, qui la connaissait et auquel elle parlait doucement. Ce cheval était si beau qu'à l'occasion d'une partie de chasse, Christofer Erdödi, fils du comte Tomás Erdödi, avait offert de l'échanger contre plusieurs villages. Mais Erzsébet avait refusé.

Que peut-on dire à la sorcière, à celle qui hante la forêt, habituée aux cadavres traînés par les loups, habituée aux loups mourant à leur tour percés d'épieux et la gueule pleine de sang rose; que peut-on dire aux sorcières, du sang?

Turóczi Lázló, le Jésuite qui plus de cent ans après écrivit cette histoire, remarque au sujet d'Erzsébet Báthory : « Elle était vaine. » « Son plus grand péché était de vouloir être belle », dit-il aussi en cherchant à remonter aux sources mêmes du drame, à Csejthe, bien peu changé en un siècle, là où le pot de terre qui avait recueilli le sang des jeunes et fortes paysannes gisait encore dans quelque coin de cave. Le fantôme de la Comtesse sanglante, de la Bête, de la Louve errait la nuit parmi les ruines. De sorcellerie, le Père Turóczi n'osa parler : c'eût été une critique, car on avait pris soin de ne pas mêler l'Église à cette affaire. Protestantes ou catholiques, le feu attendait les sorcières ; et la seule mort digne d'Erzsébet Báthory eût été d'avoir sa belle tête tranchée. D'ailleurs, elle n'eût pas davantage reconnu la légitimité de ce châtiment. N'avait-elle pas pour elle les grands droits de l'aigle et du loup ? Elle était, écrit encore le Père Jésuite, « fière et orgueilleuse, pensant uniquement à elle-même ». Autrement dit, puissamment introvertie et mégalomane.

Retirée dans ce château ou dans cet autre, à Kéresztúr, à Bezcó, à Sárvár, toujours au cœur de la pierre et de la muraille, toujours égarée loin de la route humaine, telle était Erzsébet Báthory comme une goutte noire au pressoir de sa race. Elle allait, poursuivant ce monstrueux infini que son hérédité lui avait donné le pouvoir d'affronter.

Et qu'en serait-il des choses, si la nuit ne les lavait pas ? Brilleraient-elles ? Quels fous souhaiteraient un temps toujours beau ? La nocturne Erzsébet étouffée dans les ragots de servantes, dans le brouillard des Karpathes, dans la neige des cours où l'on traînait à la lueur des torches des peaux de bêtes géantes, hybrides, avait déjà quitté le monde des vivants. Ce n'est ni par vanité ni par souci de sa beauté qu'elle poussa la cruauté jusqu'à ses dernières limites.

La sorcellerie n'avait pour elle qu'un but : se préserver de toutes parts. Se préserver de la vieillesse, car elle était de ces êtres qui désirent avec fureur, et presque gratuitement, garder toujours leur sombre perfection ; se préserver de l'ennemi qui pourrait faire obstacle à son inlassable poursuite, dans un néant étale, de son œuvre de néant. Ainsi protégée, elle pouvait nier la vie et la détruire, pour aucun autre profit que de la nier.

Défendue de toutes parts, elle pouvait se pencher sur le lac de toutes forces : le sang. Ce vertige lui venait de loin.

Déjà, sur l'antique blason aux mâchoires de loup, le dragon ailé se mordant la queue bouclait le cercle, flétrissant de son haleine les choses qu'il enserrait.

La Comtesse ne savait pas analyser les causes de ses sinistres oies. Il les lui fallait, et, puisqu'elles s'offraient à elle, elle se donnait le droit de les prendre. Et si en ses moments de lucidité elle se mettait à douter de ce droit, elle en revenait toujours à l'incantation protectrice écrite par une sorcière sur la « coiffe » d'un nouveau-né du village, qu'une matrone soudoyée lui avait vendue. Sur cette peau racornie, enfumée de toutes plantes maléfiques, se déroulait en lignes inégales la prière à la terre et à ses pouvoirs. Elle était tracée d'un suc extrait de la taupe, de la huppe et de la ciguë, bêtes et plantes du champ proche, rédigée dans le dialecte parlé dans ces montagnes, mélange de vieux tchèque et de serbe :

« Isten, aide-moi ; et toi aussi tout-puissant nuage. Protège-moi, moi Erzsébet, et garde-moi longue vie. Je suis en péril, ô nuage. Envoie-moi quatre-vingt-dix chats, car tu es le chef suprême des chats. Donne-leur tes ordres, qu'ils se réunissent de partout où ils sont, des montagnes, des eaux, des rivières, de l'eau des toits et des océans. Dis-leur de venir à moi. Et de se hâter pour venir mordre le cœur de... et aussi celui de... et de... Qu'ils déchirent et mordent encore le cœur de Megyery le Rouge. Et garde Erzsébet de tous maux ».

Des espaces étaient laissés pour, le moment venu, inscrire avec une sorte d'encre convoyeuse des forces requises, le nom des possesseurs des cœurs à mordre. Seul était condamné d'avance Megyery aux cheveux roux, le tuteur de son fils Pál, qu'elle haïssait parce qu'il était le seul être sur terre qu'elle redoutât, lui qui savait, lui qui attendait.

Et au bas de l'incantation, bien séparé du reste, était écrit : « Sainte Trinité protège-moi. » Mais quelle trinité était donc invoquée ici ? Dans les plus anciens grimoires magiques on trouve toujours une invocation à une certaine trinité : celle de l' « idole Baphomet », celle que l'on reprocha aux Templiers d'honorer. Cette trinité est représentée par le signe de la planète Mercure, symbole déjà plaqué sur le sexe du Diable de la quinzième lame du Tarot des Bohémiens. Elle est à la fois la Terre, Vénus, la Lune, et les trois qui en Mercure ne font qu'un; l'échange et le mouvement qui créent tout ici-bas, dominés par le reflet et l'humidité falote de la Lune. Douteuse et féminine fut la création reflétée dans l'eau maternelle, et fardée d'un éclat emprunté. Mais ainsi est-elle, et ainsi mieux vaut-il honorer cette trinité plus femelle que mâle.

La trinité des obscurs pouvoirs : c'est par le sang qu'elle est charriée; c'est la Dame noire du monde, l'énergie vitale que le sang répandu restitue, libre. Elle est féminine. Le diable est toujours ambigu, hermaphrodite comme celui du vieux Tarot.

Et cette puissance, mère des phénomènes, est cependant éternellement vierge puisque, comme la grande Lune, elle n'existe que par reflet.

Dans un texte tantrique hindou, Kâli, la Mère noire et l'Épouse du temps, se tient dans un bateau qui flotte sur une mer de sang. Armée de ciseaux et d'instruments qui déchirent, elle boit le sang violet du monde.

La destruction, la suppression du phénomène vital, après tout indifférent, n'est-ce pas là en définitive la seule voie de retour au noumène? Alors les énergies de l'existence universelle peuvent à nouveau couler librement, repartir à travers les mondes, illusoires eux aussi. Et, de nouveau, d'un côté ou de l'autre du mur du bien et du mal, les humains peuvent tirer d'elles ce qu'ils souhaitent.

Au fond d'une vallée des Pyrénées il y eut aussi, au XIIIe siècle, les Parfaits et les Purs qui ne craignaient pas la mort et qui considéraient la vie comme le détestable piège où tombent les êtres en naissant. Savants en symboles, ils connaissaient bien la magie; mais ils savaient qu'elle est un tatouage sur le visage de la Dame noire, telle au pied de l'arbre de la forêt l'ombre des branches entrelacées. De la parure et de la Parée, ils se détournaient à la fois, et, au revers du faux-semblant, entraient dans l'informelle réalité. Alors eux, les vivants, se faisaient consoler d'avoir eu à vivre, et mouraient.

Mais pour d'autres, fallait-il donc absolument condamner le doux soleil, la fleur du bouquet, faire taire du sang qui s'écoule la longue chanson du printemps, sacrifier la sûre clarté du jour à la nuit et, au profit du néant, supprimer le parfum d'une rose sur la haie?

C'était cela que faisait Erzsébet Báthory, injustement appelée la Bête de Csejthe. Cette femme pâle, raffinée et dépravée ne pouvait plus être une bête. Allant aux ultimes limites, elle s'était égarée loin au-delà du niveau ordinaire des humains, mais non au-dessous. Seul n'avait plus compté pour elle que le sang des autres que, dans une transe à elle-même étrangère, elle regardait couler. Elle en était restée au stade des sorcières. Elle vivait dans un monde fait de nerfs, de foies arrachés aux petits animaux, de racines de belladone et de mandragore. Elle vivait dans le lacis des tiges, des baies livides et des minces viscères entassés sur sa table, maniés par Darvulia, la sorcière de la forêt. Mais de l'autre côté du fleuve, là où elle faisait si souvent aborder les autres, elle n'était jamais, sciemment, passée. Un mince voile l'en séparait; et sa si grande cruauté ne put contraindre le voile, de haut en bas, à se déchirer. A chaque fois l'étrange jouissance retombait sur elle-même; et la force perdue, et la lassitude, ne lui laissaient plus que l'obscure certitude qu'il lui faudrait recommencer.

LA PRÊTRESSE ACHÉENNE de la Terre, au temple d'Ægira, devait boire une coupe de sang du taureau que l'on venait d'immoler avant de descendre dans la crypte où, mise par ce sang en contact avec le royaume des ombres, elle commençait à prophétiser. C'était accomplir un acte sacré. La druidesse poignardant, sous le cercle des chênes chargés de gui, le guerrier courageux étendu sur la table de pierre accomplissait un acte sacré également. La civilisation des Indiens d'avant Colomb, fondée sur la cruauté, n'en était pas moins, encore, ritualistique. Erzsébet Báthory elle, n'avait que faire d'une aussi pieuse rigueur. Elle n'avait que le mérite de se refuser à composer avec une religion quelconque, sauf avec celle de l'esprit des choses.

Gilles de Rais essaya de rejoindre par des cérémonies somptueuses, par l'orgue grondant dans la chapelle et les voix angéliques des enfants de sa maîtrise, cet univers saint loin duquel il maintenait ses orgies afin qu'elles lui fussent, selon la chair, plus agréables. Mais les deux mondes parallèles de la luxure et du divin avaient, de toute éternité, reçu l'interdiction de se confondre.

Le seul souci d'Erzsébet était d'être sûre que ses « étables » fussent toujours pleines, et que ses messagers, pour lui trouver des proies, jusque dans les villages de Haute-Hongrie sillonnassent sans relâche les sentiers de montagne. Un jour on fit venir de très loin, d'un village d'au-delà d'Eger proche des grandes Karpathes où habitent les vampires, où les sorcières peuplent le ciel de nuages et, parfois, de cygnes, une jeune fille dont on avait entendu vanter la beauté. Les jeux de miroirs, de château en château, signalèrent son approche. Son voyage dura un mois; et alors que d'autres attendaient depuis longtemps leur tour dans les souterrains de Csejthe, on la sacrifia la nuit même de son arrivée.

Chapitre VI

Iʟ ᴇsᴛ ᴀ Vɪᴇɴɴᴇ une maison pleine de cornes de bêtes. Elle est située dans l'étroite Schulerstrasse, une des rues les plus anciennes de la ville, qui descend au bastion des Dominicains, puis au pont enjambant le bras du Danube qui, de tout temps, encercla le nord et l'est de Vienne.

Derrière cette étrange demeure se tasse une sorte de forteresse trouée de maintes petites portes, une masse obscure et hautaine faite de maisons enchevêtrées les unes dans les autres, aux murs de deux ou trois mètres d'épaisseur, aux blasons rappelant le plus lointain passé de la ville. Avec ses contreforts de pierre grise, ses hautes bornes arrachées et laissées çà et là contre les murailles (certaines datant des Romains), ses grilles de fer écoté, ses pavés carrés, une rigole médiane, une ombre froide, c'est Blutgasse, la « ruelle du sang ». Tout ce côté de la maison des cornes saturniennes baigne dans une épaisse atmosphère de passions, de meurtres et de fantômes. Des trappes et des escaliers s'ouvrent sur les cours ; une lampe brûle sur un autel qui porte encore une croix de Malte, une lampe comme pour détourner les sortilèges, au fond, avec des fleurs et une image de la Vierge. Mais les sept cours froides, entourées d'escaliers de pierre et de corridors voûtés comme des cloîtres, semblent inaccessibles à tout repentir de ce dont elles furent les témoins.

Avant Erzsébet Báthory, alors que la maison des cornes était encore un bénéfice d'Église, c'était le puissant Ordre du Temple qui avait là sa Cour, son siège et son sanctuaire. Dans les souterrains se dressent encore le long des murs des couvercles de sarcophages où la Croix sculptée dans la pierre, surmonte l'effigie du Pilier de l'Ordre : la croix des Templiers, qui n'est ni ancrée, ni recerclée, mais dérivée de la croix ophidienne. Dans ses anciennes figurations, chaque branche de la croix se divise en deux têtes de serpents de profil et dardant la langue.

Il semble que les Templiers aient fait la guerre à tout ce qui est binaire, duel et féminin, au profit du masculin et de l'unique symbolisés par le Pilier. Les huit serpents étaient l'image de la Matière doublement involuée, positive et négative.

Dans les cryptes sans écho qui avaient été les catacombes de la vieille cathédrale Sant-Stephen, hors du monde de la matière que, tout comme les Cathares, ils condamnaient, les Templiers d'Autriche tinrent leurs excessivement secrètes assises. Ils ne devaient confession de leurs fautes qu'aux Supérieurs de leur Ordre même : rien n'était ébruité.

En France Philippe le Bel (que les Allemands appelaient Philippe l'Effronté) avait brûlé les dignitaires et dissout l'ordre. En Allemagne, sous le règne de Frédéric le Beau, le grand maître de l'Ordre était Wildgraf Hugo qui résidait à Vienne. Fähnrischshof, à l'ombre de la Cathédrale, était leur maison forte avec ses soubassements de pierres énormes, ses caves et ses salles souterraines s'enfonçant dans le sol des catacombes. Toutes les maisons avoisinantes leur appartenaient. Ils y avaient en particulier leurs écoles de chant. Entre les tombes des cimetières autour de l'église, passaient les Templiers dans leur grand manteau blanc orné d'une croix rouge. A l'annonce du procès et du supplice du grand maître en France, Wildgraf Hugo fit quitter Vienne aux Chevaliers du Temple; ils chevauchèrent jusqu'à Eggenburg. Ils furent pris par trahison : un Conseil d'Église se réunit et leur manda de revenir à Vienne, leur assurant qu'ils y seraient saufs. Ils revinrent. A peine étaient-ils arrivés que l'on fit fermer les portes de la ville. Ils se retranchèrent dans leur maison forte; on les cerna dans les cours et dans les souterrains dont les issues étaient gardées. A coups de *morgensterne*, les redoutables massues en forme d'étoiles, ils furent massacrés. Un tribunal inique, lui-même livré aux pires désordres, les jugea. On prétend que quelques-uns d'entre eux furent livrés à l'étreinte de la « Vierge de fer [1] », une sorte de momie de bois en forme de femme garnie à l'intérieur de pointes acérées qui se rejoignaient à travers le corps de l'emprisonné. En souvenir du sang des Templiers, dit la chronique, de ce sang dont leurs manteaux regorgeaient et qui ruissela le long de la pente qui descend à Singerstrasse, la sinistre ruelle devint Blutgasse : la « ruelle du sang ».

Pour rechristianiser cet endroit où, sans aucun doute, des cultes païens venus d'Asie avaient été célébrés, on éleva au-dessus des caves impures, à l'emplacement de la maison des Templiers, une colonne dite « Colonne de Saint-Jean »; car les

[1] On peut encore voir la « Vierge de fer » au château de Riegersburg, en Styrie.

biens des moines-chevaliers avaient été donnés à l'Ordre de Saint-Jean de Jérusalem, selon la loi.

La ruelle a gardé son aspect sinistre. Au coin de Singerstrasse on peut voir parfois, les soirs de brouillard, le comte de Leiningen et le chevalier Kranich, décapités, continuer à se poursuivre entre les murs aveugles. Un fantôme de femme y passe aussi, dit-on, celui d'une femme morte de mort violente, ou de celle qui l'avait fait mourir.

C'est là, à la place des épouvantes et des effrois — et ce n'est pas par hasard — qu'Erzsébet Báthory avait, un certain temps, élu domicile avant de posséder une maison plus belle, mais moins hantée, près du palais impérial. La femme dont le blason rouge et argent était entouré du dragon dace, l'antique emblème des guerriers qui méprisaient les femmes, eut ainsi à Vienne sa demeure dans la même rue que les Templiers, dont l'emblème était le serpent. La chronique assure en effet : « Et le matin de bonne heure, les gens qui passaient dans Blutgasse disaient : « On a encore « trait » quelqu'un cette nuit. » Or, il n'y avait pas d'abattoirs dans cet endroit; il n'y avait que les caves voûtées de la Maison des Hongrois, de l'une des « maisons des Hongrois » de Vienne. Peut-être même celle-ci avait-elle appartenu vers 1547 à l'empereur Ferdinand.

De tout temps ce quartier derrière la Cathédrale avait été hongrois. Les nobles magyars y avaient leurs demeures, sombres, voûtées, aux pièces en sous-sol, aux caves utilisées pour d'interminables banquets où l'on buvait et criait beaucoup. Ces maisons, contrairement à celles des Autrichiens, étaient ornées avec un goût barbare. D'immenses cornes de bêtes en décorent les murs; et outre la corne maléfique, des animaux empaillés, des corbeaux grands comme des enfants, des hiboux géants et une sorte de coq de bruyère des Tatras noir, énorme et barbu, sont perchés le long des corniches; au premier étage, des vérandas désordonnées font le tour de l'ancienne cour.

Une inquiétude persiste dans toutes ces pierres. Les nobles hongrois continuent à avoir là leur hôtellerie obscure et d'aspect plutôt barbare. En face des portes des caves, derrière la maison, c'est la pente grise de ce détroit entre les hautes maisons, Blutgasse. Dans ces caves aux arches gothiques Erzsébet avait été conduite par ses mornes étoiles, vers 1585, lorsqu'elle venait à Vienne à la cour des empereurs.

Son carrosse couvert de poussière entrait par la porte Stubenthür, au bastion des Dominicains, et montait la Schulerstrasse. Erzsébet pénétrait dans ce quartier, comme on pénètre dans un antre que le soleil visite peu. Les luxures, les cultes équivoques et les meurtres y formaient un bloc aussi solide que celui des pierres. Les servantes sortaient de la voiture le fameux nécessaire à tortures, que l'on conservait encore, il y a peu de temps, à Pistyán : les fers qu'on rougissait au feu, les aiguilles, les poinçons et les redoutables petites tenailles coupantes en argent. Le souvenir de la « Vierge de fer » rôdait encore dans les sous-sols. Peut-être est-ce là qu'Erzsébet prit l'idée de la cage garnie de pointes, où plus tard elle allait faire enfermer telle ou telle jeune servante.

IL EST, dans un château de la frontière austro-hongroise, à Forchtenstein, une sorte de lanterne ouvragée à jour, terminée au sommet par un délicat bouquet de tiges de fer recourbées. Une collerette de fer, élégante elle aussi, en entoure la base. Sans doute y avait-il place pour une tête vivante dans cette lanterne, car à l'endroit possible de la bouche on voit tout un système de verrou et de plaques de fer. Aux murs des caves pend encore tout l'arsenal des armes à massacrer de ces temps.

A ses retours de Vienne, Erzsébet s'arrêtait parfois pour une visite ou un banquet dans ce très ancien château de Forchtenstein, appartenant aux Esterházy. La province, proche de la frontière, est déjà presque hongroise. Au loin, on voit un lac bordé de villages blancs aux toits surmontés de nids de cigognes. Parfois on entend l'antique *tàrogàto*, la longue flûte hongroise de bois et de corne, qui sert encore à accompagner l'interminable et sauvage complainte de la « Dame de Csejthe ».

Il y a là, vous dit-on, parmi les portraits, celui d'une Comtesse très belle et très cruelle qui, dans des temps anciens, descendait des Karpathes pour venir à Vienne et ici même.

Les salles sont carrées et grandes; les fenêtres, haut perchées dans le ciel au-dessus du paysage. Pas de meubles, sauf quelques coffres et un lit poussiéreux entouré de tentures gris-bleu. Les planchers ressemblent à ceux des granges. Sans relâche, au-dessus du château, des éperviers tournoient.

Aux murs de ces salles, une dizaine encore, sont suspendus des portraits pour la plupart de grandeur nature. Ce sont ceux de Hongrois d'illustres familles et de leurs épouses. Plus petite et de taille plus menue que les autres, les tempes serrées dans un bandeau de couleur orange qui peut faire penser qu'elle fut rousse, voici la belle-mère d'Erzsébet : Orsolya Kaniszay. Elle a une figure belle, mais pâle, qui témoigne de sa mauvaise santé. De tous ces personnages elle est le seul dont l'aspect évoque la bonté. Les autres princesses, dans leur raideur, semblent hautaines et vaines, parfois sottes. Une seule créature est habillée comme l'était Erzsébet Báthory : même robe grenat, même résille haute, mêmes larges manches blanches fermées aux poignets par de petits mancherons d'or.

Seule la façon dont est enroulé le large ruban de perles, du cou jusqu'à la ceinture, est différent.

Les Báthory sont dans une salle réservée aux palatins : István, puis Sigismond, très laid, avec une barbe, puis sans barbe et le bout du nez déformé, tombant; György Thurzó, le palatin cousin d'Erzsébet; sa femme Erzsébet Czóbor; Gábor Báthory, aux traits réguliers, une sorte de très beau barbe-bleue auquel nulle femme ne résistait (et peut-être même pas sa cousine Erzsébet, dit-on) et qu'on surnommait le Néron des Siebenburgen. Il fut prince de Transylvanie, épousa Anna Palochaj qui resta veuve en 1613, et se conduisit fort mal tout au long de sa vie.

De cette suite de portraits des Báthory se dégagent comme des émanations de folie.

Dans un coin près d'une fenêtre, sur une toile plus petite que les autres, un étrange amalgame de têtes penchées, de dos vêtus de velours et d'étoffes sombres coupées de taches blanches qui sont des manches. De face, et tout de guingois, un dais cramoisi festonné et sous le dais, un roi ou un prince rouge. On aperçoit un grand coin de table avec, sur la nappe, quelques pains ronds et une ou deux cuillères. Parmi des figures de femmes surgit un profil blafard sous des cheveux foncés, si blanc qu'on le dirait macéré dans toutes les céruses du monde. Un nez, mal dessiné par le peintre, mais où l'on reconnaît la courbe un peu tombante du bout de celui des Báthory, de celui d'Erzsébet en particulier. Ce ne peut être qu'elle, avec un air si hanté, si cruel et si absent...

Ces tableaux sont mal peints; c'est souvent le même artiste de passage qui a portraituré toute une génération. Couleurs plâtreuses, poses roides toujours identiques, la main gauche pendant entre les plis de la jupe, la droite allongée sur une table. Dans les toiles plus tardives, quelques petits chiens sont assis, résignés, dans les plis de la jupe de leur maîtresse.

Dans ce château typiquement hongrois, on se rend compte de l'importance qu'avait la buanderie, une buanderie exactement pareille à celles qu'Erzsébet devait transformer en chambres de torture. C'était une salle voûtée, avec une auge immense qu'on remplissait d'eau et une sorte de puits. Une cheminée de pierre, large comme une maison, abritait toutes sortes de crochets, de crémaillères et de tiges de fer.

La buanderie était à l'écart, place secrète autour de son feu et de son eau. De sa porte un chemin, sous le rempart intérieur, descendait jusqu'au puits protégé par un auvent et surmonté d'une machine de bois avec un tronc d'arbre pour treuil. On avait mis trente ans à creuser ce puits dans le roc escarpé, et quatre cents prisonniers turcs étaient morts à l'ouvrage. Autour de la buanderie, des cellules, probablement les cachots pour les domestiques de la maison. C'est dans de petites pièces semblables qu'autour de celle de Csejthe Dorkó et Jó Ilona gardaient les jeunes filles, par groupes de six, huit ou même davantage, toutes prêtes à satisfaire le caprice d'Erzsébet au moment d'une crise. Une certaine semaine, il fallut lui sacrifier cinq servantes coup sur coup.

A CETTE ÉPOQUE, de l'autre côté de Vienne, vers le couvent des Augustins, Maximilien puis Rodolphe II améliorèrent le vieux palais qui s'ouvrait par une porte rouge, noire et or, et dont la voûte était ornée des plus anciennes armes de l'Empire : fasce d'argent sur champ de gueules, entourées d'autres écussons chargés d'animaux et de croix.

Dans le carré de ciel taillé entre les murs sévères, percés de ces doubles fenêtres plates qui semblent ne rien regarder, les faucons chassaient. Ils font toujours la chasse, en plein palais, aux pigeons effrayés et aux moineaux de Vienne, ces faucons descendants des oiseaux impériaux, sans songer à s'en aller ailleurs vers les montagnes qui, plus haut, bordent le Danube. Ils restent là à faire crier de peur les autres oiseaux.

Le roi Mathias Corvin, pour loger ses gentilshommes hongrois lorsqu'ils venaient à Vienne, avait fait l'acquisition d'une bande de terrain longeant le cloître des moines de Sainte-Dorothée. Il y fit passer une rue que l'on nomma Ungarngasse (aujourd'hui Plankengasse). C'était en 1457. Il y avait là, près d'un terrain vague où l'on vendait du charbon et des porcs, une grande maison qui en 1313 avait appartenu à Harnish, ou Harnash; on l'appelait la « vieille maison Harnish ». Quand Mathias Corvin fit bâtir ce quartier, elle se nommait la « maison des Témoins ». En 1441, le comte Albrecht V l'avait utilisée comme magasin de poudre, et en 1531, après avoir connu divers propriétaires, la maison revint à l'empereur Maximilien et prit le nom de « Maison hongroise ».

Elle est située au n° 12 Augustiner Strasse, au coin de la Dorotheergasse, en face du couvent des Augustins dont la longue façade prolonge le Palais impérial. C'est cette maison que Ferencz Nádasdy et Erzsébet acquirent, dans les toutes dernières années du xvie siècle (il est impossible de savoir la date précise de l'achat), pour leurs séjours à la Cour de Vienne. Les transactions furent longues et difficiles. C'était une grande maison, mais non pas un palais. Certainement modifiée et embellie vers la moitié du xvie siècle, sa façade est sobre et sans ornements. Le palais de l'empereur, à cette époque, n'était lui-même composé que de bâtiments donnant sur une cour carrée, sans grand luxe d'escaliers ni de portes. Mais les soubassements de la maison des Báthory étaient antiques; il fallait descendre quatre ou cinq marches pour atteindre les pièces en sous-sol, aux voûtes en ogive. Au milieu, une cour. Elle s'adossait à une maison qui est devenue le palais Lobkowitz et donnait à l'est sur le grand terrain vague et boueux où, à certains jours de l'année, se tenait le marché aux bestiaux et au charbon. Par les temps de neige et de glace, ce terrain plein de trous et d'ornières était sillonné de traîneaux se rendant au Palais. En face, tout en longueur, le monastère des Augustins, fondé en 1330. L'église du monastère était petite et sa façade, donnant sur la place abandonnée près des remparts, était basse. Le couvent proprement dit, avec les cellules des moines, bâtiment plus haut et plus important, se trouvait exactement en face de la maison des Nádasdy, là où s'élève à présent la grande église refaite en 1642. On agrandit en même temps l'aile gauche du couvent, qui devait être auparavant l'hôtellerie. En face, de l'autre côté de la rue restée étroite en cet endroit, les fenêtres des chambres d'Erzsébet Báthory.

Le quartier était désert. Non loin, le palais impérial dormait, enserrant dans ses murs la sombre chapelle des Habsbourg aux chorales splendides et les trésors magiques de Rodolphe II. Après c'était le bastion du sud, puis une autre plaine.

C'est là qu'Erzsébet, à quarante ans encore très belle, descendait avec son époux Ferencz; et après 1604, c'est là que veuve elle arrivait de son château de Csejthe. Des robes rouges, des robes noires et des bijoux brillaient aux lueurs des flambeaux dans l'escalier de pierre qui monte en trois paliers jusqu'au premier étage. Étroite et basse s'ouvrait la porte de sa chambre; là elle s'était parée pour être portée au Palais, sous les lustres des salles frustes, magnifiques, d'un luxe barbare et inégal.

Les esprits des éléments, par les nuits de neige et de boue, étaient virulents encore; hardis et superstitieux étaient les gens que les traîneaux menaient à travers l'obscurité trouée de torches jusqu'aux salles d'honneur scintillantes du Palais. Et magie et luxure sont proches; il n'est pas surprenant qu'Erzsébet, revenant des mille lumières à sa maison peuplée de servantes, ait éprouvé l'urgence, à travers son péché, de trouver sa joie. Et de sa chambre partaient ces cris de jeunes servantes qui réveillaient les moines d'en face, à moins qu'ils n'allassent s'étouffer dans les caves dont les escaliers s'ouvraient sur la cour. Le lendemain, dans la ruelle, Jó Ilona et Dorkó jetaient des baquets d'eau sanglante. Et Vienne, au matin, reprenait le grand charme de son ciel plein de nuages qui se meut comme un fleuve, et celui des pierres blanches et cubiques de ses monuments parfaits.

Les réponses des serviteurs, au procès, révélèrent dans ses plus cruels détails ce qui se passa dans cette maison. A la question : « Comment les victimes étaient-elles traitées? » Ficzkó répondit : « On pouvait les voir aussi noires que du charbon, à cause du sang coagulé sur elles. Il y avait toujours quatre, cinq jeunes filles nues et c'est dans cet état que les garçons les voyaient coudre ou lier des fagots dans la cour. »

Après la mort du comte, la Dame leur brûlait les joues, les seins ou d'autres parties du corps, au hasard, avec un tisonnier. La chose la plus horrible qu'elle faisait c'était, parfois, de leur ouvrir la bouche de force avec ses doigts et de tirer jusqu'à ce que les coins se fendissent. Elle leur plantait des épingles sous les ongles en disant : « Si elle souffre, cette p..., elle n'a qu'à les sortir elle-même! » Un jour, parce qu'on l'avait mal chaussée, elle se fit apporter un fer à repasser brûlant et repassa elle-même la plante des pieds de la servante coupable, disant : « Là, à présent, toi aussi tu as de beaux souliers avec des semelles rouges. »

C'est aussi dans cette maison qu'il fallait verser des cendres tout autour de son lit; car les flaques de sang, dans sa chambre, étaient si vastes qu'elle ne pouvait les franchir pour aller s'étendre.

DANS LES PARAGES de la ville haute, autour de la plus ancienne église de Vienne, Sant-Rüprecht, qui regarde le soleil se coucher éclairant son triste petit clocher, il y avait beaucoup de choses pour attirer Erzsébet. C'est encore le quartier des Juifs. On peut toujours y trouver des mandragores, et ces mêmes dents de poissons fossilisées et couleur de jade alors si recherchées. On trouvait aussi, autour de la vieille synagogue, de très jeunes Juives; Jó Ilona réussit à en persuader quelques-unes de venir au service de la Comtesse. Un jour même, une vieille amena une fillette juive d'une dizaine d'années qu'elle avait trouvée errant dans la ville. Les boutiques où l'on vendait les plantes et les pierres de magie, ainsi que les animaux desséchés, se cachaient autour de la Juden Platz, et la litière d'Erzsébet parut souvent entre les vieilles maisons écussonnées. Elle venait, sombre et scintillante, choisir en personne des amulettes de quartz et des dents de loup, des langues de serpents, ou bien ces minéraux que la nature marquait parfois elle-même, les mystérieux gamahés signés par les astres.

C'était là ce que les servantes d'Erzsébet venaient chercher dans ce quartier de la ville, tout en regardant s'il n'y avait pas quelque jeune paysanne inoccupée qu'elles pourraient convaincre de les suivre.

Il est encore à Vienne de ces boutiques où se vendent des choses extraordinaires : statuettes en forme de momies couchées dans de minuscules sarcophages, amulettes suspendues parmi les colliers de grenats et de topazes, montées sur des chaînes d'argent terni ou serties dans l'or le plus fin; ou encore des cœurs de madrépores livides et tachetés, et d'autres faits de cette salmordine blanche qui contient comme des gouttes de sang. D'autres cœurs de jaspe sanglant lui aussi, parfois percés d'un trou, et qui avaient fait mourir quelqu'un. Des agathes, des dents et des griffes de bêtes sauvages et la fascinante, la dure dent de requin qui passe pour être née là où la foudre est tombée dans la terre ou dans l'eau. Car on considérait ces dents fossiles comme étant produites par la terre elle-même. Pline avait cru qu'elles tombaient du ciel pendant les éclipses de lune, de cette lune qui gouverne le monde des poisons. Ces pierres étaient appelées céraunées ou pierres de foudre; elles mettaient un temps infini à remonter du sol où elles s'étaient enfoncées, disait-on, sous forme de hache ou de flèche de jade verdâtre. Il y avait là des concrétions qui n'appartenaient point au règne minéral, comme ces alectorines formées dans le foie des vieux coqs, et une petite pierre creuse, portant gravée comme une sorte d'œil, qui était une batrachite.

Chapitre VII

Jacob Böhme écrit dans son livre *De Signatura Rerum* qu'au commencement, avant toute chose, il y avait la « grande noire colère qui voulait se formuler », et ne savait comment le faire. Par sa qualité d'astringence qui désirait « se prendre », elle forma d'elle-même, et pour elle-même, un noyau. C'est dans cette giration, dans les orages de ce premier vouloir encore inconscient, que les esprits puisèrent leur jeune force : ceux de l'air perméable; ceux du feu qui est le ferment de cette colère elle-même; ceux de l'eau qui, l'apaisement venu, retombait sur la matière enfin concrétisée, peuplée des durs esprits de la terre et du minéral.

Tous eurent leurs noms, et tous les ont encore : des noms ailés pour les fées de l'air, des noms liquides pour les ondines, tracés en forme d'un de ces lacis que font, sur le sable des chemins, l'empreinte des pattes d'oiseaux et celle des griffes longues du hérisson.

On sait encore vaguement que Saturne est sombre et austère, que Mars est belliqueux, Vénus douce. Cependant les planètes et les dieux semblent avoir perdu tout lien avec leurs grands archétypes. Au xvɪᵉ siècle, l'empereur Rodolphe et ses alchimistes, Erzsébet Báthory et beaucoup d'autres, continuaient à vivre dans ce tourbillon primitif et interdit. Car c'est bien là, en effet, ce qu'on nomme le chaos, cet abîme plein de ténèbres et de lumières avortées, de grondements de tonnerre et d'ébauches du premier son. C'est là que tourne Satan, issu le premier de la grande Lilith vierge. Les ténèbres étaient avant la lumière, et l'enfer était avant le ciel. Et pour que l'homme comprenne, c'est sur cet abîme qu'il lui faut, lui aussi, se pencher et regarder.

De là les cultes féminins de tous les temps; de là les sectes masculines qui les combattent, et veulent ignorer ce deuxième principe négatif et dangereux; et de là l'érotisme forcené. Tout sorcier et toute sorcière sont érotiques. Toute force se capte de l'éros primordial.

PRAGUE, où résidait l'empereur Rodolphe II de Habsbourg, était le refuge enchevêtré des kabbalistes, des astrologues et des mystiques. Les Bohémiens y avaient apporté la plus antique des sciences, venue on ne sait d'où exactement. Le vampirisme, l'occultisme, l'alchimie, la nécromancie, les tarots et surtout la vieille magie noire étaient les fruits de cette ville aux rues étroites, entourée de forêts. C'était là que les colporteurs venaient regarnir leurs baluchons de ces petits livres aux caractères d'imprimerie irréguliers, ornés de gravures sur bois représentant des diables tenant leur queue sous le bras et regardant de biais celui qui les conjurait. On trouvait également dans ces livres les signatures respectives de ces démons mineurs, la manière de tracer les doubles cercles magiques, et le dessin de la main de gloire tenant une chandelle de graisse de pendu, qui permettait au voleur de s'éclairer tout en le rendant lui-même invisible.

L'immense science maudite envahissait tout. Elle débordait des presses de bois des premières imprimeries. Et, à travers les forêts de sapins, par les cols et par les plaines s'échappaient vers d'autres pays *L'Enchiridion* du pape Léon, *Le Grimoire* du pape Honorius, *Le Grand-Albert*, *La Poule noire* et *La Véritable Clavicule de Salomon* aux préfaces bibliques, évoquant les dudhaïms de la lisière des blés de Palestine, par lesquelles Léah devint amoureuse de Jacob et lui enfanta un fils.

AUJOURD'HUI, au musée de Palais impérial de Vienne, les bézoars sont attachés, comme des bêtes qui pourraient encore s'enfuir, comme des rapaces sur leur perchoir. Ils ont belle allure avec les chaînettes d'or pur qui les lient à leur piédestal. L'un est strié de beige et de brun, comme s'il n'avait élaboré sa propre matière qu'avec peine. Un autre, petit, élégant, est en forme de drageoir avec son couvercle et serti de la plus fine filigrane d'or. Telle est la collection des bézoars, des *magensteine* impériaux qui constituaient pour ceux qui y buvaient un gage assuré contre le poison.

Rodolphe II possédait d'autres trésors, dans sa Chambre des Merveilles à Prague. Les plus chers à son cœur étaient Marion et Thrudacias, ses deux mandragores baptisées, l'une femelle et l'autre mâle, reposant dans de roides petites chemises de soie rouge. Tous les mois, à la nouvelle lune, on les baignait dans du vin. Il avait fait ajouter à son blason leurs effigies à la figure souffreteuse, et portait toujours sur lui une tunique tissée des fibres de cette plante, qui le rendait invulnérable.

Le landgrave de Leuchtenburg lui avait envoyé des pierres précieuses; et un autre prince, les figures peintes par Joseph Arcimboldo, dont la bizarrerie tourmentée lui plaisait. Il avait également reçu en cadeau un sarcophage royal sur lequel était gravé le combat des Amazones, des flèches empoisonnées, une émeraude en forme de cœur et une grande corne de licorne qui servait de fourreau à son épée, et qui paraît être une dent de narval. Les Jésuites de Rome lui avaient fait présent de gros diamants. Il avait encore une pierre d'aimant magnifique et des oiseaux des Indes. Ce prince, curieux d'astrologie, possédait son propre horoscope gravé sur cristal de roche avec un lion d'or au milieu, et des mappemondes célestes en matières précieuses, un grand miroir d'acier et un livre sur le mouvement des astres. Tout cela parmi de multiples coupes d'agathe, de cornaline qui conservent santé et vie, chacune munie d'un couvercle que l'on pouvait cadenasser. Les coupes de cristal de roche étaient recommandables contre le mal aux yeux, celles d'agathe contre la goutte, et la cornaline rendait de joyeuse humeur. Les hommes sous leur pourpoint, les femmes sous leur corsage cousaient des chapelets faits de cœurs en madrépores de corail gris, l'*Augenkoralle*, de petites cornes de certaines espèces de chamois et de leurs dents nouvelles, et surtout, montées sur vermeil ou sur or, les « langues de serpents », les plus efficaces des pierres d'épreuve.

Bézoars et languiers étaient posés sur les crédences et tout un cérémonial se déroulait à chaque plat nouveau, à chaque boisson apportée. On descendait, pendu au bout de ses chaînes, le gros noyau gris de bézoar au-dessus du plat jusqu'à presque le toucher. Si le mets était empoisonné, la pierre animale changeait de couleur.

Ce sont de curieuses concrétions grisâtres, faites de couches concentriques ressemblant à de l'ardoise claire. Rodolphe II envoyait des émissaires en chercher, loin en Orient, où se trouvaient les plus efficaces. Les Juifs vendaient de ces pierres à Vienne et à Prague, et juraient qu'elles étaient orientales; mais ce n'étaient que des bézoars occidentaux, comme le bézoar fauve, trouvé dans l'estomac des chamois. Le plus recherché était celui du porc-épic qui venait de l'Inde.

Les languiers ressemblent à des bouquets de fleurs montées sur des tiges d'or, comme ces bouquets artificiels d'églises de campagne, de chaque côté de l'autel; chaque tige se termine par une chose indéfinissable : une sorte de corne verdâtre aux bords découpés en fines dents de scie, une pointe de flèche en silex poli. Mais cela est plus dur encore qu'un silex, et d'une teinte plus subtile que les céladons chinois. Cette couleur changeait lorsque, de ce bouquet solide, on touchait un plat où du poison avait été versé. Mis auprès des berceaux, ils préservaient les enfants de la peur. Depuis des temps très reculés ces dents fossiles, connues sous le nom de glossopètres, ichtyodontes ou ichtyoglosses, étaient considérées comme des pierres magiques. Mais on était persuadé que c'étaient là des langues de serpents pétrifiées, aptes de par leur nature à déceler tout poison. Aucun grand personnage n'aurait touché mets ou boisson sans avoir procédé à la cérémonie des « pierres d'épreuves ».

Ces objets hétéroclites, dont quelques-uns se trouvent encore dans certaines boutiques enfumées, meublaient les crédences et encombraient les tiroirs, au xvie siècle. Et certainement sur le sein de la superstitieuse Erzsébet Báthory, suspendue parmi beaucoup d'autres amulettes, se trouvait une de ces langues de serpent à la couleur gris-perle verdâtre. A quel breuvage empoisonné peut résister, sans se ternir ou s'éroder, un hanap taillé dans une corne de licorne? Tel un animal apprivoisé, il prévenait ainsi son maître dans le langage muet des choses. Il était tant de pierres, à présent oubliées, que l'on ne peut en citer que quelques-unes, comme la « croix de cerf », l'os cruciforme qui, parfois, se trouve dans le cœur du cerf, et la « pierre de croix », jaunâtre, marquée en noir de ce signe, et qui vient de Compostelle. Maximilien II avait sur le conseil de son médecin fait longtemps chercher une crapaudine, en se conformant aux exigences de l'heure et de l'étoile. Le grand remède des Médicis, pendant les pestes, consistait à faire projeter autour d'eux de la poudre de crapaud calciné. La pierre que recherchait tout particulièrement Maximilien était une « lapis-bufonites », ou borax, sorte de bulle solide qui se forme à l'intérieur de la tête du crapaud. Elle est creuse et d'un brun livide, parfois blanche, noire, verte, ou encore bigarrée (et c'est là la meilleure). Elle se trouve aussi sous l'épaule de l'animal, dans le creux de la jointure. On la porte pour se préserver de la peste et aussi contre la morsure des bêtes venimeuses, car elle-même est faite de venin.

Aux minéraux ayant un pouvoir singulier, les artistes mêlaient toute une faune symbolique, également chère à la magie, de serpents, de dragons soutenant des coupes de jade vert, de sphinx et de licornes entourant les hanaps de lapis-lazuli aux traînées de poudre d'or, de griffons surgissant de gobelets en cristal de roche. Tous cela signifiait protection contre le danger et la maladie. Boire dans une tasse de bois madré, dur et tourné aussi finement qu'une porcelaine, tout marbré de taches foncées comme un pelage de bête féroce, était l'assurance d'un accroissement de force et de vitalité. Il en allait de même pour certain verre taillé en épaisses facettes de cristal, couleur de rubis et entouré, pour y poser les lèvres, d'une bordure d'or; ou pour ces énormes cornes à boire, faites de cornes d'aurochs sauvages et montées sur un pied représentant une guivre à l'aspect féroce.

Dans toutes les anciennes salles du Palais, sous les blasons aux couleurs éclatantes des ducs de Bourgogne prédécesseurs des Habsbourg, vit la magie immobile au sein de tous ces objets comme tapis dans leur propre force.

ANDRÁS GLOREZ, qui venait la Moravie (Mährn), le grand pays de la sorcellerie, a réuni en deux énormes volumes les secrets de Bartholemeo Carrichteri, le médecin italien de Sa Majesté Impériale Maximilien II, qui avait introduit auprès des Habsbourg « l'art véritable et licite des Médicis, dont l'origine est dans la magie et la sorcellerie, afin de garder longue vie et puissante Maison ».

Un immense chapitre, spécialement dédié à l'Empereur, passe en revue les astres, les plantes, les animaux et les minéraux. Les maux du temps, aux causes souvent mystérieuses, y sont tous prévus. On y trouve la façon de se protéger des « couteaux, des épines, fils, cheveux, orties, du verre, de la mauvaise haleine, des vers, et comment éviter de devenir bossu et contrefait ».

Dans ce livre, il y a aussi de très sérieuses descriptions de la licorne au pelage d'un jaune étincelant comme le soleil. On ne tuait pas cet animal merveilleux, que l'on appelait alors tusson ou texon; mais il était conseillé d'en utiliser la corne pour en faire le fourreau de quelque noble épée, ou des gobelets dans lesquels toute boisson se purifiait.

OUTRE CES RECETTES, trouvées depuis qu'il y a des plantes sur la terre et, au ciel, des planètes, la plus grande importance était accordée aux pierres dites nobles, de ces pierres dont Jacob Böhme a écrit : « Considérons maintenant le plus haut arcane : celui de l'essence céleste, des gemmes et des métaux dont elle est le principe. Les pierres précieuses viennent de l'éclair qui sépare la vie de la mort, dans le grand craquement salnitrique, au moment de sa congélation par le craquement, c'est pourquoi elles ont de grandes vertus ».

Il y avait neuf pierres nobles : Saphir, Améthyste, Diamant, Hyacinthe, Topaze, Rubis, Émeraude, Turquoise et la Salmordine.

Selon les heures, elles ont différents « parlers ».

La plus étrange est, sans doute, cette Salmordine qu'on trouve dans la mer Ligurienne : blanchâtre, rosâtre, laiteuse, veinée de rouge. Il y en a également en Anatolie. D'autres (et ce sont les plus belles) portent en elles comme des gouttes de sang. Le bien et le mal se mêlent dans cette pierre que les Anatoliens ne portent pas, justement à cause de sa part d'influence néfaste.

Elle n'est autre, placée au même rang de noblesse que le diamant et le saphir, que la mystérieuse *Meerschaum*, l'antique Alcyonium. On en portait des colliers légers, d'un blanc pur et froid, doux au toucher cependant; d'autres étaient gris, travaillés en petits noyaux rugueux, couleur de nuages chargés de pluie. Une autre espèce, encore, était d'un noir mat.

On l'appelait aussi Milesium, du nom de la ville qui en fournissait le plus, Milet, en Asie Mineure. Depuis fort longtemps on l'envoyait à Vienne des côtes d'Asie. Portée sur les flots comme une terre poreuse engendrée par la mer, elle était ensuite desséchée au soleil. Ses propriétés, encore que discutées, étaient diverses. A cet égard on distinguait cinq sortes de Salmordine : la première, la blanche, était recommandée pour effacer les taches du visage, une fois réduite en poudre; bue, elle dissolvait la pierre des reins. La troisième, le véritable Milésium, brûlée et mêlée à du vin faisait pousser les cheveux; et la cinquième, la noire, âpre au goût, guérissait mêlée à du sel calciné le mal aux dents.

Mais l'espèce magique par excellence, celle qui égalait les autres pierres nobles, était la Salmordine aux gouttes de sang, celle que les Anatoliens n'osaient porter, mais que les dames hongroises recherchaient pour l'ajouter à leurs autres talismans.

Car ce n'était pas par hasard, assurément, que la terre avait laissé éclabousser son sang dans cette pierre, que la mer lui arrachait pour la porter ensuite comme elle portait les nids flottants des alcyons.

ET LES CHARMES étaient décrits dans le vieux livre de magie saxonne qui date du milieu du xe siècle : *Le Laecebook*. Ses incantations et son long poème aux herbes avaient secrètement pénétré en Allemagne, en Finlande et surtout en Hongrie. Au xie siècle fut écrit un autre livre du même genre, *Le Lacnunga*. Il contient les plus anciennes recettes empiriques du monde occidental, d'où sont dérivées celles du Grand-Albert et de tous les livres de magie, ainsi que la science des docteurs des Médicis et des parfumeurs des Valois. C'est le livre du souffle premier de la nature. Voici l'extraordinaire *Incantation aux neuf herbes* :

Souviens-toi, Armoise, de ce que tu fis connaître,
De ce que tu arrangeas à la grande Proclamation.
Tu fus appelée Una, le plus vieille des herbes,
Tu as pouvoir contre trois et contre trente
Tu as pouvoir contre le poison et contre l'infection
Tu as pouvoir contre l'ennemi détesté rôdant par le pays.

Et toi Plantain, mère des herbes...
Souviens-toi, Camomille, de ce que tu fis connaître
Et que tu accomplis à Alorford...

Ces neuf ont un pouvoir contre neuf poisons.
Un serpent vint rampant et il ne tua rien,

Car Wotan (ou Isten) prit neuf tiges de gloire
Et il tua le serpent qui se sépara en neuf morceaux.

Depuis les neuf herbes ont pouvoir contre neuf esprits malfaisants
Contre neuf poisons et neuf infections
Contre le poison rouge contre le répugnant poison
Contre le poison blanc contre le poison pourpre
Contre le poison jaune contre le poison vert
Contre le poison noir contre le poison bleu
Contre le poison brun contre le poison cramoisi
Contre la piqûre du serpent contre l'enflure par l'eau
Contre la piqûre d'épine et celle du chardon
Contre l'enflure par la glace et celle du poison.

S'il vient un poison de l'est
Ou du nord et de l'ouest parmi nous,
Moi seul je connais un ruisseau coulant
Et les neuf vipères qui le savent aussi.
Que les herbes poussent de leurs racines;
Alors les mers se partagent, et cède l'eau salée
Quand je souffle ce poison de toi.

Et les seigneurs de Bohême pénétraient dans les maisons aux gros carreaux de verre, interrogeaient les sages à la lueur des feux de braise sous les cornues, tournant et retournant entre leurs doigts des chapelets, en apparence noirs, faits de pierres aux facettes mal taillées : les pierres des sorcières et des belles à la peau bleuâtre, les grenats couleur de sang caillé qui garantissent la santé aux vivants.

LES TEMPS changeaient, même en Hongrie. Le paysage était aussi noir et rude avec ses sapins qui émergeaient de la neige d'hiver. Les lois restaient aussi dures pour les paysans qui appartenaient à leurs seigneurs comme les arbres. Et cependant les portraits que venaient, à domicile, peindre les nouveaux artistes italiens et flamands montraient des êtres plus souriants, aux poses plus abandonnées : les yeux semblaient s'ouvrir avec plus d'intérêt sur le monde, les coiffures étaient à la mode, laissant les cheveux plus libres; mais les manches de lin bouffantes et le tablier restaient rigoureusement hongrois. La vie faisait irruption. L'empereur Rodolphe, en se retirant en Bohême, avait emporté avec lui les souvenirs des fraises roides et des pourpoints noirs de l'Escurial familial. L'empereur vivait là, accordé aux dernières années de ce XVIᵉ siècle aux noires racines, où les ténèbres avaient été plus fécondes que les clartés. Il habitait le haut palais de Hradschin aux allées bordées des premiers marronniers apportés des rives du Bosphore, et de roses qui en étaient aussi venues, longtemps auparavant. Il lui fallait supporter la proximité de son encombrant neveu par alliance, Sigismond Báthory, dont la dernière fredaine avait été une fugue en Pologne, et qui avait fini par prendre la décision, la première de sa vie, de ne plus attirer sur lui l'attention publique. Son oncle András à qui, dans un moment de caprice, il avait cédé sa couronne était mort assassiné au bord d'un précipice des Karpathes. La Comtesse, leur parente, faisait encore atteler parfois le gros coche hongrois pour aller assister à quelque grand mariage où son rang, à défaut de la sympathie de ses proches, la faisait convier; ou à Vienne, au palais solitaire et refroidi d'Augustineergasse.

Anna, l'aînée de ses filles, s'était mariée cinq mois après la mort de son père, en 1604, avec le noble Miklós Zrinyi, qui avait une peur terrible de sa belle-mère. Une autre de ses filles, Katerine, sa préférée, était fiancée à un seigneur descendant d'une de ces familles françaises qui étaient restées en Hongrie au hasard des guerres. Il s'appelait Georges Druget (ou Drughet) de Homonna et fut le seul, lorsque vint la fin, à se montrer, par amour pour sa femme, pitoyable envers Erzsébet.

A présent, très belle encore à plus de quarante ans, Erzsébet faisait parfois arrêter son lourd coche aux rideaux tirés à l'entrée de la ruelle, à la porte de son discret palais viennois. Elle arrivait au printemps ou au début de l'automne, lorsque les routes redevenaient ou étaient encore praticables. Le coche était passé devant Sárvár sans y faire halte. Erzsébet fuyait ce château où, enfant, elle avait vécu chez Orsolya Nádasdy; car son ennemi le plus acharné y résidait à présent, auprès de Pál Nádasdy dont il était le tuteur : Megyery le Rouge, qui l'avait prévenue qu'un jour « il dirait tout » au palatin György Thurzó, parent par alliance des Báthory. Car cela se passait en famille. Mais cette famille avait bien changé. Épuisés par leur propre folie, plusieurs de ses membres étaient morts, de morts bizarres ou violentes. Leurs enfants ne vivaient guère que de courtes années, les filles surtout. István, le frère d'Erzsébet, malgré sa folie érotique mourut sans postérité et fut le dernier représentant de cette branche. D'autres étaient si las de leur lunatique existence que, du fond de leur exil, ils ne donnaient plus signe de vie, d'une vie qui ne s'était jamais signalée que par leur bravoure et leurs anomalies.

Qui donc à présent aurait pu excuser Erzsébet Báthory, dans cette famille régénérée par la mort ou la disparition de fous? Elle le sentait, et fuyait leur façon de vivre, leurs habitudes et leurs fêtes qui étaient pour elle sans aucun intérêt. L'existence était devenue raisonnable et plutôt pieuse. C'est pourquoi, à ces gens sans envol, Erzsébet préférait ses mégères de Csejthe. Aussi étaient-elles toutes là, suivant le coche de la Comtesse dans le train bruyant des cuisines, des ustensiles et des servantes couvertes de poussière par le vent de la plaine. Parfois elles étaient auprès de leur maîtresse, l'entretenant de racontars domestiques qu'elle n'écoutait guère, mais qui, du moins, ronronnaient familièrement à ses oreilles. On lui signalait aussi les manquements et les fautes de telle ou telle jeune servante. Assise très droite sur quelques coussins qui adoucissaient difficilement les cahots du chemin, entre les deux filles d'honneur impassibles, Erzsébet regardait droit devant elle. Lorsque la route lui semblait longue, elle ordonnait qu'on allât en queue du convoi lui chercher la coupable, secouée avec les autres sur une carriole pleine de coffres et de pots. Interpellée, vaguement inquiète, celle-ci sautait à terre et, tout de suite, était entraînée vers le grand coche aux rideaux clos. A l'intérieur, c'était la pénombre, et les choses y prenaient un aspect tout autre qu'au dehors sous le soleil; il y faisait plus chaud que sur la route, mais d'une autre chaleur; et les parfums surprenaient. La Comtesse était là, dans son lin crémeux et encore plus pâle qu'à l'accoutumée. La voix criarde de Dorkó énumérant en patois tôt les fautes domestiques ouvrait le triste interrogatoire. La Comtesse entendait parfaitement ce dialecte, mais jamais en cette circonstance elle n'élevait la voix pour la mêler à celle de ses sorcières. Elle attendait; sa transe commençait. A un moment, elle faisait un signe; une de ses filles d'honneur sortait de sa coiffe une longue épingle et la lui tendait. Dorkó maintenait la servante; tout le monde dans le coche se taisait et les demoiselles d'honneur baissaient les yeux. Un cri jaillissait; l'épingle était enfoncée jusqu'à la moitié dans une jambe ou dans un bras, et la lutte commençait entre Dorkó et la fille qui se jetait à droite et à gauche, se démenant comme un chat affolé pour tenter de sauter sur la route, de se sauver loin de cette boîte aux fantômes brûlants. Mais elle était vigoureusement tenue et l'épingle piquait ici et là, faisant couler de petits filets de sang qui luisaient sur sa chair ferme de paysanne. Et, tandis que Dorkó secouait et gourmandait la servante échevelée, dans le plus grand désordre et déjà toute défaite, les deux filles d'honneur faisaient semblant de regarder par la fente du rideau de cuir.

On arrivait à Blutgasse lorsque les Augustins d'en face dormaient.

ERZSÉBET rentrait dans ce palais où, vingt ans auparavant, elle avait coutume de tant se parer pour briller aux fêtes de la Cour. Qui donc, à présent, aurait voulu recevoir volontiers cette Comtesse effrayante? Arpentant les tristes salles, allant à ses miroirs, se cherchant dans son portrait, belle mais non désirée, incapable d'aimer et cependant immuablement faite pour plaire, Erzsébet revenait et revenait encore au domaine profond où l'on reste toujours roi de sa fantaisie. Avec désespoir, elle se jetait vers la source des choses, puisque les choses elles-mêmes ne voulaient plus d'elle.

Autrefois, du temps où son mari l'emmenait, jeune femme, aux bals de l'empereur, ses colères étaient sans complications. Un simple retard pour la coiffer ou l'habiller suffisait à les provoquer, et cela se terminait par quelque cruelle punition en un coin des communs. Sans plus. Mais à présent...

Un maréchal-ferrant, bien payé et terrorisé par des menaces, avait forgé dans le secret de la nuit une incroyable pièce de ferronnerie d'un maniement particulièrement difficile. C'était une cage cylindrique de lames de fer brillantes maintenues par des cercles. On l'eût dite destinée à quelque énorme hibou. Mais l'intérieur en était garni de pointes acérées. Le moment venu, et toujours de nuit, on hissait l'engin au plafond à l'aide d'une poulie. C'était de là que venaient les hurlements qui réveillaient les moines d'en face et suscitaient leur colère contre cette maudite demeure protestante.

Quelques instants auparavant, Dorkó avait fait dévaler

l'escalier de la cave, la tirant par ses lourds cheveux défaits, à une jeune servante entièrement nue. Elle avait poussé et enfermé la paysanne dans la cage que l'on avait immédiatement hissée jusqu'à la voûte basse. C'est alors qu'apparaissait la Comtesse. Déjà comme en transe, légèrement vêtue de lin blanc, elle venait lentement s'asseoir sur un escabeau placé sous la cage.

Dorkó, saisissant un fer aigu ou un tisonnier rougi au feu, commençait à piquer la prisonnière, semblable à un grand oiseau blanc et beige, qui, dans ses mouvements de recul, venait se heurter violemment contre les pointes de la cage. A chaque coup s'épaississaient les ruisseaux de sang qui tombaient sur l'autre femme, blanche, assise impassible, regardant dans le vide, à peine consciente.

Quand c'était fini, quand là-haut la jeune fille était tombée, repliée sur elle-même dans le cylindre étroit, évanouie ou, parfois, lentement morte (« toute percée de petits trous », dit l'interrogatoire), arrivait Kateline Beniezcy qui avait pour charge de laver le sang jusqu'à la dernière trace. Puis dans la cave se glissait l'enterreuse avec un vieux linceul. A Vienne, comme il y avait peu de victimes, on les faisait inhumer au cimetière en pleine nuit, sous prétexte d'une quelconque épidémie survenue dans la maison; ou bien Dorkó et Kateline les portaient, le lendemain soir, dans les champs les plus proches.

Erzsébet, lorsqu'elle revenait à elle, ramenait dans sa main les plis de son long vêtement poisseux, demandait les lumières et précédée des deux vieilles regagnait, tigrée de blanc et de rouge, sa chambre pannelée.

Toujours plus simple que le long et monotone déroulement des faits qui semblent se refermer sur eux-mêmes, la légende les résume naïvement en leur donnant une forme visible, compréhensible pour tous. C'est le chien noir qui s'enfuit du manteau de Gilles de Rais; et, au ras de la robe d'Erzsébet, une louve qui la suit docilement. C'est encore la légende qui assure : « Et chaque fois qu'Erzsébet Báthory voulait être plus blanche, elle recommençait à se baigner dans du sang. » Les Augustins, eux aussi, devaient penser à ces bains de sang lorsque, le matin, ils découvraient encore quelques petites mares d'eau rougeâtre entre les pavés de la ruelle où Dorkó et Kateline avaient déversé leurs baquets avant d'aller, épuisées, dormir à leur tour, au moment où l'aurore, au-dessus des maisons grises, s'apprêtait à éclairer la flèche de Saint-Étienne. Mais ni moines ni gens n'osaient rien dire : le nom de la Comtesse était un trop grand nom, et trop protégé par les Habsbourg.

Quand, tard dans l'après-midi, le soleil descendait, que la ville et les boutiques allumaient leurs quinquets et que la vie reprenait, Erzsébet sortait, parée et escortée de sa domesticité, pour aller choisir de nouveaux émaux ou quelques velours récemment apportés d'Italie. Les gens la voyaient, plus blanche que jamais et plus belle dans son deuil noir et blanc. Bársovny et Ötvós la suivaient à quelques pas, cherchant à apercevoir quelque spectacle un peu distrayant, et s'intéressaient fort au boniment des montreurs de singes. Car pour les marmottes et les ours, on en voyait bien assez à Csejthe.

Après avoir ainsi donné libre cours à ce que, uniquement, elle chérissait au plus secret d'elle-même, comment Erzsébet Báthory n'aurait-elle pas été impatientée par l'obligation de réassumer le masque familial ? A côté de ses joies solitaires, qu'étaient pour elle les longs repas de noce et les réunions de famille qui se succédaient ? Les nièces, les arrières-parentes, les cousines des différentes branches des Somlyó et des Ecsed, dès leur plus jeune âge engagées comme elle-même l'avait été, lui fournissaient maintes occasions d'être invitée à des épousailles dans les différents coins de la Hongrie septentrionale.

Et lorsqu'on était là, Erzsébet le savait, il était très difficile d'en repartir.

Cependant elle était tellement belle dans ses grands atours et ses bijoux, elle avait si princière allure, qu'elle était sûre d'être partout admirée. Elle savait aussi qu'on avait peur d'elle, que des bruits peut-être couraient. Elle préférait l'oublier, ou défier le destin, certaine qu'elle était de la puissance du nom des Báthory et de la force de son incantation. Elle ne le quittait jamais, ce talisman ridé, enroulé au fond d'un sachet de soie rouge, et sentant tout à la fois la pourriture et l'encens des plantes de la forêt. Parfois, au milieu du banquet, elle touchait du bout de ses longs doigts le sachet cousu sous son haut corsage à la place la plus proche du cœur, tandis que ses yeux profonds cherchaient parmi l'assistance qui pouvait être déjà prévenu contre elle.

Lorsque Erzsébet décidait de se rendre à Presbourg, c'était une grande affaire; car elle allait y voir des familles apparentées, et devait faire le voyage en grande pompe. Il fallait aussi penser aux attaques toujours possibles des brigands, qui avaient une prédilection pour le couvert de la forêt, au nord, près de la Vág. Depuis plusieurs jours le village attendait le départ; lorsque enfin il était annoncé, les domestiques et les paysans se rassemblaient sur la place afin de souhaiter bonne route à la maîtresse de Csejthe.

Cinq heiduks, montés sur de beaux chevaux et solidement armés, ouvraient la marche. Puis le coche, plusieurs fois nettoyé et épousseté, brillant comme un soleil et tiré par quatre chevaux; derrière le coche, cinq voitures pour lesquelles on s'était donné beaucoup moins de mal, car elles étaient remplies de servantes et de couturières juchées sur les coffres contenant les vêtements et les cadeaux. Cadeaux minutieusement arrangés et distribués d'avance, broderies ou dentelles, et aussi des jarres de vin provenant des vignes de la Comtesse. Derrière les voitures, cinq autres heiduks fermaient le cortège, soulignant par leur seule présence la qualité de la voyageuse.

Dorkó avait à veiller sur un groupe de douze servantes couturières ou femmes de chambre. Les départs s'effectuaient sans amabilités. Avant de partir, Erzsébet allait visiter ses fermes, fixer les taxes et, au château, distribuait le travail aux domestiques qui restaient : « Et j'espère que je trouverai mes ordres exécutés à mon retour. » C'était là tout ce qu'on pouvait attendre d'elle en guise d'adieu.

Le cortège passait par Básovcé. En vue de Pistyán, la Comtesse avait envoyé un messager pour annoncer sa prochaine arrivée qui n'enthousiasmait personne, car nul n'ignorait que, là aussi, elle avait tué des servantes. Tout avait été nettoyé : la grande porte d'entrée était ouverte. Elle y arrivait en général le soir, et souvent par la tempête. Elle dînait, se couchait, et le lendemain de bonne heure reprenait le chemin de Presbourg. Parfois, pour changer un peu, elle faisait quelques lieues à cheval.

Traversant les bourgs de Trnava et Modra, elle arrivait à Presbourg dans la soirée. Déjà de Racicdorf, cinq kilomètres avant la capitale, on apercevait le château qui la dominait. A cet endroit, un heiduk venait lui demander respectueusement par quelle porte de la ville devait entrer le cortège. C'était toujours le même cérémonial et toujours la même réponse; car, s'il y avait quatre portes à Presbourg, les rois et les grands seigneurs entraient toujours par celle de la route de Vienne : « Tu ne sais pas, depuis le temps, par quelle porte j'entre ! » Comme elle se trouvait à l'opposé, le coche devait contourner la moitié de l'enceinte. Enfin la longue file s'engouffrait au grand trot sous la porte Vydriza. Bien que ce fût la porte d'honneur, dès qu'on l'avait passée on pénétrait dans le quartier des filles de joie. Puis on suivait les bastions entourant la grande cité intérieure; les rues étaient gaies, habitées par des vignerons libres, fiers de leur bon vin.

On continuait par le Ghetto. Il fallait faire ouvrir les grilles, car après le coucher du soleil les Juifs ne devaient pas entrer dans la ville. Là, une autre atmosphère : aucun chrétien n'y habitait; les gens y étaient pâles, portant barbe et cheveux longs, vêtus d'habits tristes et graisseux. Ils se courbaient au passage d'Erzsébet; mais elle ne supportait pas leur vue, et les faisait rentrer de force par ses heiduks; même le dernier des domestiques valait davantage qu'un Juif.

Le cortège prenait la « rue longue », qui en effet allait de la porte Vydriza à la porte Laurinska. Près de cette dernière se dressait une tour où l'on soumettait les criminels à la question. Elle dominait un quartier sinistre, un quartier de prisons, de souffrance. Non loin, une très vaste auberge, « A l'Homme sauvage », accueillait les diplomates étrangers ainsi que les seigneurs du pays qui n'avaient point de palais à Presbourg.

Erzsébet Báthory en avait un; mais sans doute préférait-elle, après le calme de Csejthe, la vie mouvementée de « l'Homme sauvage ». Elle y faisait retenir d'avance un étage entier pour elle seule. Les heiduks, les servantes et Dorkó étaient logés au fond de la cour près des écuries, et y menaient une vie des plus intéressante : les heiduks fréquentaient les auberges, ils étaient bien habillés et avaient de l'argent à dépenser. Dorkó se servait d'eux pour dénicher les endroits où trouver des campagnardes venues à la ville pour chercher une place : des filles inconnues faciles à faire disparaître à Csejthe. Une fois, elle en engagea ainsi dix, qui prirent place dans les charrettes du retour; elle en choisissait encore dans la domesticité des grandes familles rencontrées à Presbourg, en parlant avec les autres matrones qui dirigeaient des bataillons de servantes et de couturières chez les amies d'Erzsébet; ce qui donnait lieu à maint conciliabules et marchandages au fond des communs et des cours.

Les heiduks faisaient monter à l'étage réservé les coffres de vêtements, les cadeaux, les cassettes d'objets précieux. Bientôt arrivaient des messagers de hautes personnalités. La Comtesse, rafraîchie et parée, les recevait dans la plus grande salle de son appartement. Ils étaient porteurs de lettres priant Erzsébet Báthory d'honorer de son inappréciable présence le palais que telle ou telle de ses relations possédait dans la ville. Toujours elle refusait, avec des remerciements bien choisis, flattée d'être invitée mais préférant garder sa liberté et son autorité entière sur sa propre maisonnée. Elle aimait aussi se rappeler tous les grands noms du pays qui, depuis des générations, respectaient son rang et sa famille. Le propriétaire de l'auberge savait toujours qui était, ou n'était pas, à Presbourg, et connaissait toutes les nouvelles qui circulaient. Pour être parlée, la chronique n'en était pas moins précise, et Erzsébet ne dédaignait pas d'interroger les gens de moindre qualité. Plus proches de la vie, au fait des allées et venues de la rue, des motifs cachés de bien des actes, ils servaient ainsi ses secrets desseins. Car dans ses salles de l'auberge, ou dans les bals qui occupaient ses soirées, toujours la même pensée lui tenait sombre et intime compagnie.

Dans les chambres de « l'Homme sauvage », lorsque Erzsébet était là, il y avait grand remue-ménage pour la préparation des fêtes : des étoffes, des dentelles, des ciseaux, des couturières et des miroirs. La Comtesse, ici, ne vivait plus de la vie rustique de Csejthe; mais, couchée aux premières heures du jour, elle restait alanguie sur son lit de parade, d'où elle ne se levait que pour des bains compliqués et parfumés ou pour des essayages. Dans les fêtes, on faisait chanter en son honneur des chansons composées par des tziganes qui louaient sa beauté en de sauvages et nostalgiques comparaisons. Ses robes ici suivaient la mode de la Cour de Vienne. Elle ne gardait du costume de sa province que la haute fraise plate s'élevant presque droit derrière la nuque, car c'était celle des grandes dames de la Cour. Puis, scintillante, elle montait dans son coche de parade et se rendait chez une des grandes familles qui lui étaient apparentées. Les palais se trouvaient, pour la plupart, le long d'une grande rue parallèle au Danube. A l'entrée, deux rangs de heiduks chamarrés portant des flambeaux. Il y avait toujours un grand remous dans la foule des invités à l'annonce de l'arrivée d'Erzsébet Báthory, car son apparition faisait sensation : sa légendaire pâleur, la solitude qu'elle recherchait bizarrement à Csejthe depuis son veuvage, on ne savait au juste pour quels motifs, tout en elle intriguait et inquiétait. Les maîtres de maison la saluaient à l'entrée avec des compliments tels que : « Comme depuis longtemps vous nous avez manqué, ô vous le soleil de Csejthe ! » Cela était dit en latin, comme le voulait la coutume. Elle répondait avec esprit dans la même langue. Pour le reste, tous s'entretenaient en allemand, non en hongrois.

Chapitre VIII

Lᴇ ᴍᴀʀɪᴀɢᴇ de Judith Thurzó, deuxième fille de György Thurzó, grand palatin et parent d'Erzsébet Báthory par sa seconde femme, Erzsébet Czóbor, fut célébré avec éclat en novembre 1607. Ainsi, contrairement à ce qui se passait d'ordinaire (les mariages se faisant plutôt au printemps), c'est au début des grandes nuits de glace et de neige que les noces de Judith Thurzó eurent lieu à Bicse, sur la Vág, un village de bûcherons aux petites maisons de bois et de plâtre badigeonnées en blanc du côté de la rue. Il passait sur la rivière de grands trains d'arbres qui venaient des forêts des Tatras. Comme partout, le village se tassait au pied du château bâti sur la colline. Ce château, très ancien, avait été pillé et rançonné par les bandits du temps même de György Thurzó. La rançon n'avait pas été insignifiante : quatre-vingt mille *gulden* (florins). Mais le palatin n'en fut que momentanément appauvri, car il possédait une mine d'or dans la région. Les bandits, en s'en allant, avaient à moitié brûlé le château. Ce fut l'occasion de le rebâtir à neuf et d'en faire une magnifique demeure pleine de richesses, bruissante de fêtes. Car Thurzó, très épris de sa seconde femme, entendait qu'elle fût aussi heureuse que possible lorsqu'il était contraint de la laisser à Bicse.

Erzsébet Báthory, habituée pourtant à un luxe assez raffiné, était impressionnée chaque fois qu'elle pénétrait à Bicsevár. Elle accepta l'invitation faite à toute la parenté.

Père de plusieurs filles, le palatin avait fait édifier un bâtiment spécialement conçu pour célébrer leurs mariages successifs. L'essentiel en était une immense pièce surélevée, éclairée par beaucoup de fenêtres : la salle de bal. Au premier étage, un hall immense aux murs de pierre nue, aux poutres peintes de couleurs vives à la mode italienne. Sur les murs, des tentures de velours et de damas à dessins rouges. Une longue table occupait un des bouts de la pièce avec des bancs autour et quelques coussins çà et là. Les chambres étaient petites, sauf celle des époux qui possédait deux cheminées se faisant face à chaque extrémité, et au milieu un grand lit à baldaquin dont on pouvait hermétiquement tirer les rideaux. Et malgré les feux, les candélabres chargés de bougies, les tapis et les peaux d'ours partout jetés, il faisait un froid glacial dans la chambre.

Durant la courte journée d'hiver, la lumière grise avait du mal à traverser les carreaux verdâtres enchâssés dans du plomb. En haut des murs veillaient des blasons larges et compliqués, avec des bêtes indiscernables qui s'enroulaient autour.

Erzsébet avait une chambre, elle aussi immense et froide, où tout s'entassait le long des boiseries et où elle y voyait mal pour se parer. Le mariage de Judith Thurzó, dont les annales de

Hongrie ont gardé les comptes et le détail, réunit plusieurs centaines d'invités qui restèrent ensemble pendant neuf mois, jusqu'au premier enfant. Les battues à l'ours n'étaient entre-coupées que par des banquets, où les bonnes manières vou-laient que chaque convive roulât entre ses doigts une bou-lette de mie de pain par service, et déposât ces boulettes en couronne autour de son assiette. A la trentième cela faisait une belle couronne, mais on commençait à ne plus avoir faim. Il y avait des tournois, des concours d'arbalète et de javelot; on jouait à la paume et, le soir, aux échecs.

RIEN, ABSOLUMENT rien là qui pût intéresser Erzsébet Báthory. Elle partait quelquefois à la chasse, de bon matin, après avoir déjeuné de pain chaud trempé dans du vin brûlant, sucré et épicé de clous de girofle et de cannelle. Les lévriers couraient sur les sentiers couverts de neige. Éprise de la forêt et de la course comme le sont les bêtes sauvages et libres, elle filait au galop entre les fougères mortes, la longue plume blanche de son chaperon flottant au vent.

Lorsqu'elle rentrait au château à la nuit tombante, elle retrouvait sur sa table devant son miroir, brillant à la lumière des bougies, ses opales de Bohême, ses grenats et ses perles, ses épingles et des chaînes de boules d'or et d'émail. Elle n'avait pas encore partagé ses bijoux entre ses filles. Tout au plus avait-elle fait des cadeaux à Anna, l'aînée. Les servantes sortaient, des pots qu'elles avaient transportés avec le plus grand soin, de précieuses décoctions pour le visage un peu trop coloré par l'air des forêts.

On la fardait, accentuant avec la fumée huileuse des noi-settes sauvages calcinées le contour de ses immenses yeux, et frottant d'un onguent rouge sa bouche sinueuse. Alors Erzsébet Báthory pouvait paraître dans la salle du festin, où la table était revêtue de nappes de filet brodées d'or. Thurzó la contemplait. Peut-être, avant que le palatin ne se fût remarié, y avait-il eu une liaison entre eux, à laquelle mit fin le grand amour de Thurzó pour sa nouvelle épouse. Erzsébet et lui avaient échangé une brève correspondance, en hongrois et en allemand. Il l'invitait à venir dans sa maison de Vienne. Y alla-t-elle? On ne sait, mais il est certain qu'à son tour elle le convia à Csejthe, où il se rendit.

LE PALATIN Thurzó, que ses portraits montrent avec une longue barbe, avait alors environ cinquante ans; mais la vie l'avait vieilli avant l'âge. C'était un homme à la fois juste et enclin à la colère. Nommé palatin en 1609, il avait combattu les Turcs pendant dix ans; puis les soucis politiques étaient venus, car son ambition l'empêcha de se reposer. Cependant sa nature loyale détestait les intrigues.

Il habitait à Bicse, mais ses affaires l'appelaient fréquemment à Presbourg, capitale de la Haute-Hongrie. Son auxiliaire le plus précieux était son secrétaire, György Zavodsky; fils de simples zemans gentilshommes du village de Zavodié, celui-ci avait reçu une éducation soignée. Il avait pu voir de près la misère des paysans; et, bon observateur, prudent, toujours bien renseigné sur les événements et les intrigues, il fut très utile à Thurzó. D'un simple clin d'œil il savait arrêter à temps l'irascible palatin, lorsque la discussion devenait orageuse. C'est Zavodsky qui, avec minutie, avait procédé aux préparatifs du mariage de Judith Thurzó et établi, jusque dans ses moindres détails, la liste des frais et des achats.

Le palatin voulait que sa fille fût contente, et que toute l'Europe sût que la fille de Thurzó et d'Erzsébet Czóbor avait été bien dotée. Elle épousait András Jakuchic, seigneur d'Ursatiec et de Preskac, en Haute-Hongrie.

Pour les achats de bijoux, tissus, robes, meubles, que l'on alla surtout quérir à Vienne, 8.800 florins avaient été prévus. Pour la cuisine on avait engagé vingt cuisiniers, les plus réputés de la province ; car le palatin comptait sur la venue de grands seigneurs, et même d'envoyés royaux et de princes des pays étrangers.

On choisit une garde de 400 soldats habillés de l'uniforme bleu, celui des heiduks de Thurzó, pour accueillir tout ce monde. On attendait l'archevêque de Caloca et de Grán; six hôtes de Moravie et de Bohême; quatre personnalités autrichiennes et cinq polonaises; huit dignitaires ecclésiastiques représentant des Chapitres; trente-six représentants des comitats, treize des grandes villes et dix-sept des villes de moindre importance. Et par-dessus tout, l'ambassadeur de l'archiduc Maximilien et celui de l'archiduc Ferdinand. Il fallut également loger, jusque dans les environs de Bicse, 2.600 serviteurs et 4.300 chevaux.

Le prince Jean-Christian de Silésie devait aussi venir en personne; ce qui était un grand honneur, car il menait dans son château une vie très retirée qui tenait davantage de celle d'un moine que d'un seigneur, et préférait l'étude aux amusements mondains. Il arriva en grand cortège, deux cents heiduks galopant derrière sa voiture.

Il y eut aussi un convive que Thurzó n'aimait guère : le protégé du Roi Catholique, le cardinal François Forgách. Le cardinal était grand ennemi des protestants; une cabale le soutenait pour le porter à la place de Thurzó, qui l'était. Le roi Mathias hésitait pour le moment. Il avait même chargé le cardinal Forgách d'enquêter discrètement sur certains événements bizarres qui se passaient en Haute-Hongrie, d'en parler avec Thurzó, et de demander à celui-ci de faire un rapport. Connaissant la parenté du Palatin et de la Comtesse, il craignait trop d'indulgence. Tout d'abord Thurzó se contenta de charger Zavodsky de se renseigner par lui-même sur les bruits qui couraient au sujet de la comtesse Nádasdy. Forgách, d'ailleurs, détestait aussi Erzsébet parce qu'elle était protestante, et parce qu'on disait qu'elle s'adonnait à la sorcellerie. Pourtant à ce mariage, Erzsébet reçut les compliments les plus flatteurs. Elle était honorée selon son rang par Erzsébet Czóbor, mais, de toute évidence, uniquement à cause du nom de Nádasdy qu'elle portait. Tous, en réalité, la redoutaient. Il y avait dans son comportement, soit qu'elle dansât, soit qu'elle mangeât, soit qu'elle fût là simplement, une étrange absence, un halo de solitude hagarde que son veuvage ne pouvait seul expliquer.

Dans la grande salle du rez-de-chaussée on dansait toute la nuit. L'orchestre était composé de tziganes, et de flûtistes spécialement appelés d'Italie. Il y avait des fifres, des cymbales, des cornemuses et des kobozs, les guitares hongroises. Il faisait tellement froid, avec le va-et-vient et les portes ouvertes, que tout le monde était habillé chaudement. On faisait passer du vin dans des jarres de faïence rougeâtre, du vin chaud épicé que l'on versait dans des hanaps d'étain et d'argent. Les hommes portaient au côté leur dague dans des étuis de velours cramoisi, et à leur chapeau des plumes de faucon et de héron. Les chaînes d'or ciselé, les boutons sertis de pierrerie brillaient. Tout ce monde était chaussé de bottes et de souliers dont le très doux cuir souple feutrait le martèlement des pieds sur le plancher. Seules les musiques, les voix, le bruit des coupes faisaient un infernal tapage.

Ce mariage de la fille du palatin György Thurzó avait fait une telle impression sur les gens que l'interminable menu en a traversé plus de trois siècles.

Au milieu de la longue table qui, seule avec les bancs, meublait la salle, il n'y avait que trois grandes louches d'argent avec des assiettes d'argent ou d'étain. Des pages servaient les convives. Les verres étaient remplis, mais on ne pouvait commencer à boire qu'après le second service; et les dames, malgré la grande liberté dont elles jouissaient, ne devaient pas abuser des forts vins de Hongrie. On mangeait la sauce avec du pain, chacun ayant devant soi son pain rond pour la journée. Le bon ton était de manger très vite, virilement, disait-on. La viande, au reste, était toujours fort dure et demandait de solides et vigoureuses mâchoires. On n'avait ménagé ni le sel, ni les oignons, ni l'ail, ni le paprika, ni le safran. Parmi les épices se trouvaient également de la graine de pavot, de sésame, de la nigelle bleue de Damas et de la sauge.

Les hommes avaient commencé, le matin, par déjeuner avec du porc rôti ou avec des tranches grillées de szalona, ce lard fumé au paprika qui était la nourriture ordinaire des paysans, mais que tout le monde appréciait; le tout arrosé d'un vin chaud très épicé. Les chanteurs, pendant le repas, chantaient en divers langages ou dialectes. Cependant les chansons et les ballades hongroises, d'un ton en général plus tragique que gai, dominaient.

Si Thurzó regardait ainsi pensivement, en se penchant un peu, la fière Erzsébet qui était à moins de trois places au-dessous de lui à table, c'est qu'il craignait d'avoir peut-être à prendre bientôt à son sujet de difficiles mesures. Il tâchait de démêler sur ce visage toujours beau les signes d'un vampirisme dont chacun, à voix basse, s'entretenait. Il ne pouvait découvrir aucun signe de cruauté. Encore moins de douceur, certes. Nulle trace de sourire ou de joie, non plus. Mais on la savait hautaine et bizarre. Elle avait eu des enfants; ils avaient toujours été loin d'elle. Elle aurait pu vivre avec son gendre Miklós Zrinyi et Anna, ou prendre auprès d'elle, à Csejthe, son fils Pál âgé à peine de dix ans. Elle demeurait seule, entourée de mégères. Lorsque le palatin posait des questions, personne ne voulait parler. Même son gendre répondait évasivement, disant qu'elle était malade, qu'elle était sujette à ces crises qui, de tout temps, avaient existé chez les Báthory; que c'était cela qui la rendait lointaine, sauvage. Et le palatin qui, à cause sans doute du passé, avait d'excellentes raisons toutes personnelles de l'épargner, hésitait devant ce redoutable mélange de folie héréditaire et de possession diabolique toujours possible; il se disait qu'après tout il ne s'agissait, peut-être, que de caprice et de mauvaise humeur féminine exagérés par des ragots de village.

Si Erzsébet, pendant quelques semaines, paraissait apaisée et tranquille, c'est parce qu'elle se ressassait l'étrange nouveauté d'un de ses crimes récents et, dans les brumes de son esprit, caressait le projet de quelques autres encore plus nouveaux, encore plus insolites.

Jusqu'à présent elle avait usé d'aiguilles, de couteaux, de fouets et de tisonniers rougis. Elle avait fait enduire de miel des filles nues dont on liait les mains et que l'on chassait loin dans la forêt, pour qu'elles soient la proie des fourmis et des mouches, le jour, avant d'être dévorées, la nuit, par les fauves. Lorsque, parfois, ces jeunes montagnardes pourtant fortes et dont les nerfs étaient solides s'évanouissaient, elle donnait à Dorkó l'ordre de faire brûler entre leurs jambes du papier huilé afin, disait-elle, de les réveiller. Mais au cours de ce voyage à Bicse, elle avait découvert les mélancoliques et silencieux pouvoirs de la glace et de la neige.

Illava était blanc. Le château, carré, émergeant de la neige, semblait pris dans la glace de ses douves. Erzsébet, descendue de Csejthe pour se rendre à Bicse, roulait en coche sur le grand chemin où la neige était moins épaisse, et que dans leur fuite traversaient de petits animaux et des oiseaux couleur d'ivoire avec, encore, des bandes et des taches rousses. Dans la voiture, des chaufferettes et des peaux d'ours gardaient la chaleur des femmes entassées sous leurs fourrures. Erzsébet somnolait, enveloppée de peaux de martres entières, hérissée comme une bête somptueuse parée pour l'hiver. Elle était mécontente d'aller à ce mariage, de devoir, pendant des semaines, vivre la vie d'une invitée de marque jamais laissée à elle-même, entourée de servantes étrangères qui à tout moment traverseraient sa chambre. Sans compter la maîtresse de maison qui risquait de lui rendre visite inopinément. Elle était si mécontente, cahotée sur cette route de Bicse, qu'elle sentit poindre en elle le bizarre avertissement qu'elle connaissait bien, et qui, chez les Báthory, avait toujours été provoqué par la colère ou un désir contrarié. Sans le moindre prétexte, elle donna l'ordre d'aller lui chercher une des jeunes servantes qui l'accompagnaient. Elle en précisa même le nom. Dans son demi-délire, elle voyait toujours défiler sous ses yeux les figures des jeunes paysannes qu'elle avait le plus remarquées, tandis qu'elles vaquaient à leurs occupations dans les chambres ou dans les cours. Elle portait, d'ailleurs, constamment sur elle une liste des noms de ces filles. Aussi bien, à tel moment, c'était une telle qu'il lui fallait sacrifier, non telle autre; et promptement.

La neige, au ciel suspendue mais prête à tomber encore, créait cette atmosphère propre au désert, à l'hiver, à la montagne, où tout n'est qu'attente stérile, où les limites se dissolvent, où disparaît tout sentiment de responsabilité. La fille arriva en larmes. On la poussa dans le carrosse, devant la Comtesse qui se mit à la mordre frénétiquement et à la pincer partout où elle pouvait atteindre. Il dut se passer alors, comme souvent à la suite de semblables cruelles libertés, que la Comtesse tombât dans une de ces transes que, juste-ment, elle recherchait.

Tandis que les suivantes s'empressaient autour de leur maî-tresse, dans l'habituel désarroi, la jeune paysanne se glissa hors du carrosse, sans bruit sur la neige douce, et laissa s'effacer sur l'horizon déjà gris des courtes journées d'hiver la maudite voiture emportant son vampire. Elle resta ainsi dans la nuit tombante, dont elle avait l'habitude, mettant de la neige sur ses morsures, ayant peur cependant, écoutant si les animaux de la plaine ne commençaient pas à rôder. Mais, déjà loin sur la route, une masse noire s'était immobilisée. Il y eut sou-dain tout un remuement autour de cette masse, des torches s'allumèrent. La paysanne s'élança et prit la fuite à travers champs. Elle fut bientôt reprise et ramenée vers la voiture où les valets, Dorkó et Jó Ilona l'attendaient. Dorkó vociférait. Mais la Comtesse, se penchant, lui murmura quelques mots brefs à l'oreille. Lorsqu'on eut atteint les abords du château d'Illava, tout proche, les valets allèrent puiser de l'eau sous la glace des fossés, entre les roseaux desséchés par l'hiver. Jó Ilona avait arraché les vêtements de la jeune servante, et la maintenait nue debout sur la neige, au milieu du cercle des torches. On versa l'eau, qui gela instantanément sur son corps. Erzsébet à la portière du carrosse regardait. La fille essaya faiblement de se mouvoir vers la chaleur des torches; on versa encore de l'eau. Elle ne put tomber, ne formant déjà plus qu'une haute stalagmite morte, à la bouche ouverte qu'on voyait à travers la glace. On l'enterra au bord de la route, dans le champ, sous la neige. On enfonça un peu le cadavre dans la terre, là où germent les bulbes de la tulipe sauvage et du muscari bleu qui fleuriront au printemps.

Erzsébet n'avait pas voulu dépasser Illava pour cette exécu-tion; car ensuite on pénétrait sur le territoire de Bicse, et elle n'aurait pas osé accomplir son forfait dans les domaines de

Thurzó. La jeune fille d'Illava fut la première mise à mort de cette façon. Après, chaque hiver, dans les buanderies glaciales et les petites cours des différents châteaux appartenant aux Báthory, à Léka qui était haut dans la montagne, à Késztur et à Csejthe, ce supplice devint chose courante.

Voilà pourquoi Thurzó regardait avec tant d'attention sa belle cousine assise, imperturbable, à la table du banquet. Des rumeurs, en effet, avaient déjà couru dans le pays sur l'événement d'Illava. Le majordome d'Erzsébet, Benedick Dezeo, était aussi sûr que le satanique trio; mais les valets qui, des jours et des jours mêlés à la domesticité du château de Bicse, buvaient en bas, étaient bien obligés à leur tour de trouver quelque histoire à raconter; de préférence des histoires macabres qui, aux veillées des cuisines, étaient les plus appréciées, pendant que Jó Ilona et Dorkó préparaient le coucher.

Un cercle d'horreur, invisiblement, se formait autour d'Erzsébet Báthory. L'un après l'autre, les villages au pied des châteaux de Haute-Hongrie refusaient de laisser partir leurs jeunes filles. Les ruses de Dorkó, Jó Ilona et Kateline Beniezky n'aboutissaient plus : aucune trouvaille nouvelle. C'est en vain que l'on promettait des vêtements neufs, que l'on faisait miroiter la gloire de servir dans une illustre famille. Il fallait à présent amorcer des pourparlers dans des régions encore inexplorées, parfois si éloignées qu'un mois s'écoulait avant que la jeune paysanne arrivât à Csejthe. Les vieilles n'osaient plus aller deux fois dans le même village. La rumeur ne fit que s'étendre avec le champ des recherches. On entendait aussi parler de meurtres que la Comtesse réussissait à commettre chez ses hôtes mêmes. C'était devenu une véritable chasse qui passionnait Erzsébet Báthory. Il lui fallait son troupeau toujours prêt à portée de la main et, dans les trois ou quatre châteaux où elle avait l'habitude de se rendre de temps à autre, il y en avait toujours un à sa disposition.

Une équipe de femmes de toutes conditions était systématiquement employée à chercher des « servantes ». Excepté
Bárzony et Oëtvós, les autres, comme la femme du boulanger
Czabó, savaient-elles à quelle mort étaient destinées les jeunes
paysannes ? Elles convoitaient surtout la jupe, le manteau neuf
que la dame du château leur faisait porter à l'arrivée d'une
nouvelle servante envoyée par elles. Il en était, parmi ces
filles, qui ne voyaient jamais la Comtesse que de loin, dans
la cour, lorsqu'elle partait pour la chasse, mais restaient aux
cuisines et aux buanderies jusqu'au jour où elles étaient
appelées dans sa chambre. Erzsébet les tirait-elle au sort sur
sa longue liste de noms ? Plus certainement, sa beauté seule
faisait élire telle ou telle. Quand au cours d'un de ses voyages,
leur maîtresse avait remarqué quelque fille, Jó Ilona et surtout Kateline, qui était d'aspect avenant et gai, faisaient tout
leur possible pour décider la servante à quitter sa place et à
les suivre. Elles allaient même au village convaincre la mère.
Cela arriva en particulier chez Kata Nádasdy. Jó Ilona
revint un jour triomphante, suivie d'une troupe étourdie de
solides filles d'Eger, toutes prêtes à prendre le chemin de
Csejthe. C'était encore au commencement; Kata Nádasdy,
sans méfiance et pour plaire à sa belle-sœur, avait accepté
de les lui céder. Elles furent enfermées en réserve dans les caves
et les petites chambres de pierre où l'on chauffait l'eau et les
habits avant de les passer. Erzsébet était aussi anxieuse
d'avoir ses proies à sa disposition qu'en temps de disette on
peut l'être de posséder dans ses greniers des sacs de blé et de
racines comestibles. Elle s'enquérait avec minutie de tous les
détails, de leur âge surtout, et de leur fraîcheur.

Dès 1604, L'ANNÉE de la mort du comte Nádasdy, une mystérieuse créature avait pris tout pouvoir sur l'esprit d'Erzsébet Báthory. Elle venait du cœur de la forêt, où à certaines nuits elle replongeait pour aller hurler à la lune; et, suivie de ses chats noirs qui revenaient avec elle au château, elle se couronnait d'herbes sombres et argentées, d'artémise et de jusquiame, dansait avec son ombre dans la clairière et conjurait les anciennes divinités.

Personne ne la connaissait. Elle était la « sorcière de la forêt ». Sorcière depuis toujours, elle vivait autrefois du côté de Sárvár où elle avait longtemps surveillé de loin Erzsébet qui galopait en détruisant les récoltes. Elle s'appelait Anna, mais pour quelque raison ignorée elle avait choisi le nom de Darvulia. Elle était très vieille, coléreuse et sans cœur : une véritable bête terrifiante. Elle avait retrouvé dans les yeux d'Erzsébet tout ce qu'elle percevait de maléfique dans les poisons de la forêt, la déserte insensibilité de la Lune, et discerné là un esclavage psychique prêt à être ensemencé comme un champ noir. Elle puisait inlassablement ses pouvoirs dans cet humus de la sorcière qu'est l'instinct qui la marie indissolublement au venimeux, au vénéneux et au mortel. Erzsébet, en sa saturnienne passivité, s'abandonna à ces pouvoirs; sa mégalomanie et son goût du néant la laissaient toujours disponible pour recevoir et pour accepter. Et ce fut Darvulia qui lui présenta les fruits mûrs de la folie. Elle le fit par la magie, et aussi par les moyens sordides, supprimant soigneusement devant la Comtesse tout obstacle extérieur que celle-ci craignait de ne pouvoir surmonter. La Lune étant dans le Capricorne, il convenait de se baigner au milieu de la nuit, sous d'âcres résines brûlant au son de l'interminable et monotone conjuration. Darvulia, dans la salle basse et secrète comme une crypte, avec la patience des sorciers traçait les cercles et les signes, déchiffrant son grimoire intérieur, ne s'égarant jamais dans le labyrinthe des pouvoirs. Et, les contenant, les réveillant en elle, elle vivait sa propre magie devant Erzsébet envoûtée, communiant avec elle dans le seul sacrement qu'elle désirât partager.

Après l'arrivée de Darvulia, il n'y eut plus, au château, que pleurs et querelles. Katalina, sinon Jó Ilona, prise parfois de pitié, donnait un peu à manger aux jeunes servantes enfermées dans les caves où elles attendaient leur sort. Elle le paya cher le jour où la Comtesse, malade, l'ayant appris, la fit appeler près de son lit et la mordit elle aussi.

Ponikenus, le pasteur de Csejthe qui ne semble pas avoir été très courageux, avait une peur mortelle de Darvulia et surtout de ses chats noirs. En Hongrie si un chat noir traverse la rue devant quelqu'un, c'est de mauvaise augure. Or, le château en était rempli, et ils traversaient en tous sens l'escalier devant Ponikenus, qui s'en plaignit en pleine Cour de justice, ajoutant que ces maudits chats l'avaient mordu au pied.

LE « BÉTAIL » sans répit sacrifié par Erzsébet était composé de créatures jeunes et maladroites, qui nettoyaient mal les placards, ne finissaient pas leur broderie, et gaufraient tout de travers les collerettes ou les volants des jupons. Elles avaient, le plus souvent, des cheveux blonds et la peau hâlée. Elles avaient gardé d'un ancien type de race les pommettes saillantes, les yeux bleus mais très bridés, et la grande bouche. Elles étaient fortes et bien bâties. Il y en avait parfois de plus belles encore, qui arrivaient de la région d'Eger ou même de plus loin, des confins de la Slavonie. Celles-ci étaient délicates et minces avec des traits plus fins et de grands yeux gris ou verts. Aux natives de Tatras on pouvait demander n'importe quel travail de bête de somme : monter dans des baquets de bois l'eau de la petite rivière jusqu'au château perché sur la colline; nettoyer la cour et les petits jardins où poussaient rosiers, œillets et tubéreuses, où une vigne sauvage grimpait aux murs en remplissant l'air du parfum de ses fleurs vert-jaune pleines de pollen; laver les nappes des banquets et les draps de lits aux côtés des lavandières appointées, Kataline et Vargha Balintné. De ces créatures, habituées chez elles à une vie plus dure que celle des bêtes, hardies dans la nature et peureuses dans les salles du château, pouvant tenir un loup en respect et se traînant à terre aux pieds de la Comtesse pour demander grâce, six cent cinquante environ disparurent. Bien entendu, elles n'allaient jamais jusqu'à prévoir les tragiques conséquences de leurs peccadilles et se conduisaient comme les chattes et les pies. Si elles trouvaient quelque chose à manger, ou un peu d'argent, à coup sûr elles le volaient; ou elles négligeaient le tuyautage compliqué des fameuses fraises, ou bien elles parlaient en brodant. Tout était rapporté en temps opportun par Dorkó et Jó Ilona. Si Erzsébet était dans un bon jour, occupée simplement à rêver dans le parfum de grands bouquets de lis violets apportés de la montagne pour orner sa chambre, cela passait assez facilement : Dorkó ôtait leurs vêtements aux coupables qui, sous le regard de la Comtesse, continuaient leur travail nues et rouges de honte, à moins qu'on ne les laissât, également nues, debout dans un coin. Elles auraient préféré n'importe quoi à cette exhibition insolite, abominable, dont jamais auparavant personne n'avait entendu parler. Même les valets, quand ils avaient à traverser la salle, baissaient la tête pour ne pas voir.

Mais si c'était pour Erzsébet un jour d'orage ou d'exaspération, malheur à celle qui avait volé une pièce d'argent. Jó Ilona tenait ouverte la main de la jeune fille, et Dorkó, ou parfois la Comtesse elle-même du bout d'une pincette y déposait la pièce rougie au feu. Ou bien, lorsque la lingerie n'avait pas été repassée convenablement, c'était le fer à godronner que l'on chauffait au rouge et Erzsébet l'appliquait elle-même sur la figure, la bouche ou le nez de la repasseuse négligente. Un jour, Dorkó tenant ouverte à deux mains la bouche de la servante, la Comtesse le plongea jusque dans la gorge de la coupable.

Et si, dans ces jours néfastes, les jeunes filles s'avisaient de parler en faisant leur broderie de fleurs, les lèvres de la plus bavarde étaient closes, de la main d'Erzsébet, par des aiguilles qui les traversaient.

ROGER DE BRICQUEVILLE disait à Gilles de Rais : « Je vous assure que je me sentirais beaucoup plus tranquille si nous tuions cette fille. »

Dans le grenier du château de Machecoul, quelque temps occupé par le sire de la Suze, frère de Gilles de Rais, qui le lui avait pris traîtreusement, gisaient, à moitiés cachés sous le foin, quarante corps de jeunes garçons, secs et noirs. On avait déjà commencé à les brûler dans la grande cheminée d'en bas lorsque l'arrivée du sire de la Suze avait tout interrompu. On les avait alors précipitamment montés et enfouis pêle-mêle sous le foin. Gilles de Rais ayant repris Machecoul, une fille d'honneur de Catherine de Thouars, maréchale de Rais, était bien malencontreusement entrée dans ce grenier, et avait dégringolé l'escalier en poussant des cris d'horreur. C'est alors que Roger de Bricqueville l'avait arrêtée et amenée à Gilles. Celui-ci ne fut pas d'avis de faire mourir l'imprudente; mais il lui fit de telles menaces que pendant longtemps elle se tut.

Cela se passait en Poitou, un peu avant 1440. Vers 1680, en

Hongrie, dans les combles du château de Pistyán grillés par le soleil d'automne, on eût pu trouver, sinon une quarantaine, du moins plus d'une demi-douzaine de cadavres : ceux de jeunes servantes qu'une horrible vieille tentait en vain de faire disparaître à force de baquets de chaux vive.

Les eaux et les boues chaudes de Pistyán étaient déjà exploitées au xve siècle. Les descendants d'un certain évêque Thurzó, auquel ces bains avaient d'abord appartenu, tiraient un revenu de la taxe qu'ils faisaient payer à ceux qui voulaient aller s'asseoir, au bord de la rivière, dans des trous où ils s'enfouissaient jusqu'au cou. Si bien enfouis que, pendant l'été de 1599, les Turcs, au cours d'une incursion, n'avaient eu qu'à cueillir les gens dans leur bain avant d'en tuer quelques-uns et de choisir ceux qu'ils allaient emmener pour en tirer rançon.

Erzsébet Báthory se trouva à Pistyán en nombreuse compagnie. Elle s'y était rendue avec son habituelle escorte ambiguë, au moyen de laquelle elle comptait agrémenter la monotonie des bains de boue. Son château de Pistyán était assez confortable et proche de la Vág, qui coulait au fond de la vallée remplie d'arbres. Tous les matins l'élégante assemblée passait le pont et se rendait sur l'autre rive, soit en litière, soit, comme cela se pratiquait encore il y a peu de temps, dans une petite charrette cubique à une place et montée sur deux roues qu'une paysanne tirait au trot. Au bord de la rivière, à l'endroit où jaillissaient les eaux chaudes, se dressaient dans le vert des feuillages les tentes pourpres et blanches de la Comtesse et de ses hôtes. Erzsébet s'y glissait, abritée sous un parasol afin que la lumière du soleil réverbérée sur l'eau ne touchât pas sa figure, et, à l'abri des épais rideaux, entrait dans la terre et l'eau secrètes. Elle venait soigner la goutte et les rhumatismes héréditaires, tout comme, autour d'elle, ces hommes et ces femmes au sang alourdi par les banquets; mais aussi pour la beauté de son corps et de sa figure.

C'est probablement grâce à ces bains de Pistyán qu'à près de cinquante ans elle avait gardé tant d'éclat et tenait en échec la vieillesse redoutée. A Csejthe, elle se laissait macérer sous des cataplasmes faits de feuilles de belladone, de jusquiame et de stramoine, ces plantes molles dont la vénénosité même fait blanchir le teint. Ici, elle venait chercher le tiède, le doux enveloppement de la terre détrempée. Elle se tenait silencieuse et immobile, se laissant pénétrer par les secrètes puissances nées de la décomposition des racines et des plantes maintenant mélangées à la terre. Sorcière elle était; et vers la sorcière les élémentaux accouraient volontiers pour la remplir de ténébreuses forces, dans son bain de sang de terre.

La fille aînée d'Erzsébet, Anna, décida un jour qu'elle aussi avait besoin de prendre les bains de Pistyán; et comme il semble qu'en Hongrie les époux aient été en général fort aimants et inséparables, elle s'annonça avec son mari Miklós Zrinyi. Erzsébet Báthory avait toujours eu à penser à d'autres choses qu'à ses enfants. On ne trouve chez elle quelque affection que pour sa dernière fille, Kata. Mais elle ne put faire autrement que d'assurer à Anna et Miklós Zrinyi qu'ils étaient les bienvenus. Pourtant cela la gênait un peu. La famille faisait son apparition à des moments vraiment inopportuns. En prévision des fantaisies que les esprits sulfureux ne manqueraient pas de lui inspirer, une nuit ou l'autre, elle s'était fait suivre de Dorkó et de quelques jeunes filles choisies avec un soin tout particulier et qui, pour le moment, vaquaient en liberté autour d'elle à leurs occupations. Aussitôt reçu le message lui annonçant que sa fille et son gendre approchaient, elle fit rassembler cette troupe un peu trop bruyante et voyante et, sous la garde de Dorkó, la dissimula dans un recoin du château où personne n'allait jamais, avec ordre de les punir; car elle était contrariée du changement apporté à ses projets. Puis elle se fit si belle, s'employa si bien à se faire aimer, au cours des grandes journées sensuelles de l'automne et de ses poignantes nuits que, pour un temps, elle ne pensa plus à autre chose. L'érotique atmosphère de ses hôtes lui plaisait. Pour Erzsébet Báthory la silencieuse, l'hallucinée, à qui ni la pruderie ni la religion n'assignaient de limites, tout ce qui pouvait réveiller, aviver ses sens émoussés était bienvenu.

Anna et son mari n'étaient certes pas dans le ton de la maison, lui du moins, qui ne comprenait rien aux façons de sa belle-mère, à son usage exagéré de fards, à cet éclat morose que, malgré son âge et son veuvage, elle s'acharnait à entretenir. Et lorsque Anna lui en parlait, il gardait un silence attristé.

Les bains, les repas et les danses allaient leur train. On ne chassait pas, car les bains étaient trop fatigants et l'on dormait beaucoup dans les chambres, l'après-midi, lorsque le château était plongé dans le chaud silence. Mais, tout au fond, là où personne n'allait jamais, au-delà des murs épais et des corridors, une troupe de jeunes servantes affamées se lamentait. Depuis huit jours Dorkó ne leur avait rien donné à manger; et par surcroît, dans les nuits déjà fraîches, elle les traînait dehors et les arrosait d'eau glacée. Les premières moururent; les autres, les yeux éteints, regardaient à travers la grille de l'étroit soupirail qui donnait sur le potager les hautes têtes de tournesols bourrées de graines dont elles imaginaient le goût fade et réconfortant, incapables déjà de remuer. Elles pouvaient entendre, de la chambre étroite où elles étaient entassées, les cris de la nuit de septembre dans les champs et les jardins; et, venant de loin, de l'autre côté du château, de vagues musiques de danse.

Dorkó mit les premières mortes sous un lit dans une chambre, et en plein septembre les couvrit de fourrures pour les cacher; mais elle prit soin, cependant, de se montrer apportant de la nourriture, comme si ses prisonnières étaient vivantes. L'odeur fut bientôt épouvantable, et Dorkó eut toutes les peines du monde à persuader un valet d'enterrer les cadavres.

Au moment de repartir, Erzsébet envoya chercher ses servantes; mais les survivantes étaient trop faibles pour marcher. Elle en fut fort contrariée et dit à Dorkó qu'elle avait outrepassé ses ordres : n'allait-il pas lui falloir voyager sans suite et s'ennuyer dans son carrosse jusqu'à Csejthe? Cependant, on hissa dans la voiture de la Comtesse la moins évanouie de celles qui restaient. Elle mourut en route. Des autres, on ne se soucia pas; on les laissa mourantes à la garde de Dorkó qui connut là un des moments les plus désagréables de sa vie. En effet, elle en avait jeté quelques-unes dans les fossés qui entouraient le château. Les corps avaient surnagé; on les avait repêchés et, en grande hâte, cherché un endroit où mieux les dissimuler. Finalement, ce fut dans la terre meuble du potager, sous les carottes et sous un tas de racines comestibles déjà préparé en prévision de l'hiver, que Dorkó persuada les valets de cacher les cadavres. Le grand chien de Miklós Zrinyi, un lévrier au long museau, les y découvrit au cours d'une promenade avec son maître et vint gambader auprès de celui-ci, portant Dieu sait quel affreux lambeau de chair dans sa gueule. Depuis ce jour, Zrinyi considéra sa belle-mère avec une horreur marquée, mais se tut sur ce dont, cette fois, il ne pouvait plus douter. Il était difficile de trouver des excuses. L'histoire de ce maudit chien terrifia les valets. Ils refusèrent d'aider davantage Dorkó, qui n'osa plus continuer à enterrer les cadavres tant que les invités étaient là. Elle dut se contenter de verser de la chaux sur les mortes, cachées dans un grenier d'où il sortait une telle odeur que les valets ne voulaient plus aller dans ce quartier-là du château. Restée enfin seule, pendant cinq nuits elle creusa des fosses dans le jardin et alla chercher l'un après l'autre les sinistres fardeaux. Enfin, sa tâche achevée, maudissant la mort, elle put prendre le chemin de Csejthe, à grands pas de montagnarde, dans le vent salubre de l'automne qui s'évertuait à balayer les odeurs dont elle était imprégnée.

Chapitre IX

En ces années-la, Erzsébet Báthory, veuve, devait se
défendre avec vigueur en même temps que ses enfants et ses
châteaux. En octobre 1605, la révolte avait éclaté en Hongrie.
Sous prétexte d'une querelle entre protestants et catholiques,
Boksay s'était rebellé contre l'Empereur. La Transylvanie
entière lui obéissait. Il s'était fait nommer successeur de
Báthory, prince de Transylvanie, et avait pour lui les heiduks
et les troupes. Les Turcs, bien entendu, attisaient la révolte
et payaient les heiduks contre l'Empereur. Les faubourgs de
Vienne étaient en flammes.

Neustadt était cerné, Presbourg en grand péril; car la garnison impériale était résolue au pillage si, à un jour dit, on
ne lui offrait pas une fête monstre qu'on lui avait promise.

Sans doute Erzsébet Báthory devait-elle être puissamment
protégée par Thurzó, car ses châteaux de Sárvár et de Csejthe,

entre autres, ne se trouvaient pas loin de Neustadt et de Presbourg. Son nom seul devait la faire haïr des rebelles : son cousin Sigismond et son oncle András avaient fort mal gouverné
la Transylvanie. Comme les autres Hongroises restées dans
leurs châteaux pendant que leurs seigneurs se battaient, elle
avait dû en renforcer la défense et la garnison, comptant sur
Thurzó pour l'avertir à temps, ce même Thurzó qui, en
décembre 1609, devait être nommé palatin de Hongrie par cent
cinquante députés de la Diète. Elle prenait prétexte de son
inquiétude, et quelques autres, pour écrire fréquemment, en
excellent latin, aux Conseillers de l'Empereur et demander de
l'argent, ayant bien soin, à travers des formules répétées de poli-
tesse, de souligner son état de veuve, sa faiblesse de femme.

La vie d'Erzsébet à Csejthe était parfois difficile. Le système féodal avait évolué. Le châtelain continuait à posséder
ses serfs, ses paysans et quelques artisans attachés au château ;
mais il y avait aussi maintenant des villageois libres, commer-
çants et artisans placés sous l'autorité d'un maire entouré de
ses conseillers, les « Pères de la Ville ». Csejthe était considéré
comme un bourg franc et, malgré sa petitesse, possédait les
statuts et les privilèges d'une ville, car il avait appartenu à
la Couronne.

Il n'était donc pas absolument permis à Erzsébet de faire
ce qu'elle voulait dans le village, sinon dans le château même.
Elle ne pouvait — encore qu'elle l'eût parfois tenté — faire
dresser un gibet sur la place du village pour y faire pendre
quelqu'un à titre d'exemple ; car cela était contraire au sta-
tut moral et au bon renom de la ville de Csejthe. Les conseillers avaient le droit d'examiner les cas et de protester au
besoin. Elle devait alors en appeler aux autorités de Presbourg qui, en cas de rébellion, auraient envoyé deux ou trois
centaines de soudards allemands des armées royales pour réta-
blir l'ordre, piller toutes les provisions du bourg et puiser dans

la caisse de la ville. C'est pour cela qu'Erzsébet préférait se retirer dans son haut château solitaire, où elle s'accordait des droits sans limites.

SA POMPE, ses réceptions, ses fourrures et ses bijoux coûtaient cher à Erzsébet Báthory; et, depuis la mort de son mari, elle avait dû partager plusieurs de ses fiefs entre ses enfants, réservant une large part pour l'héritier du nom de Nádasdy, Pál, sur les biens duquel son tuteur Megyery veillait sévèrement.

Elle était toujours en quête d'argent; car, si les denrées étaient localement abondantes, tout ce qui était étranger au pays était un luxe coûteux. Or ce luxe seul tentait Erzsébet, qui vivait en une société où les goûts étaient difficiles, où seul l'extraordinaire était considéré comme beau. Même les fourrures du pays devaient être travaillées de façon spéciale, par des artisans appelés d'Italie. Il fallait pouvoir dire que les bijoux venaient de France, les soieries de Lyon, les velours de Gênes et de Venise.

Du mobilier, on ne se souciait guère; il restait typiquement hongrois, noir, lourd, incommode. De confort pas davantage; les gentilshommes et les dames hongroises ne craignaient pas de s'asseoir sur des banquettes de bois dur, ou d'endurer le froid des hivers dans les chambres que deux cheminées n'arrivaient pas à seulement attiédir. Mais pour le luxe de leur personne, c'était bien autre chose. Là en Haute-Hongrie s'agitait encore, blanc et rouge, noir, vert, et tout cela doré, comme une sorte de conte viril. Barbare et félin à la fois se mouvait aux torches le monde de ce cœur d'Europe, de Daces et de Huns dans lequel avaient coulé les vieux mystères hercyniens. Quant aux femmes, elles étaient comme des avalanches de perles.

Dans sa chambre mal chauffée, mal éclairée, au milieu d'un désordre de campement, Erzsébet avec un goût barbare amassait tout ce dont elle avait ouï parler, et, princesse trop lourdement parée, se promenait devant les grands miroirs espagnols accotés aux tables de chêne. Sur la coiffeuse, dans de petites jarres bouchées de parchemin, s'alignaient ces produits spécifiquement hongrois achetés aux marchands de baumes et préparés par Darvulia.

Erzsébet Báthory avait donc grand besoin d'argent. Elle en avait déjà demandé plusieurs fois au Premier Ministre. Finalement, n'obtenant plus rien malgré ses arrogantes réclamations [1], elle fit la seule chose qui lui restait à faire : elle se mit à vendre les châteaux, encore nombreux, qui lui appartenaient en propre. Mais bientôt les dîmes de ces domaines lui manquèrent. Pour la fortune, comme pour la haine et pour la beauté, elle eut alors recours à la magie.

Tant pis pour le sang, tant pis pour ceux qui, dans la forêt du temps, sont depuis toujours condamnés à leur perte fugitive. Cela aussi passe emporté par le flot noir.

Erzsébet Báthory ne pouvait pénétrer très avant dans le domaine de la magie. Sa démence était d'espèce trop timorée et mesquine : elle s'effaçait devant Darvulia, déchaînée, au sang hardi charriant les pouvoirs verts de la forêt.

Ce fut Darvulia qui, l'année même de la mort de Ferencz Nádasdy, initia Erzsébet aux jeux les plus cruels, lui apprit à regarder mourir et le sens de regarder mourir. La Comtesse, jusque-là poussée par le plaisir de faire souffrir et de saigner ses servantes, s'était donnée l'excuse de punir

---

1. On trouve, aux Archives de la ville de Vienne, une lettre datée du 28 juillet 1605, et envoyée de Sárvár, dans laquelle Erzsébet demande biens et faveurs. Cette lettre, en latin, est adressée au *Spectabili et Magnifico domino Ruperdo ab Ellinsky, Cesar Regio Mattis Consiliario...* et signée « Erzsébet Báthory, Vidua ». Il s'agit de Ruprecht Ellinsky, conseiller de Mathias II.

quelque faute commise par ses victimes. A présent, le sang versé ne l'était qu'en vertu du sang, et la mort donnée, qu'en vertu de la mort. Darvulia descendait aux caves, choisissait les filles qui lui paraissaient les mieux nourries et les plus résistantes. Aidée de Dorkó, elle les poussait devant elle dans les escaliers et les passages mal éclairés conduisant à la buanderie où sa maîtresse se trouvait déjà, rigide dans sa haute chaire sculptée, tandis que Jó Ilona et d'autres s'occupaient du feu, des liens, des couteaux et des rasoirs. Les deux ou trois jeunes filles étaient mises complètement nues, cheveux défaits. Elles étaient belles et avaient toujours moins de dix-huit ans, parfois douze; Darvulia les voulait très jeunes, car elle savait que si elles avaient connu l'amour, c'en était fait de la bonne âme de leur sang. Dorkó leur attachait les bras très serré et se relayait avec Jó Ilona pour les battre avec une baguette de frêne vert qui creusait d'affreux sillons. Parfois, la Comtesse continuait elle-même. Lorsque la jeune fille n'était plus qu'une plaie tuméfiée, Dorkó prenait un rasoir et incisait ici et là. Le sang jaillissait de partout, les manches blanches d'Erzsébet Báthory se teignaient de ce déluge rouge. Bientôt, elle devait changer de robe tant elle était couverte de sang. La voûte et les murs ruisselaient. Lorsque la fille, enfin, était près de mourir, Dorkó avec des ciseaux ouvrait les veines des bras d'où s'écoulait le dernier sang de son corps. Certains jours, comme la Comtesse était lasse de leurs cris, elle leur faisait coudre la bouche pour ne plus les entendre.

La première fois qu'elle vit mourir, Erzsébet eut un peu peur et contempla le cadavre sans avoir l'air de comprendre. Mais ce semblant de remords fut passager. Par la suite, elle devait s'intéresser au temps que cela pouvait durer; et aussi à la durée du plaisir sexuel, du plaisir sorcier.

Voluptueusement assurée de son impunité au fond des caves de Csejthe, elle s'abandonna tout entière aux jeux des flammes, des torches et des flambeaux qui animaient de leurs reflets les phases du rite insensé. Félicité. Sur la dernière marche de l'inconscient, battait déjà l'aile de la folie. S'il n'en avait pas été ainsi, comment Erzsébet eût-elle pu perpétrer ces choses?

On peut comprendre d'où vient ce plaisir sexuel, que décuple la pénombre traversée par la vague lueur des torches, loin sous terre et dans l'assurance de la sécurité. Nombreuses sont les sectes qui se sont livrées à leurs pratiques érotiques en des lieux farouchement clos et dont, une fois entré, on ne savait même plus où se trouvaient les portes.

Quant au plaisir sorcier, ce plaisir qui fit tomber sur Gilles de Rais les foudres du tribunal ecclésiastique, épargnées à Erzsébet Báthory, c'est le plus indestructible des deux. Quand le corps peut se repentir, lassé, l'esprit poursuit la route qu'il s'est peu à peu frayée selon la logique qui est devenue la sienne, logique de sucs et de sang. Les crimes nés des plus terribles passions du corps, on pouvait les absoudre : au procès de Gilles de Rais, on voila le crucifix par décence, et ensuite on n'en parla plus. Mais le cercle magique, univers spécial fermé à rebours d'antiques clefs, ses signatures au charbon qui scellent, frappent et refrappent l'esprit pour en refaire une monnaie de la nature, autant de fois aliénée que donnée, qu'en dire, et quel espoir? Que dire d'Erzsébet Báthory, superstitieuse et dépravée, avec son nez aquilin prolongeant directement la ligne du front, avec son menton lourd, un peu fuyant, cet air évoquant à la fois un mouton noir et le rapace qui l'emporte dans ses serres; que dire de cette femme toujours, et malgré tout, recherchée; car ce qui fascine, ce n'est pas l'agréable, mais l'insondable. Si un jour on pouvait aimer un de ces êtres en connaissant les causes profondes et réelles de sa naissance, et sans craindre ni cet être lui-même, ni les puissances qui ont décidé de sa venue au monde, alors il n'y aurait plus de place pour la cruauté ni pour la peur.

Pour Darvulia, la sorcière, elle jouait. C'est parce qu'elle joue que la véritable sorcière reste sorcière à travers les âges d'au-delà du temps. Elle sait que rien ne peut la séparer des forces qu'ici-bas elle maniait, car toute vie partout ne sera faite que de ces mêmes forces. Comme les croyants qui meurent en se confiant au grand fleuve de leur Dieu, la sorcière s'en va à l'élémentaire dérive et ne cherche pas à savoir où. Dans le poison de la plante, dans le hurlement du loup ou parmi les éléments entrant dans la combinaison de l'astre néfaste d'une créature à venir, qu'importe où vont ses cendres; où iraient-elles, sinon dans le grand giron veillé par les étoiles, au lieu de l'éternel recommencement!

Les sorciers ne désirent pas se sauver dans l'esprit pur. Ils en ont peur : pour eux c'est la mort réelle. Ce qu'ils veulent, c'est continuer à tourner dans l'esprit des choses, s'en emparer et le modeler, bien avant que les humains puissent les tenir pour irrévocablement établies.

A Csejthe, Erzsébet Báthory et Darvulia avaient le champ libre. La province était lointaine et arriérée; les gens, physiquement vigoureux mais complètement apathiques, terrorisés par les superstitions de la montagne. La Comtesse pouvait y faire absolument ce qu'elle voulait; quant à Darvulia, tout le monde craignait qu'elle n'ensorcelât la famille entière, et les champs et le bétail, à la moindre récrimination. Tout était très brumeux dans l'esprit de ces gens et, au fond, ils n'étaient sûrs de rien. Il y avait toujours eu un peu partout beaucoup de morts dues à des causes mystérieuses : aux loups, maîtres de la forêt en hiver, à toutes bêtes noires, aux loups-garous et aux vampires de la nuit. Les jeunes filles dépérissaient souvent, et mouraient. Plus tard, on les exhumait; et si leurs corps ne semblaient pas assez décomposés, il était conseillé de leur percer le cœur d'un épieu. A combien de leurs compagnes avaient-elles déjà été rendre visite, vêtues d'une robe blanche, laissant voir deux longues dents de devant semblables aux canines des chauve-souris. Ou bien les Vilas, les ombrageuses petites fées menues, les faisaient mourir; car elles envient les filles des hommes et les jalousent, elles qui n'ont eu comme langes que les feuilles vertes de la forêt et pour lait maternel que la rosée sur le triste colchique d'automne. Tout était invisible péril, et dans les cimetières flottaient, au sommet de hautes perches, des drapeaux contre les vampires et des ailes conjuratrices, coupées aux grands oiseaux.

LA NÉCESSITÉ de faire disparaître les cadavres était un cauchemar pour Kataline, Jó Ilona et la mystérieuse vieille qui ne parlait pas, ne demandait rien et enterrait. Au commencement, ce fut aisé : on faisait des funérailles comme pour tout le monde, à l'église. On gardait les corps lavés, habillés, remis en ordre aussi longtemps que l'exigeait la coutume, pour permettre aux parents, venant de loin, d'arriver. A ceux-ci on donnait des explications plausibles et on les faisait manger. Mais un jour, une mère survint au château inopinément pour voir sa fille. Celle-ci, très jeune, avait été tuée deux jours auparavant, et on cherchait justement où mettre ce corps sur lequel les tortures avaient laissé leurs traces. On répondit : « Elle est morte ». La mère insista et demanda à voir au moins son cadavre. Mais elle était si défigurée qu'on refusa de la lui montrer et on se hâta de l'enterrer n'importe où. La mère fut enfermée et eut si peur qu'elle ne dit rien; mais au procès, c'est elle qui parla la première. Cependant, il en mourait de plus en plus, servantes que l'on enfouissait hâtivement dans les champs et dans les jardins.

Et le bruit s'affirma, qui courait depuis l'arrivée de Darvulia, que la Comtesse, pour rester belle, prenait des bains de sang.

En l'année 1608, Rodolphe II, archiduc d'Autriche, roi de Hongrie et de Bohême depuis 1576, abdiqua en faveur de son frère Mathias et se retira définitivement à Prague.

Le roi Mathias avait un tout autre caractère que ses prédécesseurs. Sous les règnes de Maximilien et de Rodolphe, ardents catholiques, les nobles étaient constamment persécutés pour des motifs religieux et accusés de trahison. Il est vrai que, presque tous n'échappant à la domination des Turcs que pour tomber sous celle des Habsbourg, ils haïssaient les uns et les autres et, au fond, ne servaient efficacement que la Hongrie. Les Habsbourg, tout imprégnés de fanatisme espagnol, supportaient difficilement que la noblesse hongroise fût, dans l'ensemble, protestante. A la fin du XVIe siècle, un des Báthory faisait exception : Sigismond de Transylvanie, qui était un brillant représentant du catholicisme.

Depuis la loi « Tripartitum », dont la promulgation, en 1514, avait mis fin à la « Diète sauvage », personne ne s'était jamais occupé de la classe paysanne, considérée comme faisant partie du sol féodal. La première chose que fit Mathias à son avènement fut de se souvenir que cette classe existait, et d'étendre jusqu'aux paysans la liberté de religion. A l'opposé de ses deux prédécesseurs, Mathias avait un esprit positif, non enclin aux recherches occultes. Pour lui, combattre le mal, où qu'il se trouvât, était une obligation morale. Plus d'ondoyantes excuses, et surtout plus de cette ombrageuse autocratie qu'il considérait comme appartenant à une époque révolue, dangereuse pour sa propre autorité, et pour laquelle il était sans pitié partout où il la rencontrait.

Si le procès s'était déroulé quelques années auparavant, Erzsébet Báthory se fût rendue seule chez l'empereur Rodolphe, son parent par alliance (son cousin Sigismond avait épousé Marie-Christine d'Autriche). Elle serait allée le trouver à Presbourg où il résidait alors, entouré de ses astrologues et plongé dans ses livres de magie. Elle lui aurait parlé de sa lente voix, l'aurait fixé de ses yeux lourds; et surtout elle aurait porté sur elle, tourné vers l'Empereur, le parchemin préparé par Darvulia, l'incantation propitiatoire. Cela eût suffi à incliner l'esprit de Rodolphe vers l'indulgence, et la peine d'Erzsébet se fût adoucie en une très tolérable détention chez elle, pour quelque temps, et la promesse de ne se livrer qu'à une inoffensive sorcellerie. Mais l'heure était passée : les armes noires ne portaient plus.

ERZSÉBET était allée trop loin pour revenir en arrière : il fallait maintenant qu'elle se confondît avec son crime. Elle sentait que tout la menaçait, hors Csejthe. Angoissée, elle assistait à la montée de la vieillesse. Ne fallait-il pas tout mettre en œuvre pour jeter un voile sur l'âge et sur le danger? Ne fallait-il point, par une communion complète avec le mal, renouveler les forces qui repousseraient la vieillesse et les périls?

Darvulia lui répétait inlassablement les mérites du manteau rouge du sang, de cette éblouissante cuirasse de feu volée aux vies, devant laquelle l'ennemi défaille et la décrépitude se désiste. Darvulia n'était pas un clerc pour lui citer en exemple Tibère et ses bains de sang, ni les pythonisses trépignantes et barbouillées. Mais elle le savait et le disait de science sûre, que, grâce au sang, Erzsébet serait invulnérable et resterait belle.

Alors on apportait le grand pot de terre brune; on faisait venir trois ou quatre filles en parfaite santé et à qui l'on avait donné à manger tout ce qu'elles avaient voulu, tandis qu'on commençait à en fortifier quatre autres pour la fois prochaine. Sans perdre de temps, Dorkó attachait les bras avec des cordes très serrées et coupait veines et artères. Le sang jaillissait; et quand toutes, exsangues, agonisaient par terre, Dorkó versait sur la Comtesse, debout et blanche, le sang que près d'un réchaud elle avait gardé tiède. C'est ce grand coquemar de poterie brune que l'on montrait dans un coin des caves du château de Csejthe, il y a peu de temps encore. En se rendant à cet endroit il fallait, disait-on, se signer pour ne pas entendre les cris et les gémissements partant du fond des souterrains obscurs.

Mais le hasard d'une visite au duc de Brunswick, dans son château de Dolna Krupa, vint fournir à Erzsébet une source nouvelle de distractions. Les serviteurs de Csejthe, cherchant toujours à plaire à leur morose maîtresse, avaient rapporté de l'auberge « Aux trois Arbres verts », à Vág Ujhely, une grande nouvelle.

Le duc de Brunswick, qui habitait la région, était féru de machines de toutes sortes, de ces inventions mécaniques alors à la mode et que Rodolphe de Habsbourg lui-même prenait plaisir à voir manœuvrer, avec leur multitude de roues dentées s'engrenant les unes dans les autres, de contrepoids déclanchant un immense bruit de ferraille. Le duc de Brunswick avait pour spécialité de collectionner les horloges, et surtout les horloges allemandes. Il avait fait venir à demeure un serrurier allemand pour lui fabriquer une grande machine d'horlogerie à plusieurs personnages et carillons; le serrurier travailla au château pendant plus de deux ans, puis fut chargé jusqu'à sa mort de l'entretien de sa puissante mécanique.

L'horloge était la grande attraction de Dolna Krupa. On venait de loin pour avoir l'honneur de la contempler. La noblesse des régions avoisinantes se précipita. Et, parmi les autres, Erzsébet Báthory. Parla-t-elle au serrurier inventeur, se fit-elle décrire, suivant son idée fixe, la fameuse « Vierge de fer » de Nuremberg que celui-ci connaissait certainement ? L'idée lui vint tout naturellement de posséder une semblable créature, ayant apparence de vie, et pourtant implacable machine. La cage de fer suspendue à la voûte de sa cave de Vienne lui parut périmée. C'est en Allemagne, et probablement par l'entremise de l'horloger de Dolna Krupa, qu'Erzsébet commanda sa « Vierge de fer ».

Cette idole fut installée dans la salle souterraine du château de Csejthe. Lorsqu'elle ne servait pas, elle reposait dans un coffre de chêne sculpté, soigneusement enfermée à clef dans son cercueil. Auprès du coffre était fixé un lourd piédestal, sur lequel on pouvait solidement dresser l'étrange dame de fer creux peinte de couleur chair. Elle était absolument nue, fardée comme une jolie femme, ornée de motifs à la fois réalistes et ambigus. Un mécanisme faisait s'ouvrir la bouche en un sourire niais et cruel sur des dents humaines, et remuer les yeux. Sur son dos, tombant presque jusqu'à terre, s'étalait une chevelure de jeune fille, qu'Erzsébet avait dû choisir avec un soin infini. Délaissant les toisons brunes auxquelles on aurait pu s'attendre pour parer sa déesse, elle avait trouvé pour elle des cheveux blond argenté. Avait-elle appartenu, cette longue chevelure cendrée, à la belle Slavone venue de si loin pour être servante à Csejthe et sacrifiée aussitôt arrivée ? Un collier de pierres précieuses incrustées descendait sur la poitrine. C'est précisément en touchant certaine de ces pierres que tout se mettait en branle. De l'intérieur venait le grand et sinistre bruit du mécanisme. Alors les bras commençaient à s'élever, et bientôt leur étreinte se refermait brusquement sur ce qui se trouvait à leur portée, sans que rien pût la dénouer. Deux grands volets rectangulaires glissaient à gauche et à droite, et à la place des seins fardés la poitrine s'ouvrait, laissant sortir lentement cinq poignards acérés qui transperçaient savamment l'enlacée, à la tête renversée en arrière, aux longs cheveux épars comme ceux de la créature de fer. En pressant une autre pierre du collier, les bras retombaient, le sourire s'éteignait, les yeux se fermaient d'un seul coup, comme si le sommeil s'était abattu sur elle. On prétend que le sang des filles transpercées coulait alors dans une rigole conduisant à une sorte de baignoire en contre-bas, maintenue chaude. Il est plus probable qu'on le recueillait dans le fameux coquemar longtemps oublié dans les caves, et qu'on le versait sur la Comtesse, assise dans le fauteuil installé en permanence dans la salle souterraine.

Mais Erzsébet se lassa vite; il n'y avait là pour elle nulle participation. D'ailleurs les rouages compliqués se détraquèrent, se rouillèrent, et personne ne sut les réparer. Des tortures plus variées et plus mouvementées succédèrent à ces trop hiératiques assassinats.

Les juges, au procès, et le roi Mathias dans ses lettres, considérèrent comme une circonstance aggravante le fait que ces crimes aient été commis « sur le sexe féminin ». Sommairement, ils durent entrevoir des profondeurs perverses, mystérieusement sensuelles, qui leur firent horreur. Ils sentirent vaguement que l'étouffant univers criminel de la Comtesse était apparenté à cet univers noir où s'enracinent les cultes conservés en Orient, au fond des temples imprégnés de sang humain.

Mais chez Erzsébet le Dieu, ou la Déesse, était absent.

UNE EAU PURE ! Comment n'en eut-elle jamais le désir depuis le temps de son enfance obstinée? Comment se fait-il que l'on puisse lire sur ses traits, tels qu'ils furent peints il y a plus de trois siècles, que jamais de sa vie cette seule idée ne l'avait effleurée, et que l'étouffant et le sanglant, uniquement, l'attireraient?

Les perles n'étaient belles que parce qu'elles la paraient, les fleurs que parce qu'elles ornaient ses saisons; et l'innocence du blanc n'avait de sens que rehaussant, à la lumière des candélabres, la pâleur de son teint. Le terrible ennui de ce qui ne la concernait pas directement avait détourné ses yeux des choses de la terre.

Chapitre X

Vers 1440 en France, un seigneur de grande famille et belle prestance, fils de Guy de Laval et de Marie de Craon dame de La Suze, ne quittait plus guère son manoir de Machecoul, triste et sombre, dont les tours montent encore vers le ciel bleu et gris du Poitou. Pont-levis dressé et herse tombée, portes fermées. Personne, hormis les domestiques les plus sûrs, n'y pénétrait. La nuit une fenêtre de la tour s'éclairait, et de tels cris s'élevaient que les loups des bois d'alentour se mettaient à hurler à la mort. Le domaine de Gilles de Rais n'était pas la montagne aux fourrures d'arbres, mais bien aussi la pierre et la muraille de châteaux dressés, ceux-ci, dans l'air lumineux, un peu triste, de l'Ouest. Tiffauges était très ancien. Ses murs roses sont en été encore fleuris de grands œillets sauvages. La crypte de Tiffauges existe, fraîche sous une voûte aux chapiteaux à demi brisés; au milieu se trouve une dalle rectangulaire. Là devait être l'autel. Quant aux tours de Machecoul, — des tours à l'arête sans défaut —, elles s'élèvent sur une butte arrondie couverte d'herbe rase, autrefois entourée de douves. Et sur le mur, au nord, du lierre avec toutes les ailes foncées et tristes de ses feuilles bat dans le vent.

C'est là, en ce triste repaire de Machecoul, qu'en 1440 Gilles de Rais, Maréchal de France, fut arrêté. La justice de Jean V, duc de Bretagne, avait été mise en branle par le mouvement de colère et l'entêtement du sire de Rais, qui avait tenté de reprendre par la force l'un de ses derniers châteaux qu'il avait vendu à Geoffroy Le Ferron, trésorier de Bretagne. Cependant, depuis près de deux mois qu'elle durait, l'enquête sur les meurtres d'enfants ordonnée par l'évêque de Nantes était fort avancée; et le Maréchal eut à faire face à l'accusation d'avoir évoqué le démon et de s'être baigné dans le sang d'enfants égorgés pour se rajeunir. L'accusation était d'autant plus grave que l'on assurait que non seulement le sang répandu avait servi comme philtre de rajeunissement, mais que les victimes avaient été offertes en sacrifice au Démon.

A cette époque, c'était là le meurtre total. Le corps pouvait souffrir; c'était grand dommage lorsqu'il était innocent, mais la mort le rendait au royaume de ses mérites. Et, comme Gilles de Rais le dit lui-même à la fin, « la mort, ce n'est qu'un peu de peine ». Mais ce sang qui coulait en emportant l'âme, l'utiliser pour signer, autour du cercle magique, le nom des démons mineurs, les nourrir de sa divine substance violée jusqu'à ce qu'ils soufflent, geignent et apparaissent sous forme de chien noir, c'était là le mal absolu, le péché impardonnable à côté duquel les forfaits érotiques de Gilles de Rais comptaient pour peu de chose. Et ce qui, plus que tout, désespéra les mères, les fit hurler de douleur, ce fut d'apprendre que la figure de Satan était apparue gravée sur le cœur d'un de leurs enfants et que, de la main droite d'un autre, ointe de la graisse d'animaux maudits, Gilles de Rais avait demandé qu'on lui fît une « main de gloire » pour l'empêcher de mourir par le fer, l'eau ou le feu tant qu'il la porterait sur lui.

Gilles la fit chercher partout, cette main de gloire, lorsque les sergents du duc de Bretagne entrèrent à Machecoul. Poitou, son valet, le déclara : « Dès que Jean Labbé entra à Machecoul, mon maître s'écria : « Vite qu'on me cherche « mon chapeau de velours noir à double rebras, car là est « ma liberté, mon honneur et ma vie. »

C'était cette main d'enfant desséchée au-dessus des charbons qu'un soir il avait portée lui-même dans un pan de sa robe à François Prelati, « en parlement » avec les esprits des ténèbres. On eut beau chercher, on ne retrouva rien. Le Diable avait repris son bien.

Lorsqu'elle entendit le palatin et ses gens au pont-levis de Csejthe, Erzsébet Báthory se précipita vers la chose sans nom, déformée, jaunâtre, roulée et fripée qui était l'incantation préparée au plus secret de la forêt par Darvulia. Les noms des juges et des princes qui maintenant la menaçaient y étaient inscrits au grand complet. Darvulia n'était plus là. Presque aveugle, elle s'était enfoncée à nouveau dans la forêt, et sans doute était-elle morte, une nuit, sous la lune.

Dorkó chercha. Jó Ilona retourna toutes les robes. Erzsébet, haletante, les regardant tout bouleverser répétait et répétait encore la longue, l'impérieuse litanie. Mais les paroles n'étaient plus que des miroirs pâlis et réticents. Il faut au Démon la chair desséchée sur cette terre, la chose qui a vécu, le sang qui a coulé, pour écrire le pacte. La communion de l'esprit n'est pour lui qu'un déplaisant simulacre, et son culte est fondé sur des objets tangibles : une main pour saisir et ordonner, un cœur pour vivre, une membrane mystérieuse pour protéger la vie qui vient.

En vérité, toutes boîtes ouvertes, tous ourlets de robes défaits, tous plis tâtés, tous buscs suivis, le talisman n'était plus là.

L'ÉGLISE INSISTA pour prendre le procès en main. Ce fut là la perte de Gilles de Rais. L'évêque de Nantes, Jean de Châteaugiron et le grand sénéchal de Bretagne, Pierre de L'Hôpital, harcelèrent le duc de requêtes pour obtenir les autorisations nécessaires. Ce ne fut qu'à grand regret que Jean V donna l'ordre d'ouvrir le procès d'un maréchal de France portant un noble nom; car il savait que « la Cour d'Église est souveraine et qu'elle juge selon les crimes, jamais selon les personnes », comme l'affirma solennellement l'évêque; et Pierre de L'Hôpital se montra beaucoup plus préoccupé du crime de magie et de sorcellerie que de tous les autres bien plus abominables.

Gilles avait besoin d'or. Il avait surtout besoin, comme Erzsébet Báthory, de ne pas vivre de la vie de tout le monde, parce que cela l'ennuyait. Il passait son temps, là-haut dans la fameuse chambre, en compagnie de François Prelati, son astrologue italien; pendant que ce dernier traçait sur les dalles de grands cercles rouges et noirs, Gilles, en beau pourpoint sombre, dessinait sur la muraille des sortes de blasons représentant deux têtes, deux dagues et deux croix. Une fois, son valet Poitou, qui était une des rares personnes à avoir le droit de pénétrer chez son maître, entra à l'improviste. « Va-t'en et ne te retourne pas, car Il va venir », cria Gilles. D'en bas

Poitou entendit presque aussitôt un grand cri de hibou, et comme les pas d'une grosse bête qui semblait être un chien ou un loup. On hurla : « Oyez, oyez le Diable! » Le Maréchal apparut, blême, portant sur la joue une plaie saignante. Il dit : « Maître François a failli y laisser sa vie. — Le Diable, Monseigneur, vous est-il apparu? — Oui vraiment, sous la forme d'un haut chien noir et rogneux à la gueule pleine de sang. »

Les cercles magiques étaient tracés partout, selon les planètes et leurs heures. Parfois, il fallait aller loin dans la nuit pour évoquer les démons des trésors cachés. Au pré des Pierres levées, dans la campagne de Machecoul, François Prelati fit un cercle avec un couteau trempé dans du sang en appelant « Barion ». Il planta le couteau la pointe en l'air. Le tonnerre et la pluie, toute la nuit, se déchaînèrent. Gilles ne put rien voir; mais un immense chien s'élança dans ses jambes et le fit tomber. Il devait y avoir un trésor dans ce pré.

Une autre évocation fut faite au lieu dit l'Espérance, en un pré au-dessous de Machecoul près d'une ferme isolée où habitait la Picarde, fille d'amour. Ce fut un nommé maître Jean l'Anglais, de passage au château, qui traça le cercle, qu'on avait pris la précaution d'entourer de chanvre sec et de feuilles de houx, que les esprits détestent franchir. Malgré l'offrande préalable de cinq cœurs d'enfants, rien ne vint.

Il se passait beaucoup de choses, la nuit, dans ces fermes isolées aux alentours desquelles subsistaient les traces des grands cercles magiques qu'estompait la rosée du matin. Une femme nommée Perrine Rondeau tenait par là une mauvaise auberge, où se retrouvaient François Prelati et un autre Italien, le marquis d'Alombara. Ils avaient pris, à l'étage, une chambre dont le luxe, entrevu du palier, contrastait avec la sordide saleté des salles d'en bas. Ils y couchaient avec quatre jolis pages. Tout alla très bien jusqu'au jour où le marquis, au retour d'un voyage à Dieppe, ramena un jeune pêcheur plus beau que tous les autres. Perrine, d'en bas, entendit des disputes en italien sonore. Le marquis se hâta de mettre le beau pêcheur en sûreté ailleurs. François Prelati s'enfermait également avec un certain maître Eustache en un autre lieu lugubre, dans une petite ferme isolée qui avait été une maison close. Quand on alla y voir, tout était vide. On ne trouva que cendres et poussières « très puantes », qu'on reconnut pour être d'enfants, et, cachée au fond d'une auge, une petite chemise de toile rude ensanglantée.

Ils se rendaient tous, fréquemment, à Tiffauges, demeure gracieuse et sinistre tout à la fois. Là, dans une grande salle au-dessus de la crypte, ils avaient coutume de se servir d'un livre écrit avec du sang « pour faire venir Aliboron ». Un cercle magique était tracé au charbon sur les dalles, un grand cercle avec, tout autour, des caractères et des croix. L'évocateur y entrait, tenant certain livre plein de noms de diables écrits en rouge, aux insolites syllabes. Il le lisait, parfois deux heures durant, et appelait les démons qui ne se hâtaient guère. Car Gilles avait tout voué à Satan, science, richesse, puissance, mais il n'avait voulu aliéner ni sa vie, ni son âme; et Satan ne venait pas. Un jour, cependant, celui-ci céda et demanda simplement qu'on lui offrît quelques mains et cœurs d'enfants, des yeux aussi. Il passerait sur le reste. Alors il apparut sous la forme d'un gros serpent, dans la salle de Tiffauges. Une autre fois « Barion » se montra sous sa forme favorite : un grand chien noir qui s'enfuit en grondant. Henriet et Poitou, pendant ce temps, voyaient des crapauds et des couleuvres qui « semblaient issus de l'enfer » sortir de dessous la porte de la chambre.

Alors qu'il habitait Tiffauges, François Prelati l'avait si fortement imprégné de magie que les évocations y étaient plus faciles. Il avait de sérieuses altercations avec Gilles, à qui il reprochait son impatience, son manque de confiance. Celui-ci n'avait-il pas, un jour qu'il se trouvait à la Cour du roi, à Bourges, et qu'il était las de constater que rien ne lui réussissait, jeté dans un puits de l'hôtel Jacques-Cœur certain coffret de vermeil envoyé par l'Italien? Le coffret renfermait une bourse de soie noire contenant elle-même un objet couleur d'argent. Au retour, Prelati lui dit qu'il avait sacrifié là son bonheur. Comment d'ailleurs le Diable aurait-il pu venir et se montrer librement? Gilles chaque jour entendait plusieurs messes. Et même, pendant la grande invocation de la « Chasse Sauvage », il trouvait le moyen de l'entrecouper, ici et là, de quelque prière. Une certaine fois, en pleine évocation, il dit un *Ave* et vit alors passer à travers le cercle une chose gigantesque qui laissa Prelati à moitié mort.

Une Normande qui venait lui tirer les cartes lui dit un jour qu'il n'arriverait à rien, « s'il ne sortait son cœur de ses oraisons et de sa chapelle ». Alors Gilles, pour plaire au Diable, lui réserva de plus en plus de mains droites, de cœurs et de chevelures. Il s'enfermait dans la chambre haute et n'en sortait que triste et abattu. Un page, qui passait par là, vit une fois par la porte entrebâillée des instruments de magie, des fourneaux et des pinces, des fioles remplies d'un liquide rouge et une main morte armée d'une dague ensanglantée. Quelqu'un sortit. Par la plus proche fenêtre, on jeta le page dans les fossés, où il se noya.

C'EST EN RAISON de ces récits que, malheureusement pour Gilles de Rais, on transféra le procès au tribunal de l'évêque de Nantes. Si le procès d'Erzsébet Báthory ne releva pas du tribunal ecclésiastique, ce n'est point parce que les protestants étaient plus indulgents aux crimes de sorcellerie : en Angleterre, en Suède, peu de temps après, les sorciers furent systématiquement persécutés. En Hongrie, pasteurs et prêtres catholiques faisaient, en chaire, assaut d'éloquence pour dénoncer ce mal, le plus détestable de tous. Le roi Mathias II était particulièrement peu favorable aux recherches occultes. Il est probable que le palatin Thurzó fit tout pour que l'interrogatoire qu'il conduisit ne déviât pas vers ces régions dangereuses. Il eut d'autant plus de mérite qu'il venait d'échapper à une tentative d'empoisonnement de caractère plus ou moins magique, dont sa cousine était l'inspiratrice. Si Thurzó n'avait pas pris ce parti, on ne se fût pas contenté de dresser pour la comtesse Báthory quatre échafauds symboliques, mais, bel et bien, un bûcher infâmant.

LES DIFFICULTÉS à se procurer des proies jeunes et belles furent les mêmes pour Erzsébet Báthory et pour Gilles de Rais. Mêmes petits villages où tout se sait sous le couvert; mêmes vieilles vêtues de gris, battant les landes où les pâtres gardent les moutons, les fermes lointaines avec les enfants laissés seuls, les alentours de petits bourgs où les gamins font tomber les prunes à coups de pierres, ou sèment le lin. La femme en gris, si laide et vieille, déplaisante et rechignée, Perrine Martin, était la pourvoyeuse de pages de Monseigneur. On l'avait vue au crépuscule, dans des hameaux éloignés, tenant par la main de petits garçons, tous fort beaux. A Saint-Étienne-de-Montluc, elle avait trouvé cheminant et mendiant le petit Janet, un orphelin, et l'avait emmené vers Machecoul. On avait vu passer cette femme inconnue « au visage vermeil, en robe grise et chaperon noir qui guère ne valaient », avec une cotte de linge par-dessus sa robe. Un jour, à Nantes, elle avait rencontré un enfant paraissant abandonné; jugeant que sa beauté plairait à Monseigneur, elle l'avait tout droit mené à l'hôtel de La Suze. Gilles de Rais l'admira fort et aussitôt l'envoya à Machecoul où, semble-t-il, se trouvaient ses réserves comme à Csejthe celles d'Erzsébet Báthory.

Parfois, c'étaient les deux valets Henriet et Poitou qui se chargeaient, par un procédé ou un autre, d'attirer de jeunes garçons au château. Un jour qu'il s'était arrêté à La Roche-Bernard, Gilles, appuyé sur l'épaule de Poitou à une fenêtre, vit passer un garçon qui lui plût. « Ce garçonnet est bel et gracieux comme un ange », dit-il. Il n'en fallait pas plus. Poitou quitta aussitôt son maître et parlementa avec la mère du jeune garçon, qui entra au service du Maréchal comme écuyer. On lui acheta même, séance tenante, un habit propre et un petit cheval. A l'auberge quelqu'un dit à Poitou : « Vous avez là un gentil page. » D'autres s'écrièrent : « Certes, il n'est pas pour lui, mais bien pour la bouche de notre bon Sire. »

Plus tard à Nantes, le petit cheval fut reconnu. Mais il était monté par un autre. Cela se sut à La Roche-Bernard. Perrine Loessard, la mère, questionna les hommes d'armes du Maréchal lorsqu'ils passèrent par le village, demandant où était son fils. On lui répondit : « N'aie pas peur; s'il n'est pas à Machecoul, c'est qu'il est à Tiffauges, ou alors à Pornic. Ou ailleurs. Ou au Diable. »

Il arriva au maître, oubliant toute prudence, de choisir lui-même ses proies en train de jouer à la paume dans la cour du château. Ayant aperçu, un soir, un apprenti tailleur de dix-huit ans qui cousait les robes de la Maréchale, Gilles se mit à en rêver.

Gilles de Sillé, un cousin de Gilles de Rais, et Roger de Bricqueville s'en mêlèrent aussi à l'occasion. Étant allé commander des gants de fauconnier pour la chasse au héron, ils virent l'apprenti, le très joli petit Gendron. Ils l'envoyèrent porter un message au château, au valet de Gilles. « Et gare! lui recommanda-t-on. Ne va pas par la vallée des Pierres droites. On y tue les vieux et les laids, mais on y réserve les jeunes et les beaux. »

Même les marmitons des cuisines, lorsque les valets y descendaient, n'étaient pas saufs. Un soir, un joli garçon qui tournait la broche fut découvert à travers la fumée par l'un des gens de la chambre du Maréchal. Le surlendemain, il avait quitté les cuisines et n'y reparut plus jamais. Ni nulle part. De deux frères Hamelin, l'un était beaucoup plus beau que l'autre. Gilles choisit le premier, mais les tua tous les deux.

C'était surtout les jours d'aumône que les enfants disparaissaient. Ces jours-là, on baissait le pont-levis, et les serviteurs distribuaient aux pauvres de la nourriture, un peu d'argent, des habits. Lorsqu'ils remarquaient quelques enfants plus beaux que les autres, ils prétendaient que ceux-ci n'avaient pas eu assez de viande à manger, et les entraînaient aux cuisines afin d'en chercher.

Cependant tous les prétextes avaient été épuisés pour apaiser la curiosité des gens qui s'étonnaient que tant de jeunes garçons disparussent chaque année, la part étant faite des loups, des hommes noirs, des maladies et des noyades dans les étangs.

Gilles de Sillé fit alors répandre le bruit que les Anglais, qui avaient fait prisonnier Michel de Sillé, son frère, ne cessaient de réclamer comme rançon vingt-quatre enfants mâles, à la fois, les plus beaux possible. Il en était parti de Machecoul, disait-il, mais on en avait envoyé sept fois plus de Tiffauges. Les gens en furent certes affligés, mais au moins crurent avoir trouvé une explication, otages et rançons étant plaies courantes de ce temps. D'ailleurs, pas une fille ne manquait aux villages où, tout autant que leurs frères, elles jouaient autour de la fontaine. Pas la moindre petite mendiante abandonnée n'avait disparu.

Une seule fois Poitou, dans ses aveux, parlera avec horreur d'un « enfant femelle, un jour où Monseigneur n'avait pas de garçons ».

ANNE DE BRETAGNE, si prude, si dévote et si bien avisée, ordonna que les minutes du procès de Gilles de Rais fussent déposées aux Archives de Nantes. Pour Erzsébet Báthory, on ne fit pas tant de façons. Le compte rendu du procès fut abandonné dans un galetas de Bicse où la poussière, les souris et la pluie le rendirent, au bout de cent soixante ans, presque indéchiffrable. Un Père Jésuite parvint cependant à le lire et à retracer la sombre vie d'une Comtesse qui, elle, ne recherchait pour les sacrifier que des filles. Comme Gilles de Rais pour les garçons, elle aimait que ces filles fussent très jeunes, belles et sans défaut. Rarement, quoi qu'on en ait pu dire, son choix se porta sur des filles nobles et titrées, mais sur des paysannes, des servantes, ou exceptionnellement sur des fillettes errant dans les rues de Vienne. Erzsébet connaissait les hérédités de sa caste, et d'après le sien, savait que le sang pouvait aussi charrier des démons. Ce qu'elle cherchait pour ses passions et son rajeunissement, c'était un fluide élémentaire, vigoureux, porteur des sèves de forêts et des puissances minérales de la terre.

Seules ses demoiselles d'honneur, dont la constante présence auprès d'elle a créé cette confusion, devaient être nobles et se conduire comme telles, acceptant, malgré leurs effrois, l'inéluctable. A la fin elles ne témoignèrent pas contre la Comtesse, en dépit de ce qu'elles avaient pu subir. Elles n'avaient après tout aucune raison de ne pas être attirées, à la longue, par cette femme belle et inquiétante, ni de se dérober à ses folles volontés. On ne leur fit d'ailleurs pas l'affront de divulguer leur déposition, si tant est qu'il y en eût une. Elles ne parurent pas au procès.

Les compagnons de Gilles de Rais, qui étaient son cousin Gilles de Sillé et Roger de Bricqueville, se conduisirent, eux, fort lâchement. A la première alarme, ils sautèrent sur leurs chevaux et s'enfuirent de Machecoul. Il ne resta auprès de Gilles que ses deux valets, qui n'avouèrent qu'en dernier ressort « pour ne pas résister à Dieu davantage, et ne pas être forclos de la béatitude céleste ».

C'est à la mi-septembre 1440 qu'on vint arrêter le Maréchal. Arrivés devant Machecoul, le capitaine d'armes Jean Labbé et ses hommes demandèrent qu'on baissât le pont-levis pour eux, qui portaient les armes du duc de Bretagne. Au nom de Labbé, Gilles se signa, baisa une relique, peut-être un talisman, et dit à Gilles de Sillé : « Beau cousin, voici le moment d'aller à Dieu. »

Son astrologue lui avait prédit dès longtemps que sa mort lui serait annoncée par un abbé; et aussi qu'il serait moine en une abbaye. Prédictions qui se réalisèrent. Mais ce n'est que mort que Gilles reposa dans un sépulcre au couvent des Carmes de Nantes.

Jean Labbé somma le Maréchal de le suivre. Henriet et Poitou voulurent escorter leur maître. Mais les autres se sauvèrent au grand galop.

Jean V avait interdit de faire des recherches au château, pour gagner du temps avant de découvrir l'irréparable. Le Maréchal monta à cheval, et suivit les gens de Bretagne en récitant des prières. Tout de suite, des cris de malédiction s'élevèrent des deux côtés de la route à la traversée des villages. En arrivant à Nantes, au lieu de se diriger vers le château de la Tour-Neuve où résidait le duc, on conduisit Gilles, à son grand étonnement, au château sinistre de Bouffay, siège de la justice du duché. Il n'y fut pas laissé seul, heureusement. On lui permit, outre ses valets, de garder son joueur d'orgue, quoiqu'il n'y eût point d'orgue dans sa prison, un archidiacre, deux chantres et deux enfants de chœur.

Cependant l'ordre arriva, de l'évêché, lui interdisant toute confession et toute communion; et ce lui fut très pénible.

Il APPARTIENT au tribunal ecclésiastique de tout connaître de l'âme, et de connaître l'âme par la conduite du corps. Car il faut savoir à travers quels dérèglements des sens le démon s'est manifesté chez l'être humain.

Pour sauver son âme, Henriet parla le premier. Il raconta comment, un soir, ayant dû aller à Chantocé il y avait huit ans de cela, il trouva dans la bibliothèque de l'oncle de Gilles de Rais les œuvres de Suétone et de Tacite. Sur l'ordre de Gilles, qui s'ennuyait, il lui lut et traduisit les crimes de Tibère, Caligula et autres césars. Cette même nuit, Gilles échauffé de vins et d'épices trouva quelques victimes et commit ses premiers crimes érotiques. Ensuite il se confia à son cousin de Sillé et Roger de Bricqueville son ami. Il y eut cent vingt enfants tués, cette année-là. Henriet le répéta : tout avait commencé à cause de cette lecture.

Ce que cherchait le tribunal ecclésiastique pour condamner à coup sûr Gilles de Rais, c'était à le charger du crime sans appel de lèse-majesté divine. Cette initiation païenne aux vices des césars romains constituait un fort bon début pour un procès en sorcellerie. On commença par faire voiler le crucifix, sous lequel Henriet, en français et parfois en latin, apportait son témoignage. A travers ses aveux, son maître apparaissait comme somptueux, sensuel et quelque peu histrion. Au sortir de ses crimes, il s'ébrouait comme un grand oiseau aux plumes noires et violettes, déclamant aux colonnes de son lit et aux assistants les détails des délices qu'il venait d'éprouver. Il lui fallait le décor des cires, des feux, des larmes. Puis, soudain prostré, il retombait dans de sordides questions de sang à faire laver et de cadavres à faire disparaître. Il était le sadique sensuel, le libertin exhibitionniste qui avait besoin d'un public. Les seigneurs de Sillé et de Bricqueville en faisaient tout autant que lui, ou presque, mais sans y mettre tant de formes ni tant de verbiage de volupté et de remords. Tous étaient des soldats, cruels, ayant eu maintes fois sous les yeux les horreurs des prises de villes. Mais dans tout ceci, Gilles seul se laissait emporter par un rêve extravagant d'orientale barbarie et de pourpre romaine, qui le faisait se plonger et se rouler dans le sang.

LA LUXURE d'Erzsébet Báthory était de qualité bien plus insondable et sauvage. Elle ne rêvait pas : elle était hallucinée. Sur son portrait, les regards de Gilles de Rais cherchent, changent. Sur le sien, les yeux de la Comtesse sanglante ont trouvé ce qu'ils cherchaient. Dans la buanderie sinistre, elle n'avait besoin de nul comparse avec qui partager ses voluptés. Il y avait là les servantes, parce qu'elles étaient indispensables pour attiser le feu, verser l'eau et ordonner le spectacle que, rigide, elle seule regardait, mais à la préparation duquel elle ne se mêlait que rarement. Et alors qu'à Machecoul alternaient les gémissements de plaisir et les sanglots de remords,

Erzsébet était le silence de la pierre de Csejthe. Elle ne fit aucune grandiose démonstration de repentir, ne demanda jamais ni grâce, ni mort. Il est des lettres d'elle, écrites dans sa prison d'une ferme petite écriture noire, où il est question de biens à partager, de santé, de tout sauf de la claustration sordide et ignominieuse d'une comtesse Báthory, nièce et cousine de rois.

Il est vrai que le pire lui avait été épargné, qui est l'inquisition où toutes les préférences sont minutieusement mises en cause, où les goûts les plus secrets et les façons de les réaliser sont méthodiquement déracinés du profond humus de l'inconscient, où tout ce qui est érotiquement anormal est tiré hors du manteau sombre de Satan.

Pour Gilles de Rais, on ne laissa rien dans l'ombre. On fit raconter à Henriet d'abord, et ensuite à Poitou, plus réticent, tous les détails de ce qui se passait dans la chambre de leur maître. Ils parlèrent de repas trop épicés et de vins aphrodisiaques, énumérant en détail des voluptés sadiques, des crimes insensés, insistant sur les immenses peines et fatigues qu'ils avaient coûtées. Ils parlèrent des serments faits sur les escarcelles de velours contenant de pesants talismans, des cadavres qu'il avait fallu remonter avec des crocs hors du puits où ils avaient été jetés; du transfert précipité, la nuit, sur les rivières, de lourds coffres pleins d'enfants morts aux têtes séparées du tronc, « rongées des vers et roulant comme des billes »; des fagots qu'il fallait entasser dans la cheminée de l'hôtel de La Suze, à Nantes, et que l'on « hourdait » à coups de tisonniers pour les faire brûler, avec, dessus, trente-six cadavres alignés. Ce que le Lieutenant du Procureur eut grand-peine à croire, car : « Pensez seulement ce que c'est

quand de la graisse de rôti coule sur les charbons de la cuisine!»
Mais en attisant constamment la flamme, cela allait plus vite
et il ne fallait que quelques heures pour tout consumer.
Après s'être bien lamenté et avoir demandé à Dieu miséri-
corde, le Seigneur de Rais s'étendait sur son lit pendant que
tout flambait haut, et aspirait avec délices l'odeur affreuse
d'os et de chair brûlés, tout en décrivant ses sensations.

Huit cents enfants massacrés en sept ans. Le bon tiers des
nuits de sept années, de 1433 à 1440, passé à occire, fendre
et brûler; et les jours à monter, descendre les corps sanglants
et mutilés, à les cacher, secs et noirs, un peu partout sous le
foin et dans les coins, à jeter leurs cendres dans les eaux
des fossés, et à laver le sang et les immondices pour répéter
la nuit suivante le monstrueux fatras de tant de mort.

Gilles de Sillé et Poitou étaient chargés le soir de mener
les enfants à la chambre du Maréchal. Les pages et les enfants
de chœur de la chapelle se « prêtaient » eux aussi « à la plai-
sance de Monseigneur » : ils étaient comblés de biens afin
qu'ils se taisent.

Cela devint une véritable routine et, pendant sept ans, les
mêmes personnages accomplirent les mêmes gestes avec indifférence. Henriet hourdait le feu, préparait les baquets d'eau
pour laver le sol. Poitou savait le moment exact où il fallait
approcher et trancher net la jugulaire de l'enfant, afin que le
sang jaillît à point et inondât son maître qui embrassait sa
victime. Ils voyaient sans trop regarder, dans un coin de la
chambre, se mouvoir des corps enlacés d'où partaient des cris
étouffés; car ils avaient d'abord « étoupé » la bouche de l'enfant pour qu'on ne l'entendît pas crier. Et lorsque Gilles, en
tout dernier lieu, lui avait incisé le cou pour le rendre « lan-
guissant » et mieux profiter de ses derniers soubresauts, ils
attendaient pour enlever le corps que leur seigneur se jetât
sur son lit et commençât ses litanies. Ou bien il leur fallait

veiller à ne pas laisser trop longtemps pendus les enfants à un grand clou planté dans un coin de la chambre. Car même ainsi Gilles de Rais prenait avec eux ses plaisirs. Quand c'était fini, on les descendait et on leur coupait le cou, et il criait qu'on lui montrât la tête pour voir si elle était belle. Certains jours, il était pris de fureurs diaboliques et voulait qu'on lui livrât une quantité d'enfants dont il abusait d'abord des pires façons et qu'il tuait ensuite. Il se vautrait dans des mares de sang, ouvrait ses victimes et se roulait en elles. Parfois, il s'agenouillait devant les corps en train de brûler et regardait les visages éclairés de flammes hautes; il aimait contempler les têtes pourrissantes qu'on gardait au sel dans un coffre, « les plus belles pour les conserver fraîches », et les embrassait sur les lèvres. C'était Poitou qui se chargeait de ces macabres salaisons.

Tout le long de l'égorgement, de la pendaison et à travers son plaisir, Gilles de Rais ne cessait de marmotter des prières à Dieu et au Démon à la fois, et de recommander à ses victimes de prier pour lui dans le ciel. Le lendemain on faisait chanter une grand-messe pour les défunts.

Il y a une lettre folle, ou habile, du Maréchal au roi, où il avoue qu'il a dû se retirer dans ses terres de Rais parce qu'il a eu du Dauphin de France « passion et convoitise si grandes que je faillis un jour l'occire ». Il demandait en même temps au roi son appui pour se retirer aux Carmes.

Le résultat fut que le roi, qui savait fort bien que Gilles n'était pas fou, voulut rester complètement étranger au procès criminel d'un des plus grands officiers de sa couronne.

Le 24 octobre, le prisonnier entrait dans la salle des plaids du château de Bouffay, en habit de carme, s'agenouillait et se mettait à prier. Caché derrière une tenture était préparé l'appareil de la question ordinaire : chevalets, coins et cordes.

Gilles crut que le duc de Bretagne était là, à l'écoute derrière ce rideau. Pierre de L'Hôpital le somma d'avouer. Alors Gilles en appela au roi de France. Le grand sénéchal lui cria que ses serviteurs avaient tout dit. On lui lut les confessions d'Henriet et de Poitou. Pâle comme la mort, Gilles répondit qu'ils avaient dit vrai, qu'il avait pris des enfants à leurs mères, qu'il avait usé d'eux selon tous les modes décrits, et les avait parfois ouverts pour regarder entrailles et cœurs; il en désigna quelques-uns, évoquant leur beauté, et avoua huit cents meurtres en sept ans, plus trois évocations magiques : l'une dans la salle de Tiffauges, une autre à Bourgneuf-en-Rais et une encore il ne savait où, car elle avait eu lieu de nuit, à l'aventure.

La preuve étant ainsi faite des crimes de sorcellerie et de sodomie, ce qui était alors du ressort ecclésiastique, le procès fut immédiatement transféré au tribunal de l'évêque de Nantes. Tout était prêt. Un héraut aux ordres de l'évêque parut dans la salle et somma par trois fois Gilles de Laval, sire de Rais, d'avoir sur l'heure à comparaître devant le tribunal de l'évêque.

Gilles n'en appela pas pour abus au président de Bretagne, mais suivit son destin et se rendit sous escorte à l'évêché.

Le procès ne dura alors que quelques heures. L'instruction, menée en secret, était achevée. On tenait enfin le suprême crime de lèse-majesté divine; et humaine aussi : meurtre, rapt et sodomie. Mais surtout « sacrilège, impiété, maléfices et œuvres perverses de diablerie, magie, alchimie et sorcellerie ».

L'évêque lui conseillant de se préparer à la mort, Gilles enfin se défendit : parent et allié du duc de Bretagne, grand officier de la Couronne de France et chef de la noblesse du pays, il ne pouvait être jugé que par ses pairs, avec l'approbation du roi et du duc de Bretagne.

C'est alors que Jean de Châteaugiron lui répondit : « La

Cour d'Église est souveraine et juge selon les crimes, jamais selon les personnes. D'ailleurs, le duc et le roi de France se sont accordés pour que le jugement soit exécuté. »

Alors le sire de Rais se recueillit. « Messieurs, à présent priez pour que je fasse une bonne et sainte mort. »

Le verdict fut : « Pendu et ars; et, après l'exécution, avant que le corps ne soit ouvert par le feu et embrasé, qu'il soit retiré et porté en une châsse en une église de Nantes que le condamné aura désignée. Henriet et Poitou seront brûlés vifs, et les cendres jetées à la Loire. »

Le lendemain, la place devant le château de Bouffay était pleine de monde. Gilles apparut tout en noir, chaperon de velours, pourpoint de damas noir garni de fourrure de même couleur. Il répéta calmement et fermement qu'il avait avoué la vérité.

Le 26 octobre, à neuf heures du matin, le clergé en procession portant le Saint-Sacrement visita toutes les églises de Nantes, suivi par le peuple priant pour les trois criminels. A onze heures, Gilles de Rais, Henriet et Poitou furent conduits au pré de Biesse, aux confins de la ville en amont des ponts de Nantes, au bord de la Loire. Trois gibets avaient été dressés, l'un plus haut que les deux autres. Au-dessous, on avait disposé des fagots et des genêts secs trempés dans de la poix.

Il faisait beau. La rivière reflétait le ciel; les feuilles des peupliers et des saules tremblaient au vent comme d'habitude. Autour, une foule immense. Les condamnés arrivèrent en chantant lentement le *De profondis;* et tous le reprirent en chœur. L'écho en parvint jusqu'au duc, enfermé dans son château pour ne pas avoir à accorder la grâce. Le tragique *Requiem* suivit le *De profondis*. Gilles embrassa Henriet et Poitou, et parla : « Il n'est si grand péché que Dieu ne pardonne, si on le demande avec contrition. La mort n'est qu'un peu de peine. » Puis il enleva son chapeau, embrassa le crucifix et commença les prières des agonisants. Le bourreau ajusta le nœud, fit monter Gilles sur un haut escabeau et le bûcher fut allumé. L'escabeau renversé, Gilles de Rais tomba; les flammes montèrent autour du corps qui se balançait. Alors la foule, tandis que les cloches de la cathédrale sonnaient le glas, entonna le *Dies irae* autour de la grande expiation orange qui flambait dans l'air pâle.

A travers le peuple agenouillé, six femmes habillées et voilées de blanc et six Carmélites s'avancèrent, portant un cercueil. L'une des femmes était la dame de Rais, les autres appartenaient aux plus illustres maisons de Bretagne. Le bourreau coupa la corde; le corps tomba dans une sorte de berceau de fer qu'on avait préparé sous le feu, et fut enlevé avant que d'être brûlé, selon la sentence.

Les dames se baissèrent, dans leurs voiles blancs, et prirent les six poignées du cercueil. Le mort, à peine noirci, les cheveux roux, la barbe noire, fixait de ses yeux vitreux le léger ciel bleu-gris. Le chant s'était tu. La femme qui était en tête dit un mot. Elles repartirent lentement avec leur fardeau vers le couvent des Carmes de Nantes.

JUSQUE DANS LA MORT Gilles de Rais fut policé, élégant et lyrique. L'air pénètre cette mort au pré de Biesse, circule parmi les saules et les peupliers, dans le tremblement des vrilles du feu, écran transparent devant l'eau de la rivière. L'air était plein de cloches et de chants humains. De quitter cette vie légère, Gilles dut avoir le cœur meurtri, car il n'était en aucune façon un désespéré. Il était sensuel, vicieux, submergé par de grandes vagues de sadisme; mais il faisait partie de la vie, il en avait les plaisirs, les crimes et les remords.

On ne peut dire de lui que ses forfaits étaient sans mesure; ils étaient au contraire assez bien ordonnés. Rien de gratuit dans sa conduite et rien d'aliéné; ses plus terribles comportements gardaient quelque chose de la couleur de la Loire, quelque chose de cette terre, de ce ciel et de cette eau.

Gris pâle étoilé d'or; et s'il ouvrait son pourpoint, ceinturé d'écarlate avec une dague d'acier gris cachée dans une gaine rouge. Une élégance d'oiseau vénusien et méchant qui, devant lui-même et devant le monde, parade. Il n'était pas de la race des hommes qui peuvent plonger sans retour dans le chaos. D'ailleurs, un être masculin peut-il jamais se laisser glisser aux ultimes et négatives profondeurs? Le repentir rendit Gilles de Rais aux hommes.

Les assistants et lui pouvaient encore s'entendre. La vraie terreur humaine, ce n'est pas la mort : c'est l'antique chaos charriant le néant. Le remords public de Gilles de Rais, au-dessus de l'herbe d'octobre, ce feu qui roussissait les feuilles des arbres, la crainte et la souffrance, tout cela le rendait aux vivants; car tout ce qui était vivant redevenait sa parenté et le rassurait à l'heure du dernier cheminement. La foule comprenait qu'il avait été mauvais, sorcier, meurtrier, mais qu'en dépit de tout, il était resté de leur côté.

Erzsébet Báthory mourut dans le seul faste d'elle-même. La dernière des Ecsed finit comme ceux de sa race, ceux de la lointaine et dure lignée fondée par le chanoine Pierre Báthory. Elle ressemblait à son oncle András, le prince assassiné à coups de hache dont la tête était restée longtemps, les yeux ouverts, au bord d'un glacier de Transylvanie.

Et cette race folle, cruelle et amoureuse, elle l'emporta intacte dans ses mains, comme un caillou non lavé de repentir; et avec elle, elle sombra.

Chapitre XI

A Miawa, proche petit village de la montagne, vivait une sorcière renommée, Majorova, la sorcière de la forêt. Après la mort de Darvulia il n'était plus resté, pour obéir sans logique ni fantaisie à Erzsébet, que des brutes : Ficzkó, le nain idiot; Jó Ilona et Dorkó dont la malveillance était purement matérielle; Kata, qui ne se glissait dans la salle de tortures que pour en retirer les cadavres; et les chats noirs sorciers dans tous les escaliers.

Erza Majorova prit alors la place laissée par Darvulia.

Non seulement elle soignait par les philtres, prédisait aux jeunes filles leur avenir sentimental et guérissait les femmes des paysans; mais les grands personnages de la région l'appelaient aussi auprès d'eux. Elle devint la guérisseuse attitrée d'Erzsébet. On la disait vouée au Diable; elle connaissait les secrets des vénéfices, savait comment envoûter les gens et comment faire périr le bétail. De sombres rumeurs circulaient à son propos. Pourtant les dames des châteaux allaient la voir, car elle possédait de mystérieuses recettes de bains parfumés de plantes magiques qui faisaient disparaître les marques laissées par la petite vérole et les brûlures. Majorova avait aussi, parfois, ramené des jeunes filles au château.

Lorsque quelqu'un gênait Erzsébet, celle-ci n'hésitait pas à commander à Darvulia de faire les fameux « gâteaux ». Aussitôt Darvulia se mettait en quête de poison auprès de Majorova. Le pasteur Ponikenus reçut un jour, apportés dans un panier par une paysanne, des gâteaux de cette sorte. Mais, averti des sentiments de la Comtesse à son égard, convaincu qu'elle désirait sa mort parce qu'il en savait trop long, il les jeta à un chien, qui en mourut. La sorcière composait son poison avec des plantes de la forêt : la belladone, la ciguë, et l'aconit des alpages. Quand il s'agissait de faire mourir le cheval favori d'un seigneur, on mélangeait le poison à ces gâteaux de graines de pavot avec lesquels on calmait les chevaux trop fougueux.

Un soir où, dans l'ombre de la chambre, elle discutait avec Erzsébet qui se lamentait sur la perte de sa célèbre beauté, Majorova avait assuré qu'elle savait pourquoi les bains de sang restaient inefficaces.

La Comtesse, en effet, avait vieilli; son corps même, devant le miroir tant consulté, révélait ses flétrissures : « Tu m'as menti, criait-elle à la sorcière; tu es le malheur de tous mes malheurs; tes conseils n'ont pas réussi. Même ces bains de sang de filles n'ont pas eu d'effet, après ceux des plantes balsamiques. Non seulement ils ne m'ont pas rendu la beauté, mais ils n'ont pas ralenti la décrépitude. Trouve un moyen, ou je te tue! »

Majorova aussitôt avait donné rendez-vous à la Comtesse au fond de l'enfer, dans un an, jour pour jour, si elle recevait d'elle le moindre mal. Puis elle avait déclaré : « Ces bains de sang ont été inutiles parce que c'était le sang de simples filles de la campagne, de servantes proches des bêtes. Il ne mord pas sur ton corps; c'est du sang bleu qu'il te faut. »

Erzsébet comprit cela tout de suite et, fascinée, demanda si les effets s'en feraient attendre longtemps. « Dans un mois ou deux, tu commenceras à les éprouver. » Cela lui sembla si logique qu'on entreprit aussitôt, par toutes les contrées de Hongrie, la chasse aux filles de zémans, les nobles paysans, barons ou chevaliers. Et ce fut une chasse acharnée.

Les espionnes de Csejthe allaient de village en village. Elles allaient loin. Jó Ilona se faisait porter par les chars de paysans qui passaient sur la route; Dorkó, haute et forte, marchait longtemps de son grand pas; la vieille ivrognesse Kardoska, entre ses siestes dans les fossés, ne perdait pas une occasion de se renseigner sur ce qui se passait dans telle ou telle maison de gentilhomme pauvre.

La ruse qu'Erzsébet avait trouvée pour attirer chez elle des filles de zémans était très simple. Ses servantes devaient déclarer en style hongrois fleuri, mais clair, que la « Dame de Csejthe » se voyait, au moment d'affronter encore un hiver, seule dans son château isolé; qu'elle était prête à prendre chez elle des filles de familles nobles pour les initier au bon ton et aux bonnes manières de la société, et pour leur apprendre aussi les langues. Elle ne demandait rien d'autre en échange que, pendant le long hiver, leur compagnie à Csejthe.

Erzsébet s'en tirait à bon compte; car le pacha turc de Nové-Zamki devait payer, pour chaque fille chrétienne qu'on livrait à son harem, la valeur de dix chevaux de race.

Les vieilles, à force de traîner par les chemins et les villages, ramenèrent beaucoup de jeunes filles : vingt-cinq environ. Après tout n'avaient-elles pas fait de très valables promesses aux parents? Quels risques pouvaient donc courir, auprès d'une femme noble, des filles de barons?

A peine arrivées à Csejthe, deux d'entre elles disparurent. Les autres avaient été conduites à Podolié, aux environs, où dans le village même la Comtesse possédait une sorte de maison-château dont les caves servirent d'entrepôts de jeunes filles. On venait, de Csejthe, les chercher là et on y rapportait leurs cadavres pour les enterrer au cimetière, sans l'entremise de Ponikenus.

Deux semaines plus tard, il ne restait que deux des vingt-cinq filles de zémans, dont une morte dans son lit, et au sujet de laquelle les domestiques déclarèrent « que tout son corps était criblé de petits trous, mais sans une goutte visible de sang ». La dernière fut accusée d'avoir tué l'autre pour lui prendre un bracelet d'or. Elle se sauva à travers la cour jusqu'à la porte du château où on la rattrapa. Elle se suicida dans sa prison avec un couteau de cuisine. Encore soupçonne-t-on Erzsébet de l'avoir poignardée elle-même, car on l'avait vu entrer quelques instants auparavant dans le souterrain.

Jó Ilona, Dorkó et Kardoska, en peine après une si rapide hécatombe de trouver des filles de familles nobles, se concertèrent et s'entendirent pour engager des filles de campagne et les faire passer pour des demoiselles au sang bleu. Elles revinrent au petit château d'en bas avec cinq filles dans une voiture, et les menèrent droit aux chambres des domestiques au bout de la cour. Là elles les lavèrent, les peignèrent et s'appliquèrent surtout à blanchir et adoucir leurs mains. Puis elles les vêtirent au mieux avec les robes des mortes, et à la nuit, elles les conduisirent à Erzsébet. Dorkó raconta qu'elle les avait trouvées à Novo-Miesto alors qu'elles faisaient le *priadky*, c'est-à-dire pendant les veillées où l'on filait de la laine en chantant et racontant des histoires. Même les heiduks qui gardaient la salle et virent arriver ces filles ne s'y trompèrent pas; mais ils n'osèrent rien dire devant Erzsébet. Cela se passait en décembre 1610.

LE PETIT CHATEAU, en bas dans le village, avait été considéré comme trop exigu pour contenir les invités de la fête et leur suite. Trop petit et trop modeste, quoiqu'il fût plus aisément chauffable que le haut Csejthe sur son éperon rocheux battu de tous côtés par le vent de la montagne; mais surtout trop au cœur du village, trop enserré par les maisons des humains.

Erzsébet avait donné ses ordres hâtivement : « Qu'on nettoie le château d'en haut, qu'il soit prêt pour décembre et j'irai l'habiter de nouveau, car je veux quitter Csejthe dès le nouvel an passé. » Quoique pressentant quelque chose de néfaste, elle ne pensait guère qu'à se retirer là-haut, sur la colline solitaire, entre les murs qui étouffaient les cris, essayer la suprême recette qui sauverait sa beauté. Elle préparait aussi toute une série d'impôts nouveaux, et interdisait aux propriétaires de vendre leurs récoltes de blé et de vin avant que celles du château ne soient vendues : « J'aurai besoin de beaucoup d'argent avant mon départ », disait-elle.

En fait, elle arrangeait tout en vue de partir pour la Transylvanie. Elle voulait se rendre chez son cousin Báthory Gábor, presque aussi cruel qu'elle-même. Un grand château l'attendait là-bas : elle y trouverait un sûr abri pour continuer sa vie vouée à l'étrange, au bizarre et au meurtre.

Ainsi, tandis que les traîneaux charriaient les troncs d'arbres à brûler et l'eau de la rivière, la Comtesse, emmitouflée de fourrures noires et blanches était remontée de nouveau plus près de la forêt sauvage, plus près des bêtes qui en sortent la nuit pour venir rôder autour des murailles.

Elle rentra dans l'antique chambre que le froid haut et vide hantait, à peine entamé par la fumée des mousses humides se consumant sur les bûches de chêne et de frêne dans les cheminées. Les miroirs étaient à leur place. Les robes de Vienne les moins précieuses pendaient, pourpres foncées et velours sombres. Les autres dormaient, allongées dans les coffres telles des femmes évanouies; les croisillons de perles, le satin jauni reposaient dans de vagues odeurs, comme transis.

Erzsébet avait cinquante ans; cependant, vampire qui ne vit pas de sa vie propre, elle était restée sans âge. Tout avait passé. Elle s'était libérée à l'égard de ses quatre enfants par les donations qui s'imposaient, elle avait assisté à ce dont elle ne pouvait être absente, parlant peu, ne prononçant que de pesantes paroles. Elle avait inspiré l'amour; mais toujours, tôt après, elle avait délaissé ce feu noir qui ne la brûlait pas.

Ce qui lui restait, c'était, au milieu de ses vieilles servantes insignifiantes à ses yeux, pliées à tous ses caprices, son royaume souterrain où elle s'enivrait de sa propre gloire, où elle pouvait sans conteste s'abandonner à sa vérité, solitaire trayant le sang pour le recevoir sur sa beauté fixe.

Noël 1610. Erzsébet sentait monter en elle une sourde irritation.

Presbourg était à cette époque la capitale de la Hongrie. Il devait y avoir, cette année-là, grande séance du Parlement, présidée par le roi Mathias. Les palatins des provinces, les nobles et les hauts magistrats étaient tous convoqués. Csejthe se trouvait sur la route qui mène de la Hongrie du nord-ouest à Presbourg. Aussi plusieurs illustres personnages qui devaient se rendre au Parlement avaient-ils demandé à Erzsébet Báthory, pour les fêtes de Noël, l'hospitalité dans l'antique château des empereurs.

Le prétexte d'une réunion de famille n'aurait pas été suffisant. Car Thurzó ne quittait Bicse et ne se séparait de sa chère épouse que bien à regret. De son côté, Megyery avait fait un détour pour venir de Sárvár où il avait laissé Pál Nádasdy. Il y avait encore d'autres gentilshommes et leur suite et, surtout, on attendait le roi Mathias II en personne.

Cette assemblée, d'où les femmes étaient presque totalement absentes, ressemblait étrangement à un tribunal. Erzsébet se sentit menacée. Elle envoya des invitations aux châteaux d'alentour, pour peupler la table et les salles de danse d'un monde rutilant et distraire l'esprit de ses sévères invités. Puis elle pensa à ses parures. Elle était seule pour recevoir tous ces gens importants. Mais que pouvait donc craindre la veuve du grand François Nádasdy? Blanche et noire, étincelante dans la lumière au milieu de ses filles d'honneur tout en grâces et en sourires, elle apparaîtrait, fleur vénéneuse et comme toujours, impassible.

La situation de György Thurzó, grand palatin de la Haute-Hongrie et très estimé du roi pour sa bravoure et son honnêteté, était cependant constamment menacée par des intrigues. En premier lieu, il appartenait à l'une des plus grandes familles protestantes du royaume, alors que le roi, ainsi que la majorité de son entourage, était catholique. La plus grave opposition venait du cardinal Forgách, qui aurait voulu que le palatin fût un catholique, et non un hérétique. Il y avait à ce moment, à l'insu même de Thurzó, un courant qui lui était nettement défavorable. Or, voilà qu'une accusation infâmante portée contre sa parente Erzsébet, veuve de son meilleur ami Nádasdy, était en train de prendre de sérieuses proportions. Il avait, certes, depuis longtemps entendu parler des prisons souterraines de Csejthe, de la « Vierge de fer » et des servantes diaboliques, et, d'une façon plus voilée sans doute, des bains de sang. Mais le castellan de Csejthe et le pasteur Ponikenus, eux, avaient rapporté des faits précis : dans des circonstances mystérieuses quatre cadavres de filles, portant des traces de tortures, venaient d'être jetés dans la neige par-dessus les remparts et laissés en pâture aux loups. Le village de Csejthe osait même se plaindre et réclamait l'ouverture d'une enquête. Et, par-dessus tout, le roi avait été informé par Megyery, par un des Conseillers et par le cardinal Forgách.

Le Parlement devait se réunir immédiatement après Noël. Erzsébet ne s'en inquiétait guère, car à Presbourg, l'autorité était entre les mains de Thurzó. Elle redoutait Vienne, et le roi. En ce temps où elle était proche de sa perte, elle était plus que jamais obsédée par des idées de meurtre, des projets d'ultimes bains de sang, et par le désir de supprimer à tout prix ceux qui se trouveraient sur son chemin. Elle voulait en finir avec Csejthe et peut-être, même, brûlerait-elle le château d'en bas dans le village. Comme les criminels qui, à un moment donné, croient être parvenus à l'impunité et toucher à une vie nouvelle, elle accumulait les imprudences qui allaient la perdre. Entre temps, la mendiante Kardoska lui ramena deux filles dont elle ne se soucia pas de savoir la caste. La neige tombait; le vent était glacé.

Au solstice d'hiver, Erzsébet savait que la nuit était venue où Satan est propice aux sorcières. Il lui fallait maintenant affronter seule cette date fatidique, tandis que les serviteurs déplaçaient les meubles, tiraient les bancs sur les grandes dalles, et tendaient les murs de cramoisi et de verdures, de guirlandes de lierre et d'if foncés. En vérité, le Parlement de Presbourg avait bien mal choisi son moment. Cette même nuit, Erzsébet aurait dû partir à cheval et s'en aller loin dans la forêt, jusqu'à la fumée de la hutte de la sorcière, tout en murmurant des formules réservées à cette nuit d'avant Noël. Car Noël, c'est la nature paradisiaque exultante livrant son centre d'or. Mais la nuit d'avant est celle de Lilith, la grande nuit noire du chaos, là où il a été puisé afin que les mondes se fassent. Dans l'âcre fumée des herbes qui enivre et produit la transe s'ouvre le royaume de la nuit, de la grande nuit, la nuit du temps, la nuit qui a tout ensorcelé. Le soleil est alors à l'extrême de son déclin; et la terre fait remonter ses enchantements. C'est le solstice de la terre, la terne tavelée brune. C'est le solstice féminin.

Que sont donc ces êtres, ces ennuyeuses poupées qu'Erzsébet était contrainte d'attendre? Que signifiaient ces arbitraires rendez-vous!

Lorsque la sorcière de la forêt vint apporter le lait au château, Erzsébet lui fit dire qu'elle voulait s'entretenir avec elle dans sa chambre. Là, seule à seule, elle lui demanda si elle pourrait lui préparer un grand gâteau de magie pour la nuit de la fête du Diable. La sorcière énuméra les ustensiles dont elle avait besoin et assura qu'elle apporterait le reste elle-même, la nuit venue. Elle calcula les heures que se partagent les planètes : à la dixième, Saturne serait le maître du ciel pour les œuvres de haine. Longues heures planétaires du cœur de la nuit d'hiver, heures qui durent une heure et un tiers d'heure, froid collier du soleil couché au soleil levé, de l'un et l'autre côté de la même neige...

La nuit avant celle de Noël, à quatre heures du matin, dans une des chambres de pierre souterraines, tout était prêt; le feu était allumé, les ustensiles de terre vernissée et de cuivre brillaient sur le sol. De l'eau de la rivière chauffait dans un chaudron; à côté était préparé un pétrin à faire la pâte.

Et sur les dalles reposait la brassée de belladones desséchées maintenant, mais qui en septembre avaient été dans la forêt de fortes plantes à la tige juteuse, transparente comme du verre, avec leurs fleurs penchées d'un brun livide et leurs fruits luisants. C'étaient les vieilles plantes des Karpathes, qu'on arrachait pour les faire cuire entières dans du lait et parfois dans du vin. Elles servaient à endormir les femmes en mal d'enfant et les soldats qu'il fallait amputer. Devant leur miroir, les dames en passaient le suc sur leur figure pour se rendre plus pâles. Mêlées aux belladones étaient les « alraunes », les mandragores dont les femmes-mages des Scythes faisaient brûler les feuilles et dont la fumée enivrait le peuple, avant de prédire l'avenir de leur race.

Au cœur de la nuit magique, Erzsébet descendit vers le bol sorcier où, pêle-mêle, les pouvoirs attendaient la conjuration. Des vapeurs embrumaient le souterrain. Elle huma l'odeur, laissa tomber ses fourrures et ses robes et entra dans le pétrin. La sorcière versa sur son corps, comme sur un long pain empoisonné, sans en perdre une goutte, une eau verdâtre de solanées macérées. Tout le long du temps, elle marmonna quelque chose en un antique dialecte, s'enfermant avec la Comtesse dans un cercle de paroles où revenaient, à intervalles réguliers, quatre noms. Lorsque la Comtesse eut saturé l'eau du fluide de son corps et de son âme, en répétant son nom à elle : Báthory Erzsébet, la femme prit la moitié de cette eau fée et refée pour pétrir la pâte. Plus tard, elle rapporterait le reste à la rivière, veillant à ce que pas une seule goutte n'en tombât. Car cette goutte gelée sur une pierre du chemin, minuscule glaçon, même cela aurait été Erzsébet Báthory. La rivière reprendrait l'eau et le charme, pour continuer à les rouler vers la Vág entre les arbres immobiles, couverts du givre de la nuit.

Sous les torches et la lanterne, la sorcière pétrissait le gâteau en adjurant les esprits de la Terre et de Saturne. L'heure était longue. Tout, en cette heure de fin décembre, était là en puissance : la croissance des jeunes arbres au cours de l'année, le déploiement des ailes d'insectes, loin à présent endormis sous les pierres, la future place des nids, et le sommeil revigorant des bêtes hibernantes sous le volume gonflé de leurs toisons.

Et dans la pâte s'amassaient, conjurés, les maléfices contre le roi Mathias, contre Thurzó le grand palatin, et Cziraky, et Emerich Megyery, contre tous ceux qui pouvaient faire tort à Báthory Erzsébet.

LE LENDEMAIN était la veille de Noël. Les invités arrivaient des châteaux les moins éloignés. La cour se remplissait de traîneaux et d'attelages de chevaux fumants. Partout des chansons, de sauvages airs hongrois dont la dernière note tremblait sur l'air de l'hiver. De loin on entendait venir d'autres traîneaux, d'autres grelots, et le martèlement des sabots sur les pavés balayés du chemin qui montait à Csejthe. La nuit tomba vite. Le roi Mathias était arrivé, ainsi que Thurzó et Megyery. L'orchestre jouait inlassablement; et tout ce monde déambulait sous les lumières, dans les corridors où des torches étaient piquées sur les pointes garnissant les plaques de fer. Les fêtes devaient durer trois jours. Des troncs d'arbres entiers brûlaient dans les cheminées, ajoutant leurs grandes flammes rouges et bleues à celles plus lunaires des chandelles de cire. Les objets et les bijoux prenaient un éclat plus vif et plus dur que dans les fêtes d'été; la couleur des robes, si nettement tranchée, créait la surprise angoissée d'une fleur idéale découverte soudain au-dessus d'une flaque de glace. Tout paraissait très insolite en ce remuement, en cet univers hivernal, et ces gens parlant haut allant et venant avec leurs figures roses et leurs yeux comme des étoiles noires, semblaient un peu de beaux morts surexcités.

Erzsébet Báthory présida le banquet. Elle était belle, avec le bandeau noir qui serrait son front en signe de veuvage; car Noël était une fête familiale, et elle recevait dans la propre demeure de Ferencz Nádasdy. En cette pieuse nuit de Noël, elle ne pensait guère à son salut; elle connaissait simplement ses droits et sa détermination. Et cependant, si accoutumée qu'elle fût à vivre du côté fatal des choses, elle sentait une menace rôder. Thurzó et Megyery? Qui oserait s'élever contre elle? Le roi Mathias lui-même, ce roi ennuyeux, moraliste et à qui on ne pouvait parler de rien d'autre que du rationnel? Ils étaient dangereux, et obtus. Erzsébet, en attendant le gâteau fait de l'eau de son bain et de ses maléfices, revivait la nuit précédente, se sentant imprégnée de philtres et contenant encore en elle la rumeur des fées. Comme elle se sentait loin de ces êtres qui riaient et mangeaient autour d'elle! Ils pouvaient se sauver ou se damner, car ils se vivaient. Mais pour elle, qui n'avait jamais réellement été elle-même, de quoi se serait-elle repentie, elle le néant du repentir?

Y AVAIT-IL, dans la pâte du gâteau pétri avec l'eau magique, quelque venin? Celui du crapaud énorme et bigarré qui se traîne dans les chemins humides? Peu importait à Erzsébet. Il fallait que le roi, le palatin, les juges lui devinssent favorables, en dépit d'eux-mêmes désarmés, et que disparaisse cette menace cachée, pour d'aussi misérables motifs. S'ils refusaient de céder à l'envoûtement, si leur volonté d'homme était follement la plus forte, les esprits d'hier, ceux de la grande nuit de la terre, se vengeraient. On ne peut rien contre ces choses. Ils mangeaient tous, avalant avec leur forte salive de fauves. Ceux qui prirent du gâteau magique furent malades, comme si du feu eût pénétré dans leur estomac. Mais ni Thurzó, ni Megyery, ni le roi Mathias, devant lesquels on avait ostensiblement posé le gâteau, n'y touchèrent. Erzsébet aurait eu le temps d'ordonner un autre mets à leur intention. Mais elle était épuisée; l'heure était périmée; il y avait trop de monde autour d'elle. Elle n'osa pas recommencer.

Cependant, elle savait à présent pourquoi tous avaient fait ce détour pour passer Noël à Csejthe. Le roi, Thurzó et Megyery avaient été prévenus. Thurzó était en possession de la lettre explicative d'András Berthoni, le vieux pasteur qui avait précédé Ponikenus, lettre enfin retrouvée par ce dernier dans les archives de la paroisse.

Thurzó, sur le conseil du roi, profita de sa visite pour en demander compte à Erzsébet. Au début, il avait espéré s'entendre avec sa cousine et atténuer l'affaire. Zavodsky, secrétaire du palatin, témoin nécessaire selon la coutume, se tenait dans la pièce voisine. Thurzó fut sévère : « On vous accuse dans cette lettre d'avoir assassiné les neuf filles enterrées sous l'église de Csejthe autour de la tombe du comte Orszagh. — Folies! s'écria-t-elle; ce sont mes adversaires, à commencer par Megyery le Rouge qui ont inventé cela. Certes, j'avais demandé à Berthoni d'enterrer en secret ces neuf filles, car une maladie très dangereuse et contagieuse s'était déclarée au château. Il fallait à tout prix éviter la contagion : personne ne devait venir. D'ailleurs, le pasteur Berthoni était vieux et ne savait ce qu'il disait. — On parle cependant partout de vous. On dit que vous avez torturé et assassiné plusieurs centaines de jeunes filles, et pire : que vous vous êtes baignée dans leur sang pour garder jeunesse et beauté. » Erzsébet nia farouchement, bien que Thurzó lui dît qu'il y avait, à Csejthe même, plusieurs témoins. Il exprima le regret que sa première femme, Sophia Forgách, ait été l'amie d'Erzsébet et que le valeureux Ferencz Nádasdy ait eu pour épouse une criminelle.

Alors Erzsébet lui représenta sur un ton hautain que, même avouerait-elle avoir fait tout cela, il n'avait pas le droit de la juger. Il lui répondit : « Vous êtes responsable devant Dieu, et devant les lois que je dois faire respecter. Si je ne pensais pas à votre famille, je n'écouterais que ma conscience et vous ferais emprisonner sur l'heure, puis juger. »

Il décida avec Zavodsky, qui était aussi son conseiller, de convoquer à Presbourg les membres de la famille Báthory qui s'y trouvaient, de leur demander de surveiller Erzsébet de près et de l'empêcher d'allonger la liste de ses forfaits. A ce conseil de famille prirent part les gendres de la Comtesse : György Drughet de Homonna, chef du comitat de Zemplin, et Miklós Zrinyi qui, depuis le jour où son lévrier favori, à Pistyán, avait commencé à déterrer dans le potager quelque chose qui ressemblait étrangement à un cadavre de jeune fille, savait à quoi s'en tenir. Ils furent tous deux atterrés en pensant à la réputation de la famille. Leurs belles épouses, les filles d'Erzsébet, les suppliant d'épargner leur mère, ils émirent le vœu que cette affaire fût ébruitée le moins possible. La décision à laquelle se rallièrent les familles fut la suivante : « Le palatin, pour épargner notre honneur, a décidé d'emmener secrètement Erzsébet Báthory de Csejthe à Varannó, de la garder là un certain temps, puis de la mettre dans un monastère. Il regrette de devoir prendre de telles mesures, mais il espère qu'elles satisferont les juges et le roi. »

Thurzó risquait là sa position de palatin; mais quoiqu'il sût qu'Erzsébet avait tout dernièrement essayé de l'empoisonner, il ne voulut rien faire de plus. Les gendres furent satisfaits. En lui-même Thurzó pensait que sa cousine devrait être jugée par le tribunal, mais il voulait éviter que le public apprenne officiellement qu'elle était une meurtrière, et pire encore.

En fait, Thurzó n'était pas le seul à posséder des preuves. Le roi tenait les siennes, d'autres sources.

Depuis la paix de Vienne en 1608, l'unification de la Hongrie avait progressé, et les actions individuelles ne pouvaient plus être dissimulées dans la zone d'ombre formée, au milieu du xvi⁰ siècle, par à la fois la terreur de l'invasion turque, la domination des Habsbourg et les privilèges féodaux. Ce qui, cinquante ans auparavant, pouvait se passer sans risquer de soulever de trop grandes contestations était à présent puni, surtout si cela arrivait aux oreilles du roi Mathias.

Ce n'est pas d'abord au roi qu'arrivèrent les échos de la redoutable histoire; mais sans doute, comme Erzsébet le craignait depuis si longtemps, au tuteur de son fils, Emerich Megyery. Sur le parchemin usé, chiffonné, de son incantation, Erzsébet avait à présent complété la liste des noms et uni, dans son imprécation sauvage, tous ceux que son instinct lui faisait pressentir comme pouvant lui nuire : « Toi Petit Nuage, protège Erzsébet; je suis en péril... Envoie tes quatre-vingt-dix chats, qu'ils se hâtent de venir mordre le cœur du roi Mathias; aussi celui de Móses Cziraky le haut Juge, et celui de mon cousin Thurzó le Palatin. Qu'ils déchirent et mordent le cœur de Megyery le Rouge... »

On a prétendu que le fiancé d'une demoiselle d'honneur, ayant demandé à la voir et n'ayant pas reçu de réponse, était allé se plaindre au palatin et lui avait confié ses soupçons. Ainsi rapporté l'épisode est certainement erroné : la vie des filles d'honneur d'Erzsébet Báthory ne fut jamais en danger. Le jeune homme qui alla se plaindre, non à Thurzó, mais à Megyery, était un paysan plus courageux ou plus indigné que les autres. Il avait pour amie une jeune paysanne dont le travail consistait à descendre tous les jours de Csejthe, et à en remonter la côte avec deux baquets d'eau de la rivière. Un jour il ne la vit point passer sur le chemin pierreux qui montait au château; le lendemain il l'attendit; une autre passa à sa place et lui dit que sa fiancée avait disparu. Il comprit ce que cela signifiait, et il eut d'abord l'intention d'aller tout raconter au palatin, de lui rapporter les bruits qui couraient depuis des années au sujet de ces disparitions. Puis il eut peur, à juste titre, de ne pas être écouté ni même introduit. Presbourg n'était pas loin, et Pál Nádasdy y était à à ce moment-là; le jeune paysan eut-il, dans son angoisse, l'idée d'aller se jeter aux pieds du fils de la Comtesse et de lui demander qu'on libérât sa fiancée? Toujours est-il que lorsqu'il arriva à Presbourg, ce fut Megyery qui le reçut. Après avoir écouté son visiteur, Megyery, tenant enfin des preuves contre la Comtesse abhorrée, ne perdit pas une minute et fit prévenir le roi.

AINSI aussitôt après Noël, en cette fin de décembre 1610, à Presbourg, le Parlement entendit le castellan parler au nom de la ville de Csejthe; il écouta la plainte que Megyery avait fait déposer, malgré les efforts de quelques seigneurs pour l'empêcher de parler : « L'acte d'accusation contre Báthory Erzsébet a impressionné le Parlement. Et ce qui a suscité la plus grande indignation, c'est lorsqu'il a su que la « Dame de Csejthe » ne se contentait pas du sang des paysannes, mais qu'il lui fallait aussi celui des filles de gentilshommes hongrois. Sans doute depuis longtemps, des rumeurs couraient-elles dans Presbourg; mais on ne croyait pas, en fait, à tant d'horreur. »

Pendant trois jours, le Parlement s'occupa de cette affaire. Le palatin se trouva dans l'obligation angoissante de prendre des mesures, sans savoir encore lesquelles : il lui fallait, en conscience, rendre la justice, et en même temps épargner le vieil honneur des Nádasdy et des Báthory. Thurzó consulta son secrétaire et ses amis, réfléchit, revint sur sa décision.

Mais arriva un émissaire du roi, avec un message de Vienne; et Thurzó ne put plus hésiter. Ce message priait le palatin de se rendre sans délai à Csejthe, afin de se rendre compte par lui-même de ce qui s'y passait, de mener une enquête et de punir les coupables sur place.

Il reçut cet ordre avant d'avoir pu choisir lui-même la date de son retour à Csejthe. Voulait-il laisser à Erzsébet le temps de fuir en Transylvanie, avisé qu'il dût être de ce projet par les allées et venues, les préparatifs des domestiques? Les gendres de la Comtesse et Thurzó firent tout pour ralentir le voyage. Mais Megyery était là, et insista pour qu'on y retournât au plus tôt, puisque le roi l'avait ordonné. Ils entrèrent par surprise dans le château, et nul ne s'interposa.

LES FÊTES étaient terminées. Les traîneaux étaient repartis, pleins de robes somptueuses brillant sous les fourrures refermées et d'uniformes rouges et or. Erzsébet Báthory, dans les derniers relents d'une puissante odeur de cire fondue, était restée seule devant les cheminées où de hauts tas de cendre avaient monté sous les bûches.

Elle avait pu enfin laisser tomber le masque de belle hôtesse qui était le sien depuis trois jours. Ses traits contractés, ses yeux hagards et la crise de fureur qui suivit chassèrent dans les recoins les plus éloignés du château la domesticité terrorisée. Il lui fallait sur-le-champ se délivrer de la crainte, du mal et de la fureur qui l'étouffaient. Il en avait toujours été ainsi chez ses frénétiques ancêtres, lorsque quelque chose les avait contrariés.

Elle fit venir Jó Ilona, qui la connaissant depuis tout temps était restée à portée de voix, et la somma de lui fournir sur l'heure une jeune servante coupable de quelque méfait.

On lui dit qu'une certaine Doricza était arrivée depuis un mois d'un village lointain. C'était une grande fille blonde, belle comme une statue, une paysanne qui jamais auparavant n'avait imaginé ce qu'un château peut contenir de choses belles et bonnes à manger. Aussi au cours des services avait-elle volé une poire, sans doute une de ces poires confites dans du miel, petites et dures, et considérées comme un dessert de choix. Peu importait, d'ailleurs, la matière du vol. Ce qui comptait, ce qui brûlait Erzsébet, c'était la pensée que le roi Mathias, Thurzó et surtout ce Megyery détesté étaient partis sains et saufs pour la séance du Parlement à Presbourg, et que les esprits, par une glissante ruse, se détournaient d'elle.

Et les vivants aussi l'abandonnaient, mûs, peut-être, par le pressentiment de ce mauvais sort qui à présent s'épaississait et noircissait comme un nuage au-dessus d'elle. Le temps de la désertion était venu.

L'abandon, le désert n'étaient pas pour effrayer Erzsébet. Déserte, en vérité, sa vie fastueuse et autoritaire. Entre elle et les autres, même pour l'amour, le fossé n'avait jamais été franchi; car elle n'était pas née pour s'unir, mais pour se hanter. Comme une chauve-souris elle se tenait dans le château où, de droit, son pouvoir était illimité, noire, sombre, ne pensant qu'à tuer lentement et à regarder le sang, continûment, couler. Quelque chose en elle savait qu'elle était perdue, quelque chose qui était son destin. Et, pour le forcer, elle se jeta au-devant de lui.

A l'approche du désastre elle avait fait conduire Doricza dans la sinistre et glaciale buanderie, à peine attiédie par un brasier. Là, personne n'entendrait les cris. La vie était ailleurs. Au cœur de son château et au cœur de sa perte elle voulait, une fois de plus, goûter son habituelle volupté, se sentir pour un moment délivrée de la vie réelle.

Ce fut la triste et sanglante routine, dans la salle souterraine de Csejthe. Erzsébet, ses manches de lin blanc relevées, les bras rouges de sang, de grandes taches sur sa robe, criait et riait comme une folle, courait vers la porte secrète et en revenait, galopait le long des murs, les yeux fixés sur sa proie. D'autres attendaient derrière la porte. Les deux vieilles s'affairaient à torturer, avec leur attirail de pinces, de braises et de tisonniers. Doricza était nue, les cheveux blonds en désordre sur sa figure, les bras attachés très serré. Erzsébet lui donna elle-même, jusqu'à ce qu'elle soit fatiguée, plus de cent coups de baguette. Puis elle ordonna qu'on lui amenât deux autres filles et, après un bref instant de répit, leur fit subir le même traitement. Doricza regardait, à demi-morte, ses compagnes évanouies, la Comtesse et les murs éclaboussés de sang. Erzsébet en était couverte; ses manches de lin collaient à ses bras. Elle changea de robe et reprit Doricza. Il y avait du sang épais, par terre, aux pieds de la jeune fille qui, malgré tout, ne voulait pas mourir. Alors vint Dorkó qui, selon la coutume, coupa les veines des bras; et Doricza tomba enfin morte, dans un dernier flot de sang. Les deux autres agonisaient lorsque la Comtesse quitta la buanderie, écumante et hurlant des menaces à tous les échos. Tous étaient tellement effrayés et épuisés ce jour-là qu'on ne lava pas soigneusement les murs et les dalles ensanglantées, comme on avait coutume de le faire.

LE LENDEMAIN même, le 29 décembre, arrivèrent Thurzó et les gendres d'Erzsébet. On se demanda ce qui pouvait bien les faire revenir sitôt. La maison était encore dans le grand désordre de Noël; on savait vaguement qu'il y avait quelque part une morte à enterrer, que la Comtesse était malade. La neige et la glace entouraient le château où rien ne semblait vivant. Une immense lassitude pesait sur toutes choses.

Thurzó, sachant que sa fière cousine était capable de défendre ses châteaux avec acharnement, quand elle le jugeait opportun, s'était fait suivre d'une délégation encadrée d'hommes d'armes. Le pasteur de Csejthe était venu aussi. Ils allèrent à travers le château, et, accompagnés de gens munis de torches connaissant les entrées des escaliers les plus secrets, descendirent au souterrain des crimes, d'où montait une odeur de cadavre, et pénétrèrent dans la salle de torture aux murs éclaboussés de sang. Là se trouvaient encore les rouages de la, « Vierge de fer », des cages et des instruments, auprès des brasiers éteints. Ils trouvèrent du sang desséché au fond de grands pots et d'une sorte de cuve; ils virent les cellules où l'on emprisonnait les filles, de basses et étroites chambres de pierre; un trou profond par où l'on faisait disparaître les gens; les deux branches du souterrain, l'une conduisant vers le village et débouchant dans les caves du petit château, l'autre allant se perdre dans les collines du côté de Visnové; enfin, un escalier montant dans les salles supérieures. Et c'est là, étendue près de la porte, que Thurzó vit une grande fille nue, morte; celle qui avait été une si belle créature n'était plus qu'une immense plaie. A la lumière de la torche, on pouvait voir les traces laissées par les instruments de torture : la chair déchiquetée, les seins tailladés, les cheveux arrachés par poignées; aux jambes et aux bras, par endroits, il ne restait plus de chair sur les os. « Même sa propre mère ne l'aurait pas reconnue », dit un témoin. C'était Doricza.

Thurzó, bouleversé, eut enfin sous les yeux l'évidence des crimes. Il alla plus loin et trouva deux autres filles nues; l'une était à l'agonie, l'autre essayait de se cacher encore, mais elle était si totalement couverte d'un sombre manteau de sang qu'on ne voyait rien d'elle. Au fond des caves, dans une cellule sans air, on découvrit le groupe apeuré de celles réservées pour la fois prochaine. Elles dirent à Ponikenus qu'on les avait d'abord laissé mourir de faim, puis qu'on leur avait fait manger de la chair grillée de leurs compagnes mortes. Elles parlèrent aussi d'une porte secrète qui montait à une petite chambre, où on les appelait à deux ou trois à la fois.

Laissant la garde dans les corridors, le palatin et le chapelain s'engagèrent dans un escalier; c'est là que Ponikenus fut attaqué et mordu à la jambe par les chats sorciers.

Erzsébet Báthory ne se trouvait pas au château. A peine son dernier crime commis, et réveillée de sa transe, elle s'était fait rapidement conduire en bas, au petit château, laissant là-haut le plus grand désordre et les victimes aux soins de Jó Ilona et de l'enterreuse. Le froid et la lassitude l'avaient chassée. Thurzó la trouva dans son nouveau repaire, hautaine et fière, ne niant rien mais proclamant, au contraire, que tout cela était son droit de femme noble et de haut rang.

« ET VOICI le moment venu, noble dame, de vous en rapporter au plus vite à votre invocation magique, à cette prière en slovaque que vous enseigna la laitière sorcière, et qui fait accourir les chats! » Megyery le Rouge avait entouré Erzsébet de ses réseaux patiemment tressés, et elle était prise. La déchirante prière au petit nuage, venue du profond de la forêt, n'était plus qu'une illusion.

Dans la calèche qui attendait derrière la maison, chargée, prête à emmener la Comtesse en Transylvanie chez Gabór, on trouva le « nécessaire » à torturer : les fers, les aiguilles, les ciseaux qui servaient à mutiler le nez, les oreilles, les lèvres et plus encore.

Tous ces objets ont été conservés dans un coin du petit musée de Pistyán, là où Erzsébet allait prendre des bains de boue, ainsi que les vieilles soies des robes qui avaient accompagné ses pas de leur chatoiement. Bêtes, martres, chats sauvages, belettes noires ou blanches, lynx et loups, toutes choses de la nuit, cela dort enfoui à jamais dans ces temps sombres.

ALORS LE PALATIN énonça sa décision, sans colère, mais impitoyablement : « Erzsébet, tu es comme une bête. Tu vis tes derniers mois. Tu ne mérites pas de respirer l'air de cette terre, ni de voir la lumière de Dieu ; tu n'es plus digne non plus d'appartenir à la société humaine. Tu vas disparaître de ce monde et tu n'y rentreras jamais. Les ténèbres t'entoureront, et tu pourras te repentir de ta vie bestiale. Puisse Dieu te pardonner tes crimes. Maîtresse de Csejthe, je te condamne à la prison perpétuelle dans ton propre château. »

C'était un jugement terrible pour Erzsébet. Ensuite, il s'adressa aux deux servantes : « Vous serez jugées par le tribunal » ; et il ordonna de les enchaîner, puis de s'occuper au mieux des deux jeunes filles qui étaient encore vivantes. Enfin il fit conduire Erzsébet dans sa chambre, en attendant, et détourna d'elle son regard. Puis il partit avec sa suite.

Thurzó était indigné, le cœur soulevé de dégoût par ce qu'il avait vu de ses propres yeux. Il dit aux gendres de la Comtesse qu'il regrettait qu'ils trouvassent le jugement trop sévère : « Je l'aurais tuée sur place si je m'étais écouté ! », dit-il ; mais il ajouta : « Dans l'intérêt des descendants des Nádasdy, tout sera fait en secret ; car si elle était jugée par le tribunal, toute la Hongrie serait informée de ses meurtres, et la laisser vivre semblerait par trop contraire à la loi. Mais, après avoir vu de mes yeux ses crimes, j'ai dû renoncer à mon projet de l'enfermer simplement dans un monastère. »

Megyery et le mandataire du roi objectèrent que ce jugement ne satisferait pas le roi. Ils avaient aussi leurs armes : un petit carnet de notes, trouvé dans la chambre de la Comtesse, et de son écriture. Celle-ci y décrivait ses victimes — au total six cent dix —, notait leurs noms et leurs particularités comme : « Elle était toute petite », « Elle avait les cheveux noirs »...

Même devant cette preuve accablante, Thurzó refusa de faire juger publiquement la « Dame de Csejthe » : « Tant que je serai palatin, cela ne sera pas. Des familles qui se sont distinguées dans les combats ne seront pas déshonorées par l'ombre de cette femme bestiale. Les Nobles et le Roi m'approuveront aussi, j'en suis sûr. »

Erzsébet avait été ramenée là-haut, dans sa chambre, seule et sans servantes : les unes étaient mortes, les autres emmenées à Bicse par les gens du palatin. Le soir même de l'arrestation, le pasteur de Csejthe réunit autour de lui dans la salle d'en bas les personnes qui étaient montées du village, et avec sa femme il se mit à prier pour la captive. Mais dès le début ses prières furent arrêtées, dans des circonstances qu'il devait par la suite exposer par écrit à l'un de ses amis, Lányi Elias, superintendant de Trencsen, Arvá et Liptó : « Comme je commençais à prier, j'entendis des chats miauler à l'étage supérieur. Cela ne ressemblait aucunement aux miaulements d'un chat ordinaire. Je tentai d'y aller voir, et ne pus rien trouver. Je dis à mon serviteur : « Viens chercher « avec moi, Jáno; et si tu vois des chats dans la cour du châ- « teau, attrape-les et tue-les. N'en sois pas effrayé. » Mais nous ne pûmes en trouver aucun. Mon serviteur dit : « J'en- « tends beaucoup de souris dans la petite chambre. » Nous y allâmes sur-le-champ et ne pûmes rien y rencontrer. Je descendis alors les trois ou quatre marches qui mènent à la cour et, immédiatement, six chats et un chien noir tentèrent de me mordre les pieds. « Allez au diable », leur dis-je, et je les chassai avec un bâton. Ils se sauvèrent hors de la cour du château ; mon serviteur courut après, mais ne put rien trouver. Vous voyez, Monseigneur, que c'est bien là le fait du « Dragon ». Mais il y a encore autre chose à vous dire.

« Le soir avant celui de Noël, une servante venue de Miawa et qui était sorcière, baigna la Comtesse dans un bain de plantes magiques, et elle reçut l'ordre de faire avec cette eau un gâteau destiné aux ennemis de la Dame. Mais quelqu'un parla et ils furent avertis. Ainsi Satan fut pris à son propre piège. D'ailleurs cette paysanne est maintenant tombée malade. »

Le pasteur Ponikenus János eut l'idée malencontreuse d'aller voir là-haut Erzsébet pour lui apporter ses condoléances et ses exhortations. Il trouva cette créature sauvage dans la chambre glaciale, couverte de ses fourrures et scintillante de tous les bijoux qu'elle avait voulu emporter en Transylvanie. Il n'osa pas entrer seul ; un de ses acolytes l'accompagnait :

« Aussitôt que nous fûmes admis à voir Erzsébet emprisonnée dans sa chambre, elle nous accueillit par cette phrase :

« — Ainsi, vous deux bâtards ! voilà ce que vous avez trouvé bon de me faire !

« Je lui dis que je n'y étais pour rien.

« — Si ce n'est vous, c'est donc quelqu'un de votre église qui aura parlé de moi !

« Je lui assurai de nouveau que je ne lui avais jamais rien fait, que je n'avais rien dit d'elle.

« — Mais, reprit-elle, c'est vous, vous qui mourrez le premier, car vous êtes cause de mon emprisonnement. Que croyez-vous donc ? Ils sont déjà prêts, de l'autre côté de la

Tiszá, à tout mettre à feu et à sang pour moi; et de Transylvanie, mon cousin Gábor va venir me sauver.

« Tout ceci fut crié sauvagement en hongrois, langue que je n'entendais pas, mais qui me fut traduit par mon compagnon.

« Je crois, continue-t-il, que tout le long du temps elle en appelait au Diable et aux esprits des morts pour l'aider. Mais nous savons surtout ce qui arriva en 1610, avant qu'elle ne soit arrêtée. Elle perdit son incantation, celle qui avait été faite par Darvulia. Cette sorcière avait dû écrire le parchemin par une nuit où les astres étaient propices. Elle emmena Erzsébet dans la forêt. Là les deux femmes, après s'être assurées de la place des étoiles et des nuages, se mirent à chanter la prière au Petit Nuage. Auparavant une autre, Dorkó, lui avait donné le secret du pouvoir contre les ennemis, le charme de la Poule noire. »

Et Ponikenus János, mû par l'inspiration, dit soudain à Erzsébet : « Le Christ est mort pour vous ! » Ce à quoi elle répondit : « Quelle révélation, vraiment ! Même le laboureur sait cette histoire ! » Il voulut mettre dans ses mains un livre de prières. Elle refusa en disant : « Je n'en ai que faire ! » Le pasteur, qui avait sûrement quelque chose sur la conscience au sujet d'Erzsébet, n'aurait-ce été que la crainte qu'il avait toujours ressentie à son égard, lui demanda timidement : « Mais pourquoi me croyez-vous la cause de votre arrestation ?

— Je n'ai pas à vous répondre : je suis votre maîtresse. Comment, venant de si bas, votre question peut-elle arriver jusqu'à moi, qui suis si haut ! »

« Il paraît, écrit encore Ponikenus János, que la chair des pauvres filles était coupée en petits morceaux, comme les champignons, et servie à de jeunes garçons pour être mangée. Et, parfois, la fille elle-même devait avaler un morceau grillé de sa propre chair.

« On en faisait cuire certaines autres pour les donner en nourriture à celles qui restaient. Il y avait longtemps que cela durait; parfois, la nuit au cimetière, on enterrait des jeunes filles inconnues; d'autres prêtres parlaient de cela entre eux... On est heureux que le vice-roi l'ait prise; justice est faite; on est enfin débarrassé d'une telle Jézabel! »

Avant de regagner Bicse, le palatin avait préféré passer la nuit à Vág-Ujhely plutôt qu'à Csejthe, le lugubre village. Il partit le lendemain matin pour faire préparer l'interrogatoire des complices d'Erzsébet Báthory. Il avait pris, dans la nuit, le temps d'écrire à sa femme :

« Vág-Ujhely, 30 décembre 1610.

« Heureux de vous écrire, ma femme très aimée. J'ai fait prendre Erzsébet Nádasdy. Cette maudite femme était en bas, à Csejthe, et maintenant on l'emmène dans son château où, dès le premier janvier, elle sera enfermée. Les autres, le cruel jeune homme et les sorcières, je les envoie à mon château de Bicse. Ils seront sous votre garde; faites-les enfermer de façon sûre. Vous pouvez laisser les femmes dans le village, je les ai fait enchaîner; mais le jeune Ficzkó en prison au château. Quand mes hommes arrivèrent à Csejthe, ils trouvèrent une fille morte et une autre mourant de ses blessures. Nous en avons découvert une, malade et couverte de plaies, et quelques autres en réserve pour le prochain sacrifice. »

Le palatin fit convoquer les juges à Bicse. Le procès commença dans cette ville le 2 janvier 1611, et le 7, il était terminé. On ne demanda rien à Erzsébet Báthory, et elle ne comparut pas. Les interrogatoires furent conduits par Gáspár Bajary, castellan de Bicse et le greffier Gáspár Kardosh; le compte rendu fut rédigé par Daniel Erdög. Le Juge royal venu de Presbourg était Théodose Sirmiensis (en hongrois, Zrimsky). La juridiction ecclésiastique n'intervint pas, et le seul représentant de l'Église fut le pasteur de Bicse, Gáspár Nágy. Ce fut uniquement un procès criminel, avec vingt juges et treize témoins. Les onze mêmes questions furent posées en hongrois, très vite, à chacun des accusés : Ujvari János dit Ficzkó; Jó Ilona, la nourrice; Dorottya Szentes, dite Dorkó; Katalin Beniezky, la lavandière. Parfois les inculpés ne comprenaient pas, car ils ne connaissaient guère que le dialecte tót. Les réponses étaient assez confuses, et les juges avaient ordre de ne pas insister.

Le 6 janvier 1611, le tribunal se réunit dans la salle du Conseil du château de Bicse. Le Juge royal présidait, ayant à ses côtés le palatin et l'envoyé du roi.

Le Juge fit entrer le castellan, le greffier et le secrétaire. Il demanda alors au greffier de lui lire le compte rendu des interrogatoires. La lecture en fut faite avec solennité, et l'on entendit la monotone énumération des horreurs sans nom perpétrées pendant plus de six ans, sans doute, dans les chambres, les buanderies, les caves et les souterrains des châteaux appartenant aux Báthory.

Après avoir écouté cela en silence, ils furent atterrés et bouleversés. L'envoyé du roi prit le premier la parole : « Dans ces interrogatoires, tout n'est pas encore très clair; il y a des crimes auxquels il est seulement fait allusion ». Le castellan Gáspár Bajary fut blessé de cette remarque, car c'est lui qui avait mené l'interrogatoire. Mais le palatin glissa vivement : « Tout est en ordre ainsi »; car lui-même avait enjoint son castellan de ne rien dire des crimes commis directement par Erzsébet, et surtout des bains de sang. Il trouvait qu'il y avait déjà eu trop d'allusions faites ainsi aux crimes personnels de la Comtesse.

L'envoyé royal insista; il n'était pas satisfait, il lui était impossible de considérer l'interrogatoire comme terminé. Il demanda que de nouvelles questions soient posées aux accusés, celle-ci entre autres : « Combien y avait-il de filles de zémans parmi les mortes? » Il réclama également une enquête sur les bains de sang. Dans les interrogatoires, d'autres complices étaient mentionnés; il fallait les faire venir afin d'éclaircir leur part de culpabilité et de les punir en conséquence. Le palatin répondit : « C'est inutile, cela retarderait tout, et je désire que ce soit fini le plus tôt possible. »

Ils discutèrent longtemps là-dessus. L'envoyé du roi demanda qu'Erzsébet comparaisse elle aussi et soit jugée par le tribunal. Alors le palatin s'écria en colère : « Je sais parfaitement ce que j'ai à faire, et je me flatte de convaincre le roi que j'ai eu raison d'agir ainsi! »

Puis on entendit les témoins. Les juges délibérèrent tard dans la nuit, cependant que les heiduks dressaient des bûchers et des estrades sur la grande place de Bicse.

TOUTE LA CONTRÉE voulut assister aux exécutions. Le lendemain matin 7 janvier 1611, de bonne heure, les cloches se mirent à sonner. Les juges se rendirent au lieu du supplice. Lorsqu'ils arrivèrent, le bourreau, vêtu de rouge et la tête couverte d'une cagoule, attendait devant le bûcher qui avait déjà été allumé. Derrière lui, Ficzkó, Jó Ilona et Dorkó, entourés par les soldats. Le bourreau plongea des pinces dans le feu et posa le glaive sur un billot.

Alors, le Juge royal donna lecture de l'acte d'accusation et de la condamnation. « Nous nous sommes réunis, à la demande du palatin György Thurzó Betlemfalvy, chef du comitat d'Orava, au nord de Bicse, et au nom de Sa Majesté le roi Mathias. Le secrétaire György Zavodsky a rédigé cet acte d'accusation contre Ján Urjvari Ficzkó, Ilona Jó, Dorá Szentes et Katalin Beneczcy. Il est clair que Sa Majesté, par la volonté de Dieu, a institué György Thurzó comme palatin pour défendre les bons contre les méchants. C'est pourquoi le palatin a convoqué, dans l'intérêt public, le tribunal, et a ordonné l'enquête afin de condamner les crimes de Báthory Erzsébet, veuve du très célèbre et juste Ferencz Nádasdy. La véracité de l'accusation a été démontrée par les aveux des domestiques. Quand le palatin a appris ces crimes, il s'est rendu à Csejthe avec les comtes Zrinyi, Homonna et Megyery. Il a vu, de ses propres yeux, ce que les témoins ont déclaré; trouvé une fille nommée Dorizca morte à la suite de tortures, et encore deux autres jeunes filles torturées dans une salle. Son Excellence le palatin fut très indigné de voir en Erzsébet Báthory une telle femme impie et sanguinaire. Prise sur le fait, le palatin l'a condamnée à la prison perpétuelle dans son propre château. Ses complices Ficzkó, Jó Ilona, Dorkó et Katalin ont, devant les juges, fait des aveux; et pour satisfaire la justice, le palatin réclame la peine la plus sévère.

« Puis nous avons procédé à l'audition des témoins, comme suit :

« György Kubanovic, citoyen de Csejthe, qui a prêté serment. Présent dernièrement au château il a vu le cadavre d'une jeune fille assassinée, et a vu comment cette fille avait été torturée et brûlée.

« Jan Valkó, Martin Jancovic, Martin Krackó, András Uhrovic, Ladislas Antalovic, tous témoins habitant à Csejthe et valets au château. Puis Thomas Zima, qui a témoigné de l'enterrement de deux filles au cimetière de Csejthe et d'une à Podolié, précisant : « Quand le pasteur Ponikenus a com-« mencé à accuser Erzsébet de ses crimes, les mortes furent « alors portées à Podolié, village voisin, pour y être enter-« rées ».

« Un certain Ján Chrapmann a parlé à une fille qui avait réussi à se sauver, et qui lui déclara que les tortures et assassinats étaient exécutés par la Comtesse elle-même. Elle l'avait vue, un jour, en train de torturer une jeune fille nue dont les bras, attachés très serré, étaient tout ensanglantés; et seule une femme, déguisée en garçon, l'assistait. Mais elle ne connaissait pas cette femme-là. Cela a été confirmé par András Butora de Csejthe.

« Suzsa : c'était une jeune fille qui avait servi quatre ans chez la Comtesse et à qui il n'était rien arrivé, parce qu'elle était la protégée du castellan de Sárvár, Bichierdy. Elle a affirmé sous la foi du serment qu'Erzsébet commettait des crimes affreux, aidée de Jó Ilona, Dorkó et Darvulia, et de Ficzkó exécuteur des ordres. Kata avait bon cœur : si elle battait les filles, c'était contre sa volonté; elle apportait secrètement à manger aux filles emprisonnées, à grands risques pour elle. Suzsa a dit que Jacob Szilvasi a trouvé dans une cassette la liste des victimes d'Erzsébet, au nombre de six cent dix, et que c'est la Comtesse elle-même qui avait écrit ce chiffre. Ce témoignage fut confirmé par Sara Baranyai, veuve de Peter Martin. Elle a ajouté que pendant ses quatre années de service au château, elle a vu quatre-vingts filles mortes.

« Ilona, veuve Kovách, au service d'Erzsébet pendant trois ans, a reconnu avoir vu trente filles mortes. Elle a parlé aussi de la constante préparation de poisons et de vénéfices. Par ces poisons et des invocations diaboliques on a tenté de tuer le palatin et Megyery.

« Anna, veuve de Stephen Gönczy : parmi les mortes se

trouvait sa propre fille âgée de dix ans, et elle ne fut pas admise à la voir. »

Le Tribunal, après avoir entendu cela, a énoncé cette condamnation :

« Attendu que les aveux et les témoignages ont démontré la culpabilité d'Erzsébet Báthory, à savoir qu'elle a commis des crimes affreux contre le sang féminin; attendu que ses complices étaient Ficzkó, Jó Ilona et Dorkó, et que ces crimes demandent châtiment, nous avons décidé qu'à Jó Ilona, puis à Dora Szentes, les doigts seront arrachés par les pinces du bourreau, parce qu'elles ont par ces doigts commis des crimes contre le sexe féminin; elles seront ensuite jetées vivantes dans le feu.

« Pour Ficzkó, sa culpabilité doit être considérée en regard de son âge; comme il n'a pas participé à tous ces crimes, nous avons décidé une peine plus modérée. Il est condamné à mort, mais il sera décapité avant que son corps ne soit jeté au feu. Cet arrêt sera exécuté immédiatement. »

La population fut effrayée de la sévérité de ce jugement. Les heiduks amenèrent les criminels au bourreau : d'abord Jó Ilona, qui tomba évanouie au quatrième doigt arraché; les soldats l'emportèrent ensuite sur le bûcher. Dorkó s'évanouit en voyant lier Jó Ilona au poteau. Puis on mena Ficzkó vers le billot, et le bourreau lui coupa la tête d'un coup de palós, le grand glaive d'exécution.

Cent soixante ans après ces événements, on trouva la minute du procès dans un tas de vieux débris. Le papier en était si moisi et à tel point rongé par les rats qu'on put à peine lire cette dernière page de la sanglante histoire d'Erzsébet Báthory. Cet original du procès passa de mains en mains, fut longtemps conservé aux Archives du Chapitre de Grán, et se trouvait encore récemment aux Archives nationales de Budapest.

Le secrétaire de Thurzó, Zavodsky, a consigné dans son journal à la date du 7 janvier 1611, la « tragédie de Csejthe », l'arrestation de la Comtesse et le procès qui s'ensuivit :

« Tout à la fin de l'année, le palatin mon maître, étant allé à Presbourg, entendit parler de tout cela et résolut de perquisitionner à Csejthe, auprès de la magnifique mais plus qu'horrible dame Erzsébet Báthory, très haute veuve du seigneur comte de Nádasdy, coupable de cruautés incroyables et de toutes sortes de façons sur des personnes du sexe féminin. Il y avait longtemps que ces choses se passaient, et environ six cents jeunes filles avaient été martyrisées. Sont venus les magnificents seigneurs Nicolai Zrinyi et György Homonnai et aussi le seigneur Emerich Megyery, qui prirent la comtesse de Nádasdy en flagrant délit de crime. Ils trouvèrent une jeune fille dans un état désespéré et l'autre morte. Son illustrissime Seigneurie condamna Báthory Erzsébet à la prison perpétuelle dans Csejthe. Furent condamnés Johan Ficzkó à avoir la tête coupée; Helena et Dorothea, qui avaient été les bourreaux, furent livrées aux flammes, juste punition de leurs crimes.

Bicse, 7 janvier 1611. »

THURZÓ ne tarda pas à recevoir une lettre indignée du roi Mathias. Datée de Vienne, le 14 janvier 1611, c'est-à-dire treize jours après l'arrestation, cette lettre énumérait en détail les méfaits sanglants d'Erzsébet Báthory, veuve Nádasdy.

« ... Trois cents au moins filles et femmes, nées nobles

aussi bien que roturières, qui n'avaient rien fait pour contrarier les exigences de leur maîtresse, ont été mises à mort de façon inhumaine et cruelle. Elle leur coupait les chairs et les faisait griller; ensuite elle les obligeait à manger elles-mêmes des morceaux de leur propre corps... Une veuve, Helena Kocsi, a même révélé qu'en outre elle leur administrait des potions magiques et vénéfiques. La prière de ces vierges s'est élevée au Ciel, et Nous a atteint; par Nous se manifeste la colère de Dieu. »

Le roi reprochait au palatin sa trop grande indulgence et, en attendant, ordonnait qu'Erzsébet soit gardée au secret dans son château de Csejthe.

Un historien du temps, qui ne trouve pas de mots suffisants pour louer la beauté d'Erzsébet et ses formes vénusiennes, regrette de ne pouvoir nier que la plus attirante des créatures féminines ait pris des bains de sang humain, ce qui la conduisit à être enfermée à perpétuité [1].

Böhm, dans un manuscrit latin qui est aux Archives de l'État à Vienne rapporte les mêmes faits, et n'hésite pas à mentionner les bains de sang; car, n'étant pas de la famille, il n'avait pas à les dissimuler.

LA « BÊTE », comme le village et les environs la nommaient, était enfermée à Csejthe. Elle avait hurlé de rage, mais n'avait eu ni faiblesse, ni repentir. Pour la dernière fois son traîneau l'avait ramenée sur la pente raide qui conduisait au château.

---

1. « Élisabetha S. Francisci de Nádasd Agazonum Regalium Magistro nupta, foemina si suae unquam venustatis, formaeque appetentissime. Eam cum humano sanguine persici posse sibi persuasisset, in codem per coedes, et lanienas expresso balneare non dubitavit. Tanti criminis damnata, perpetuoque carceri inclusa, ibidem expiravit anno 1614 die Augusti. »

Elle était seule. Parties, ses filles d'honneur relevées de leur charge, et ses servantes, enchaînées. Elle franchit le pont-levis et entra, passa à travers les salles glacées, parmi les débris de fête qui y restaient encore. Les hommes d'armes la conduisirent à sa chambre. Ici non plus, personne. Elle savait que c'était la fin; son incantation était perdue, on ne l'avait trouvée nulle part. Lorsqu'elle s'était aperçue de sa disparition, elle avait fait appeler une sorcière qui, aussitôt, lui avait fidèlement copié l'ancienne formule, la vraie. Mais les encres et les philtres ne s'improvisent pas. Les temps anciens étaient révolus, emportant avec eux la prière magique; sa puissance à elle était partie, sa propre beauté allait suivre. Elle était de la race de ces Báthory qui toujours avaient gagné, puis perdu. Aucun d'eux ne restait pour la sauver. Ils étaient loin, emportés par des morts tragiques ou folles, comme ils avaient eux-mêmes emporté la vie dans un orage de luxure, de gloire et de colère. Ceux qui vivaient encore en ces temps de tiédeur, que pouvaient-ils comprendre des tempêtes et des audaces? Ils étaient enfermés dans leur crainte et leur marchandage, même avec le Ciel s'il en était un :

> *Et l'homme en qui violence se trouve*
> *Pleuvoir, fera feu de punition.*
> *... Soufre chaud, flamme ardente,*
> *Vent foudroyant, voilà la portion*
> *De leur breuvage et leur paye évidente.*

(Psaumes.)

Prisonnière, elle écoutait les bruits; ces bruits du froid sur le toit et sur les créneaux, que couvraient naguère les voix et le train quotidien de la maison. Au loin, les loups. Sa chambre restait la même, avec ses grands miroirs sous le jour gris de janvier. Qui viendrait? Elle entendait des pas d'hommes et de chevaux dans les cours. D'ailleurs, tout cela avait-il un sens, tout cela qui allait se dissoudre comme les autres rêves, peut-être.

Cependant à Presbourg, ses deux gendres et Thurzó cherchaient à éviter à tout prix le scandale. Le palatin écrivit à Prague, où le roi Mathias était de passage à ce moment-là. Le roi répondit immédiatement : « Erzsébet Nádasdy doit être exécutée. » Mais Thurzó écrivit une autre lettre, insistant sur le fait qu'elle était « veuve de soldat, noble et de grande famille, et que son nom, un des plus anciens de Hongrie, devait être épargné ».

Dès le 12 février 1611, les suppliques arrivèrent en faveur d'Erzsébet. La première était de son gendre Miklós Zrinyi, suivie d'une autre de Pál Nádasdy à Thurzó, demandant grâce pour sa mère (lettre du 23 février).

Le 17 avril 1611, le roi répondit enfin de Prague :

« A cause de la fidélité des Nádasdy, et après avoir entendu les supplications du Magnificent Pál Nádasdy son fils, des comtes Miklós Zrinyi et Geörgy Drugeth de Homonna ses gendres, Nous décidons qu'elle ne sera pas exécutée. »

A Presbourg, le Parlement voulait s'emparer des châteaux et des biens de la Comtesse; mais la famille n'était pas de cet avis, ni non plus, d'ailleurs, la Commission d'enquête. On invoquait toujours les mêmes motifs : sa famille, son mari, son nom.

En mars, la Chambre royale magyar avait envoyé au roi Mathias une adresse dénonçant la trop grande complaisance du palatin. Le roi, qui se laissait finalement aller à l'indulgence parce qu'il se souvenait des services rendus aux Habsbourg par les Báthory, répondit que Thurzó avait fait tout son devoir.

Mais la véritable raison de la condamnation d'Erzsébet à la captivité perpétuelle, au lieu du glaive du bourreau, se trouve dans une autre adresse de la Chambre royale au roi Mathias. On y pouvait lire : « C'est à vous de choisir, ô Roi, entre le glaive du bourreau et la prison perpétuelle pour Erzsébet Báthory. Mais nous vous conseillons de ne pas l'exécuter, car personne n'a rien à y gagner vraiment. »

Erzsébet, en effet, ne fut pas décapitée parce qu'il n'y avait à retirer d'un tel geste rien d'autre que la réprobation, pleine de menaces, de sa famille et de ses pairs. Le roi ne pouvait, dans ce cas particulier, toucher conformément à la loi sur les biens des condamnés le tiers qui lui revenait, et la Chambre royale ne pouvait pas davantage en avoir sa part; car Erzsébet avait légalement tout laissé à son fils Pál Nádasdy. Ce testament, rédigé à Kérésztur le 3 septembre 1610, partageait ses biens et ses bijoux entre ses quatre enfants; mais, finalement, c'était son fils Pál qui devait en devenir le seul possesseur. Depuis l'année de la mort de son père, Pál était Grand Officier du comté d'Eisenburg. Il était fiancé à Judith Forgách, d'une des plus grandes familles de Hongrie.

Alors on trouva que la Haute Cour de Justice ne pouvait pas la condamner, car elle n'avait pas fait mourir des filles nobles et titrées, mais seulement des servantes; ce qui était faux, de l'aveu même du roi Mathias qui avait écrit le contraire dans sa lettre de cachet.

Erzsébet fut donc condamnée à être emmurée à perpétuité dans son château. Il fut interdit à quiconque de communiquer avec elle, même au pasteur. D'ailleurs elle ne le réclama point. Elle ne pourrait percevoir que la dîme des paysans de Csejthe; ses autres châteaux seraient partagés entre ses enfants.

Lorsque le jugement fut irrévocablement rendu, des maçons vinrent à Csejthe. L'une après l'autre, ils murèrent de pierres et de mortier les fenêtres de la chambre dans laquelle Erzsébet voyait la lumière, progressivement, diminuer. La prison montait autour d'elle. Ils ne laissèrent, tout en haut, qu'une mince barre de clarté et d'air par laquelle elle pouvait apercevoir le ciel où, déjà, les jours allongeaient. Après que les fenêtres furent ainsi bouchées, que du dehors on ne vit plus que cette façade aveugle derrière laquelle vivait quelqu'un, les ouvriers commencèrent à élever devant la porte de la chambre un mur épais, percé seulement d'un guichet permettant de passer un peu de nourriture et d'eau.

Et lorsque tout fut terminé, aux angles du château quatre échafauds furent dressés pour montrer que là vivait une condamnée à mort.

LE CHATEAU était désert; toute la domesticité était partie; seuls parfois les maçons faisaient dans un coin ou l'autre quelque réparation indispensable, avec un bruit sourd qui, vaguement, parvenait à Erzsébet à travers les murailles. Puis ils s'en allaient. Autrement, elle n'entendait que les hauts bruits : les milans et le vent. Le lourd guichet s'ouvrait et le strict nécessaire était poussé sur le rebord du mur par quelqu'un qui, à longs intervalles, montait au château. Pas de feu; jamais plus un scintillement. Des rais de soleil et de lune tombaient régulièrement, selon les saisons et les nuits. Un froid mortel. Enfin l'hirondelle vint, là-haut à la fente de la fenêtre; elle regarda au-dedans dans le jour vert de la chambre, et n'aima pas ce qu'elle y vit. Vint le pivert, qui sait trouer les volets; mais lui, si habitué pourtant à la faible lumière tombant du haut de l'arbre creux, ne put se décider à faire là son nid. A leur tour, la chouette, les petits hibous et les grands montrèrent leur tête aux yeux sages à la barre de ciel nocturne qu'Erzsébet apercevait, bleue, au-dessus de l'ombre. Sur quel rayon pourrait-elle glisser, monter; où était Darvulia, où était la forêt? Nuage, petit nuage ou cygne, que je sache donc devenir toi, et m'en aller... Et elle serrait l'une contre l'autre ses belles mains pâles qu'elle ne lavait plus; elle traînait des fourrures qui étaient restées là. Tout le jour et toute la nuit, il n'y avait plus que cette longue bête noire, hérissée de poil brillant avec, dans une figure de cire grise, d'immenses yeux noirs toujours hantés : toujours ces mêmes yeux hantés qu'avait à son arrivée à Csejthe, enfant, mais déjà cruelle, cette créature de luxure compliquée et folle, dominant tout de sa grande beauté obscure. Revoyait-elle ce qu'avaient reflété ces miroirs maintenant ternis, les soirs, les flambeaux sur les tables, tant de fêtes, des gens tout autour, les filles d'honneur qui s'approchaient apportant des objets dans leurs mains, des robes couleur de roses assombries; et tout cela pour elle seule. Et en bas, dans le domaine souterrain, des vieilles en chaperon et des troupeaux de servantes nues. Après que savait-elle encore? qui était là assise, contemplant en transe des doigts coupés, des corps nus lacérés, des veines ouvertes et du sang enveloppant qui enfin se libérait. Qui était donc ce personnage possédant les droits d'Erzsébet, la dernière des Báthory, et que je n'ai jamais été? Pourquoi suis-je ici, durement accusée, pour expier ce que mes désirs ont fait, mais dont je n'ai, moi, jamais senti l'accomplissement? Mes désirs se sont réalisés hors de moi, sans moi; mes désirs m'ont manquée.

La forêt commençait aussitôt, derrière l'un des pans murés de sa chambre. Le sentier montait vers les huttes des sorcières encore existantes, éparses.

Mais ni plantes, ni arômes de plantes, ni aurores ne pouvaient franchir la barrière dressée par les moellons. Au regard des yeux cernés, battus, qui trahissait l'âme impure et avide, nulle douce paupière de fenêtre ne répondait, s'ouvrant sur

la grande clémence du printemps, sur l'innocence des fleurs
à l'orée des forêts.

Ces fleurs, l'aigle, de là-haut, les apercevait; la louve, en
sa ronde de nuit, les frôlait. Elle seule, l'humaine, dans son
sort d'être humain, dans son sort à clefs d'intelligence, était
close.

Et ce destin, légué par de grands ancêtres, passé par les
durs rochers de Souabe, gravé sur des écus circonscrits de dragons, elle le subit tel quel, sans défaillance. Sa dernière lettre,
du 31 juillet 1614, où elle refait son testament en faveur de sa
fille Katerine dont le mari lui fournit de quoi manger, cette
lettre écrite en allemand de sa petite écriture terne et volon-
taire, est d'un esprit parfaitement lucide.

Un an, deux ans... Il fallait vivre, tenir encore sur cette
mince couche d'humus de sorcière. Une autre, faite seulement
de grise lumière ténue, se fût amadouée, amortie par ses pensées, sa peur, et peut-être même son repentir; la longue captivité eût creusé un lit remontant à la source des larmes.
Erzsébet, elle, demeura ferme sur ses terres, sur ses droits, sur
ses dîmes, sur ce que la terre et le pays, héréditairement, lui
avaient octroyé. C'est pour cela qu'elle ne comprit pas; c'est
pour cela qu'elle ne connut que le courage du corps, non
celui de l'esprit.

Les chauves-souris qui, en grand nombre, insistent, passèrent là-haut par les fentes, et trouvant la nuit, s'installèrent
pour sommeiller aux courtines cramoisies. Leur odeur de petits
sépulcres s'ajouta à celle de la chambre. Par la chaleur et les
bandes de lumière plus vives, ce fut l'été; par les jours décli-
nants et le froid venant, l'hiver. Il y eut aussi un parfum
d'aubépine, des gazouillements joyeux; puis une odeur de
mousse, une odeur de pluie, et des plaintes d'oiseaux qui
partent; tout cela à peine perceptible.

Au-dessus des caves, au-dessus des souterrains où stagnait encore l'écho des cris et des supplications, Erzsébet Báthory marchait de long en large dans sa chambre, marchait dans cette lugubre lueur de puits.

Elle continua à vivre ainsi trois ans et demi, sans espoir ni requête, à demi morte de faim. Ce n'est que dans l'ouragan même que les Báthory avaient tous pris refuge : morts au bord des hauts glaciers, morts de passion de colère, dans les batailles, ou victimes de leurs propres fantaisies hors de l'ordre, à eux-mêmes cruels. Elle non plus, Erzsébet, au nom de ce qu'il y a au monde de sauvage, ne regretta jamais, ne se repentit jamais. Mais elle ne put supporter la réclusion, ni surtout le froid intense de ces hivers sans feu. Elle mourut lentement sans appeler personne; nul billet ne fut déposé, pour demander consolation divine, sur ce rebord du guichet par où l'on passait le pain. Elle n'écrivit aucun recours en grâce, mais seulement son testament, qu'elle refit un mois avant sa mort. Ce testament, où elle donne davantage à Katalina (en spécifiant que le mari de celle-ci, György Drugeth, doit le rendre à Pál par la suite) à condition de lui envoyer de quoi ne pas mourir de faim en prison, fut rédigé en présence de deux témoins qui, pourtant, ne la virent pas et ne purent donner d'elle aucune description.

« Elle demanda d'écrire sa volonté dernière; nous envoyâmes deux témoins : Kaupelich András et Egry Imre. Ils firent serment que c'était bien là son testament, fait à Csejthe, et qu'elle l'avait rédigé étant lucide et de sa libre volonté. Elle donne à Katalina son château de Kérézstur (en Abaujva), mais seulement temporairement. Elle ne veut le donner que si György Drugeth prend soin d'elle en prison.

Le reste des biens demeure divisé entre ses enfants, avec retour à Pál Nádasdy.

> « Fait le jour de la Saint-Pierre,
> dimanche 31 juillet 1614. »

ELLE MOURUT le 21 août 1614. Elle mourut fin août, lorsque Mercure, devenant le maître du ciel, le rend néfaste à ceux dont il a empoisonné l'esprit. Personne n'était là.

Il y eut deux témoignages de sa mort : l'un dans le journal en latin du secrétaire de Thurzó, ce même Zavodsky György qui avait consigné l'arrestation :

> « Ce jour du 21 août 1614.

« Erzsébet Báthory, épouse du Magnificent Seigneur Comte Francisci Nádasdy, restée veuve, après quatre années de détention en un cachot de son château de Cheyte, condamnée à la prison perpétuelle, a comparu devant le Juge suprême. Elle est morte vers la nuit, abandonnée de tous. »

Et Krapinai István de son côté :

« Elizabeth Báthory, épouse du haut seigneur François de Nádasdy, Magistrat du Roi et grand Maître des chevaux, restée veuve, et infâme et homicide, est morte en prison à Csejthe. Morte soudainement, sans croix et sans lumière, le 21 août 1614, à la nuit. »

Il faisait mauvais temps ce jour-là. Un grand vent furieux; il semblait que des sorcières étaient mortes.

Sans croix et sans lumière... D'elle, suivie de longs cris et de gémissements, et dont le temps n'est pas fini encore, les ruines de Csejthe sont hantées. Et de même sa maison d'en bas dans le village où, il y a peu de temps, on distinguait au cœur de la nuit, dans la même chambre, son ombre parée indiquant du doigt, dans le mur, une cachette. On l'ouvrit : elle y avait enfermé, avant de s'enfuir, une partie de ses bijoux : de vieux et lourds joyaux de grenats, de topazes et de perles.

Et si de tout ce néant, bu comme une coupe de ciel noir, absorbé, disparu, il sort enfin quelque chose, cette chose, ah! que sera-t-elle?

LE PROCÈS
(Extraits).

Interrogatoires du 2 janvier 1611.

A Bicse, au château de György Thurzó, Grand Palatin de la Haute-Hongrie.

Les pièces de ce procès de BATHORY ERZSÉBET furent conservées aux Archives du Chapitre de GRAN (Esztergom), puis aux Archives de Budapest, *Acta Publica* fascicule n° 19.

Il y eut vingt juges et treize témoins. Les onze mêmes questions furent posées en hongrois à chacun des accusés, qui étaient :

1° Ujvari Johanes dit Ficzkó; 2° Jó Ilona, la nourrice; 3° Dorottya Szentes dite Dorkó; 4° Katalin Beniezky, la lavandière.

1er accusé : Ficzkó.

1re *question* : Combien de temps avez-vous vécu au château chez la Comtesse?

Réponse : Pendant seize ans, venu en 1594, amené par Martin Cheytey, de force.

2e *question* : Combien de femmes avez-vous tuées?

Réponse : De femmes je ne sais; de jeunes filles j'ai tué trente-sept; la Maîtresse en a fait enterrer cinq dans un trou, quand le Palatin était à Presbourg; deux autres dans un petit jardin sous la gouttière; deux autres de nuit sous l'église à Podolié. Ces deux dernières, on les emporta du château de Csejthe, et c'est Dorkó qui les avait tuées.

3e *question* : Qui avez-vous tué et d'où venaient-elles?

Réponse : Je ne sais pas.

4e *question* : Qui les avait amenées?

Réponse : Dorkó et une autre allèrent en chercher. Elles leur dirent de les suivre dans une bonne place de service. Pour une de ces dernières, venant d'un village, il fallut un mois pour la faire arriver et on la tua tout de suite. Surtout des femmes de différents villages s'entendaient pour fournir des jeunes filles. Même une fille de l'une d'elles fut tuée; alors sa mère refusa d'en amener d'autres. Moi-même, je suis allé six fois en chercher avec Dorkó. Il y avait une femme spéciale qui ne tuait pas, mais qui enterrait. La femme Ján Bàrsovny est allé aussi engager des servantes du côté de Táplanfalve; puis une certaine Croate de Sárvár, et aussi la femme de Mattias Oëtvos qui habite en face de la maison des

231

Zsalai. Même une femme Szabó a amené des filles, et aussi sa propre fille quoique sachant qu'elle serait tuée. Jó Ilona aussi en a fait venir beaucoup. Katá n'a rien amené, mais elle a enterré toutes les filles que Dorkó assassinait.

5ᵉ question : De quelles tortures usait-on?

Réponse : Elles attachaient les mains et les bras très serré avec du fil de Vienne, et les battaient à mort, jusqu'à ce que tout leur corps fût noir comme du charbon et que leur peau se déchirât. L'une supporta plus de deux cents coups avant de mourir. Dorkó leur coupait les doigts un à un avec des cisailles, et ensuite leur piquait les veines avec des ciseaux.

6ᵉ question : Qui étaient les aides de torture?

Réponse : L'une, Dorkó, piquait. L'autre, Jó Ilona, apportait le feu, faisait rougir les tisonniers, les appliquait sur la figure, le nez, ouvrait la bouche et mettait le fer rouge dedans. Quand les couturières faisaient mal leur travail, elles étaient menées pour tout cela dans la salle de torture. Un jour, la Maîtresse elle-même a mis ses doigts dans la bouche de l'une et a tiré jusqu'à ce que les coins se fendent.

Il y avait aussi une autre femme qui s'appelait Ilona Kochiská, et qui a aussi torturé des filles. La Maîtresse les piquait d'épingles un peu partout; elle a assassiné la fille de Sitkey parce qu'elle avait volé une poire. On l'avait torturée à Pistyán, et assassinée après.

A Keresztúr on a tué une certaine demoiselle viennoise; les vieilles ont caché et enterré les cadavres et j'ai aidé à en mettre un à Podolié, deux à Kereztúr, un à Sárvár.

La Maîtresse a toujours récompensé les vieilles quand elles avaient bien torturé les filles. Elle-même arrachait la chair avec des pinces, et coupait entre les doigts. Elle les a fait mener sur la neige, nues, et arroser d'eau glacée; elle les a arrosées elle-même et elles en moururent. Même ici à Bicse, quand la Maîtresse était en train de partir, elle a obligé une servante à se mettre dans l'eau froide jusqu'au cou; elle essaya de se sauver à Illava, et fut tuée.

Même quand elle ne torturait pas elle-même, c'était les vieilles qui le faisaient; quelquefois on laissait des filles sans manger ni boire pendant une semaine, et il était défendu de leur en donner. Pour quelque faute, quelquefois jusqu'à cinq jeunes filles nues devaient travailler ainsi sous les yeux des garçons à leur couture ou à faire des fagots dans la cour.

7ᵉ question : Où mettait-on les cadavres et combien y en avait-il?

Réponse : La vieille femme, l'enterreuse, s'en chargeait. Moi-même j'en ai enterré quatre. On les enterrait en plusieurs châteaux : Lezticzé, Kereztúr, Sárvár, Beckó, on en a enterré à tous ces endroits. On les faisait geler vivantes en versant de l'eau sur elles et on les mettait dehors. L'une avait échappé, on la reprit pour cela.

8ᵉ question : La Comtesse les torturait-elle elle-même?

Réponse : Quelquefois; mais le plus souvent elle les faisait torturer.

9ᵉ question : En quels endroits cela se passait-il?

Réponse : A Beckó, elles étaient torturées dans une chambre à provisions; à Sárvár, en un endroit du château où personne n'entrait; à Csejthe, dans une chambre où était la chaudière, et dans le souterrain;

à Keresztùr, dans une petite chambre de toilette. Dans le coche, quand la Maîtresse voyageait, elles étaient pincées et piquées d'épingles.

10e question : Quelles sont les personnes qui connaissaient cela, ou l'avaient vu?

Réponse : Le majordome Dezsó Benedeck savait cela, et aussi les valets, un certain Jezorlavy Istók, dit Tête-de-fer, homme très fort qui s'est depuis sauvé en Basse-Hongrie et qui savait beaucoup de choses, parce qu'il s'amusait voluptueusement avec Erzsébet Báthory, même au su et au vu des autres. Il a enterré beaucoup de filles, mais on ne sait pas où.

11e question : Depuis combien de temps la Comtesse traitait-elle ainsi les jeunes filles?

Réponse : Elle commença quand son mari était encore en vie, mais alors ne les tuait pas. Le Comte le savait et ne s'en souciait guère. Seulement après l'arrivée de Darvulia Anna, les tortures devinrent plus cruelles. La Maîtresse avait une petite boîte dans laquelle il y avait un petit miroir devant lequel elle faisait des incantations pendant des heures. La sorcière Majorova, de Miawa, avait préparé un certain philtre, l'a apporté à Erzsébet et l'a baignée une nuit dans un pétrin à faire le pain. Après, elle a rapporté de cette eau à la rivière. Quand pour la deuxième fois elle l'a baignée dans l'eau qui restait, elle a fait dans ce pétrin certain gâteau qui devait être offert au Roi, au Palatin et à Megyery. Ceux qui en mangèrent furent malades.

2e accusé : Jó Ilona.

Mêmes questions posées l'une après l'autre.

Elle vécut dix ans chez la Comtesse, étant venue comme nourrice des trois filles et de Pál Nádasdy. Elle ne sait pas combien de filles furent tuées, mais beaucoup. Ne sait ni leurs noms, ni d'où elles venaient; elle en a tué environ cinquante elle-même. Elle sait que la sœur d'un certain Grégor Sanosci a été assassinée. Aussi deux filles d'une famille zéman (noble) de Vechey, et que l'une est encore vivante — et encore deux autres filles de zémans de Chegber. Et Bàrsovny a amené un jour une fille de zéman, belle et grande. D'autres furent fournies par la femme Ján Szalai, par la femme Sidó, et par une Slovaque habitant Sárvár. La femme de Ján Liptai a engagé deux ou trois filles en sachant bien qu'elles seraient tuées, parce qu'Erzsébet l'avait menacée.

La petite Kiseglei est toujours vivante, qui est venue avec Bàrsovny. Elle a aussi amené une grande fille (la Maîtresse aimait les grandes filles), et elle a cherché avec Daniel Vás des filles pour le château; mais ils n'en ont trouvé que de petites, à Vechey.

Elle battait les filles cruellement, et Darvulia mettait les jeunes servantes dans l'eau froide et les laissait toute la nuit. La Comtesse elle-même déposait dans leur main une clef ou une pièce d'argent rougie au feu.

A Sárvár, Erzsébet a devant son mari Ferencz Nádasdy dévêtu une petite parente de son mari, l'a enduite de miel et laissée un jour et une nuit dans le jardin pour que les insectes et les fourmis la piquent. Elle, Jó Ilona, était chargée de mettre entre les jambes des jeunes filles du papier huilé et de l'allumer.

La femme Zsabó qui habitait Vepa a engagé beaucoup de filles pour de l'argent et des jupes, ainsi qu'un certain Horvar. Silvachy et Daniel Vás ont vu comment la Maîtresse a dévêtu et torturé les filles. Elle a même tué la femme Zitchi, d'Ecsed. On donnait des présents à celles qui amenaient les jeunes filles, à l'une une petite jaquette, à l'autre une jupe neuve. Dorkó coupait avec des ciseaux les veines des bras; il y avait tant de sang qu'il fallait jeter de la cendre autour du lit de la Comtesse, et celle-ci devait changer de robe et de manches. Dorkó incisait aussi les plaies boursouflées et Erzsébet arrachait avec des pinces la chair du corps des filles. Près de Vranov, elle tua un jour une fille que Jó Ilona dut enterrer tout de suite. Parfois on les enterrait au cimetière avec des chants, parfois sous la gouttière. Même en son palais de Vienne, la Comtesse cherchait un endroit où pouvoir les torturer à l'abri; il fallait toujours laver les murs et le plancher.

Quand Darvulia est devenue malade d'un commencement de paralysie, les autres servantes ont continué à torturer.

Elle ne savait pas où les cadavres étaient enterrés, mais à Sárvár, on en mit cinq dans un trou creusé pour garder le blé. A Kerezstùr, ce furent des étudiants en congé qui eurent à enterrer des filles mortes, étant payés pour cela.

Partout où Erzsébet se rendait, sa première préoccupation était de trouver une salle où torturer. A Vienne, les moines d'en face ont jeté des tessons de pots aux fenêtres quand ils ont entendu les cris de douleur. A Presbourg, la Comtesse a aussi ordonné à Dorkó de battre les filles.

Balthasar Poki, Stephan Vaghy, Daniel Vás et même les autres servantes le savaient ainsi qu'un certain Kosma. Elle ne sait depuis quand cela durait, car lorsqu'elle est venue en service il y a dix ans, il en était déjà ainsi. C'est de Darvulia qu'Erzsébet apprit les plus graves cruautés; elles étaient très intimes. Jo Ilona savait, et a même vu, qu'Erzsébet a brûlé le sexe de certaines filles avec la flamme d'un cierge.

3ᵉ accusé : Dorkó.

Était là depuis cinq ans, pour servir Anna Nádasdy avant son mariage. Jó Ilona la fit entrer avec un bon salaire. Elle tua trente filles, servantes et couturières. Les filles venaient de plusieurs endroits. Bársovny et une veuve Koechi qui habitait au village de Domolk en fournissaient. Aux accusations précédentes, elle a ajouté que la Comtesse torturait les filles avec des cuillères rougies au feu, et leur repassait la plante des pieds avec un fer rouge. Leur arrachait la chair aux endroits les plus sensibles des seins et d'ailleurs avec de petites pinces d'argent. Les mordait en les faisant amener au bord de son lit quand elle était malade. En une seule semaine, cinq filles étaient mortes; Erzsébet a ordonné de les jeter dans une chambre; et quand elle est partie pour Sárvár, Kata Beniezky a dû les enterrer dans un trou à blé. Parfois, les cadavres étaient enterrés par le pasteur quand on ne pouvait pas les cacher. Un soir, elle a emporté, avec Kata et un valet, une fille au cimetière de Podolié pour l'enterrer.

Erzsébet torturait ses servantes partout où elle se trouvait. Sur les autres questions, répondu comme les premiers accusés.

La comtesse sanglante

4ᵉ accusé : Kata Beniczky.

Vint en 1605 après la mort du comte, comme lavandière; venait de Sárvár, où la mère du pasteur Vargá l'avait engagée. Ne sait pas combien de filles ont été assassinées, mais peut dire une cinquantaine environ. Ne les a pas engagées et ne sait d'où elles venaient. Elle-même n'a tué personne, elle a porté parfois à manger aux prisonnières et la Comtesse l'en a punie. Parmi les femmes qui s'occupaient de recruter les filles, il y avait une certaine Liptai, et Kardocha. Mais Dorkó avait amené la plupart. Elle confirme que c'est Darvulia qui a appris les plus cruelles sortes de tortures. Erzsébet criait toujours pendant ce temps : « Encore plus, encore plus fort! » et en fit ainsi mourir plusieurs. Katá reconnaît qu'Erzsébet a donné à ses deux filles, en cadeau, quatorze jupes. La Comtesse préférait les conseils de Katá à ceux des autres servantes. Une fois, Erzsébet avait envoyé les jeunes servantes au château, lorsque la comtesse Anna Zrinyi est venue à Csejthe. Dorkó les a emprisonnées et fait mourir de faim, et les a arrosées d'eau glacée. Une autre fois où la Comtesse allait à Pistyán, une des filles mourut dans la voiture; et à ce moment Erzsébet la fit remettre debout par ses servantes, quoique morte, et continua à la battre.

Dorkó avait fait mourir cinq filles, et avait obligé Katá à les jeter sous un lit dans une chambre et à faire semblant de leur porter à manger. Ensuite, Erzsébet partit pour Sárvár et dit à Katá d'arracher le plancher et d'enterrer les filles là dans la chambre. Mais Katá n'eut pas assez de force pour le faire. Les filles restèrent sous le lit et l'odeur s'en répandit dans tout le château et même dehors. On finit par les mettre dans une fosse à blé. Dorkó en a enterré une dans un fossé, et elle sait qu'elle a tué, en un court délai, huit filles. A Vienne on tortura et fit mourir Ilona Harcai, qui avait une belle voix.

Un jour on présenta à Erzsébet deux sœurs, dont elle choisit la plus belle pour la tuer. Bársovny conduisit aussi chez elle, à Vienne, une grande et belle demoiselle qui était fille d'un homme titré. Il y eut d'autres jeunes filles de familles nobles parmi celles qui furent sacrifiées à Vienne ou ailleurs; et c'était cette même femme Bársovny qui les trouvait toujours sous différents prétextes : en général celui d'être dotées après un court laps de temps au service de la Comtesse.

Achevé d'imprimer par Dupli-Print à Domont (95) en juin 2020
Dépôt légal : juin 2020
Premier dépôt légal dans la collection : février 1984
Numéro d'imprimeur : 2020061406
ISBN : 978-2-07-070121-6 / Imprimé en France

366447